CHARLIE ST. CLOUD

Charlie St. Cloud

BEN SHERWOOD

Traducción de Sílvia Pons Pradilla

Vintage Español
Una división de Random House, Inc.
Nueva York

PRIMERA EDICIÓN VINTAGE ESPAÑOL, JULIO 2010

Copyright de la traducción © 2010 por Sílvia Pons Pradilla

Sentidos agradecimientos a Liveright Publishing Corporation por su permiso para traducir las líneas de "dive for dreams". Copyright © 1952, 1980, 1991 por los fideicomisarios del Fideicomiso de E. E. Cummings, de *Complete Poems: 1904–1962* de E. E. Cummings, editado por George J. Firmage. Traducido con el permiso de Liveright Publishing Corporation.

Biblioteca del Congreso de los Estados Unidos
Información de catalogación de publicaciones:
Sherwood, Ben.
[Death and life of Charlie St. Cloud. Spanish]
Charlie St. Cloud / by Ben Sherwood ; traducción de Sílvia Pons Pradilla.—
1st. ed. Vintage Español.
p. cm.
ISBN: 978-0-307-74237-7
1. Cemetery managers—Fiction. 2. Brothers—Death—Fiction.
3. Missing persons—Fiction. 4. Cemeteries—Fiction.
5. Revere (Mass.)—Fiction. I. Pons Pradilla, Sílvia. II. Title.
PS3569.H453D4318 2010
813'.6—dc22 2010019587

www.grupodelectura.com

Impreso en los Estados Unidos de América
10 9 8 7 6 5 4 3 2 1

Ben Sherwood

CHARLIE ST. CLOUD

Ben Sherwood ha escrito reportajes para *The New York Times*, *The Washington Post* y *Los Angeles Times*, y ha ganado varios premios por sus reportajes en los informativos de las cadenas de televisión NBC y ABC. Educado en Harvard y Oxford, actualmente vive entre Nueva York y Los Ángeles. Debutó en el arte de la novela con *El hombre que se comió un 747*. Con su segunda novela, *La muerte y la vida de Charlie St. Cloud*, llevada a la gran pantalla, se ha consagrado definitivamente.

*Para Karen
y, como siempre,
a la memoria de Richard Sherwood*

No somos seres humanos que tienen una
experiencia espiritual: somos seres espiritua-
les que tienen una experiencia humana.

PIERRE TEILHARD DE CHARDIN

Hay una tierra de los vivos y una tierra de
los muertos, y el puente que las une es el
amor, lo único que sobrevive, lo único que
tiene sentido.

THORNTON WILDER

Introducción

Creo en los milagros.

Y no solo en las simples maravillas de la creación, como mi hijo pequeño, en casa, tomando el pecho entre los brazos de su madre, o la majestuosidad de la naturaleza, como el sol que se pone en el cielo. Me refiero a los milagros de verdad, como el hecho de convertir el agua en vino o resucitar a los muertos.

Me llamo Florio Ferrente. Mi padre, que era bombero, me puso ese nombre en honor a san Florián, el santo patrón de nuestra profesión. Al igual que mi padre, trabajé toda mi vida en el parque de bomberos número 5 de Freeman Street, en Revere, Massachusetts. Actué como un humilde siervo de Dios, fui allí adonde el Señor me envió y salvé las vidas que Él quiso que rescatara. Podría decirse que tenía una misión en esta vida, y me siento orgulloso de lo que hacía a diario.

En ocasiones llegábamos a un incendio cuando ya era demasiado tarde. Rociábamos el tejado, pero aun así la casa quedaba reducida a cenizas. Otras veces conseguíamos hacer nuestro trabajo y salvábamos las vidas de todos los vecinos y de multitud de mascotas. Aquellos perros y gatos me dieron más de un mordisco, pero me alegro de haberlos bajado a todos por la escalera.

La mayoría de la gente nos imagina cargados con el equipo, entrando a toda prisa en edificios en llamas. Así es. Es un trabajo muy serio. Sin embargo, en los momentos tranquilos también hay tiempo para las risas. Podemos hacer que un amigo salga disparado hacia arriba montado en el chorro a presión de un manguera, y volvemos locas a nuestras mujeres cuando plantamos bocas de riego viejas y oxidadas en el jardín, junto a los geranios. Tenemos más camiones de bomberos de juguete que nuestros hijos y discutimos a gritos sobre el color más apropiado para los vehículos de emergencia. Por cierto, yo prefiero el rojo tradicional a ese espantoso amarillo fosforescente.

Sobre todo, contamos la clase de historias que invitan a apagar el televisor, a acomodarse en una butaca reclinable y a relajarse durante un rato.

La que sigue es mi favorita. Sucedió hace trece años en el puente levadizo General Edwards, no muy lejos del parque de ladrillos rojos que considero mi segundo hogar. No era la primera vez que teníamos que correr hasta allí para rescatar a accidentados o asistir a quienes habían recibido un golpe en el paso de peatones.

Mi primera salida al puente fue durante la tormenta de nieve del setenta y ocho, cuando un anciano no vio la luz que le advertía del alzamiento de la rampa. Atravesó la barrera, cayó al agua y permaneció sumergido en su Pontiac durante veintinueve minutos. Lo supimos porque ese fue el tiempo que su Timex llevaba detenido cuando los submarinistas lograron rescatarlo del agua helada. Mostraba signos de congelación y no tenía pulso, de modo que comencé a reanimarlo. Al cabo de unos segundos, recobró el color y abrió los ojos. Entonces yo tendría veinticuatro años y aquello era lo más sorprendente que había visto jamás.

El *Revere Independent* lo calificó de milagro. Prefiero pensar que fue la voluntad de Dios. En realidad, en esta clase de trabajos tratas de olvidar la mayoría de las salidas, en particular las que tienen un final triste porque muere gente. Si tienes suerte, terminan por convertirse en un recuerdo vago que guardas en un rincón de tu mente. Sin embargo, hay casos que nunca podrás quitarte de la cabeza. Se quedan contigo durante el resto de tu vida. Contando el del anciano congelado, he vivido tres de esos casos.

Cuando era novato, recibimos un aviso de incendio de clase tres en Squire Road, de donde saqué en brazos a una niña de cinco años, ya sin vida. Se llamaba Eugenia Louise Cushing y estaba cubierta de hollín. Tenía las pupilas como cabezas de alfiler, no respiraba y su pulso era apenas perceptible, pero no dejé de intentar reanimarla. Incluso cuando el médico forense dictaminó que había fallecido y comenzó a rellenar los papeles, seguí intentándolo. Entonces, de repente, la pequeña Eugenia se incorporó en la camilla, tosió, se frotó los ojos y pidió un vaso de leche. Aquel fue mi primer milagro.

Recogí el certificado de defunción de la niña, arrugado y tirado en el suelo, y me lo guardé en la cartera. Hoy en día apenas es legible, pero lo guardo como recordatorio de que todo es posible en este mundo.

Eso me lleva al caso de Charlie St. Cloud. Como ya he dicho, comienza con una calamidad en el puente levadizo que cruza el río Saugus, pero es una historia que va mucho más allá. Trata sobre la devoción y el vínculo irrompible entre hermanos. Sobre el hecho de encontrar a tu alma gemela allí donde menos te lo esperas. Sobre una vida truncada y una terrible pérdida. Algunos dirían que es una tragedia, y los entiendo. Pero yo siempre he intentado encontrar la parte buena de las situaciones más desesperadas, y por eso la historia de esos chicos sigue conmigo.

Tal vez penséis que algunos hechos son un tanto exagerados, incluso imposibles. Creedme, sé que todos nos aferramos a la vida y a lo seguro. En estos tiempos cínicos que corren no es fácil librarse de la dureza, de la severidad que nos acompaña a lo largo de nuestras vidas. Pero haced un pequeño esfuerzo. Abrid los ojos y veréis lo mismo que yo. Y si alguna vez os habéis preguntado qué sucede cuando alguien cercano se marcha demasiado pronto —y siempre es demasiado pronto— es probable que encontréis otras verdades; verdades que tal vez os aparten de la tristeza que hay en vuestra vida, que os liberen del sentimiento de culpa, que incluso os saquen de ese lugar en el que os escondéis y os devuelvan a este mundo. Entonces, nunca más os sentiréis solos.

Buena parte de esta historia sucede en la pequeña y acogedora ciudad de Marblehead, Massachusetts, una punta de roca que se adentra en el océano Atlántico. Ya casi ha anochecido. Estoy en el viejo cementerio del pueblo, en una cuesta inclinada, junto a dos sauces llorones y un pequeño mausoleo con vistas al puerto. Los veleros echan las amarras, las gaviotas vuelan en grupo y los muchachos lanzan los sedales al agua desde el muelle. Algún día se harán mayores y conectarán *home runs* y besarán a chicas. La vida sigue adelante, infinita, incontenible.

Cerca de donde me encuentro, hay un anciano que deja un puñado de malvarrosas sobre la tumba de su mujer. Con una gamuza vieja, frota la desgastada lápida. Las ordenadas hileras de monumentos se alejan cuesta abajo hasta perderse en una cala junto al agua. Cuando era pequeño, en la escuela me enseñaron que hace ya mucho tiempo los primeros patriotas de Estados Unidos espiaban desde lo alto de esa cima los buques de guerra británicos.

Empezaremos remontándonos trece años atrás, al mes de septiembre de 1991. En la sala de recreo del parque de bomberos, estábamos devorando un tazón del famoso *spumoni* de mi mujer, discutíamos sobre Clarence Thomas y gritábamos por culpa de los Red Sox, que se enfrentaban a los Blue Jays por el banderín. Entonces oímos la señal, corrimos al camión y salimos a toda velocidad.

Ahora vuelve la página, haz este viaje conmigo y deja que te lo cuente todo acerca de la muerte y la vida de Charlie St. Cloud.

I

UNA CARRERA CON LA LUNA

1

Charlie St. Cloud no era el mejor ni el más brillante muchacho del condado de Essex, pero sí, sin duda, el más prometedor. Era el vicepresidente de su clase de tercero, el parador en
corto de los Marblehead Magicians y cocapitán del club de
debate. Con su hoyuelo de pícaro en una mejilla, la nariz y la
frente pecosas por el sol y unos ojos color caramelo que permanecían ocultos bajo una mata de pelo rubio rojizo, a sus
quince años era ya un joven atractivo. Era amigo de los chicos deportistas y de los empollones de clase, e incluso tenía
una novia un año mayor que él. Sí, Charlie St. Cloud era un
chico afortunado, ágil de mente y de cuerpo, destinado a que
le pasaran cosas buenas, como tal vez conseguir una beca para
la Universidad de Dartmouth, Princeton, o cualquier otra de
esas prestigiosas instituciones.

Su madre, Louise, celebraba cada uno de sus éxitos. En
realidad, Charlie era a la vez la causa y el remedio a las decep-
ciones que ocupaban la vida de ella. Los problemas habían
comenzado en el mismo instante en que Charlie fue concebido;
un embarazo no deseado que la alejó del hombre al que amaba
—un carpintero con muy buenas manos— e hizo que saliera
por la puerta y no regresara jamás. A continuación se produjo la dificultosa llegada de Charlie a este mundo; el niño parecía atascado en las profundidades y necesitó cirugía para na-

cer. Pronto llegó un segundo hijo de otro padre que también se esfumó, y los años transcurrieron de manera confusa en una lucha incesante. Sin embargo, pese a todos los males, Charlie le aliviaba el sufrimiento con sus ojos vivarachos y su optimismo. Louise se había acostumbrado a depender de él como si fuera su ángel, su mensajero de la esperanza, incapaz de hacer algo malo.

Charlie crecía deprisa, se enfrascaba en el estudio de sus libros, cuidaba de su madre y quería a su hermano pequeño más que a nadie en el mundo. Se llamaba Sam, y su padre —un agente de fianzas— también había desaparecido sin dejar más rastro que los rizos castaños en la cabeza de su hijo y algún que otro cardenal en el rostro de Louise. Charlie estaba convencido de que él era el único protector de su hermano pequeño y sabía que juntos, algún día, llegarían a ser algo en la vida. Los chicos se llevaban tres años de diferencia, tenían tonos de piel opuestos y uno lanzaba la pelota de béisbol con la derecha y el otro con la izquierda, pero eran los mejores amigos y los unía su amor por la pesca, por trepar a los árboles, por un pequeño sabueso llamado Oscar y por los Red Sox.

Pero entonces, un día, Charlie tomó una decisión desastrosa, cometió un error que la policía no logró explicarse y que el tribunal de menores se esforzó en pasar por alto.

Para ser precisos, Charlie lo estropeó todo el viernes 20 de septiembre de 1991.

Su madre hacía el último turno en el mercado Penni's, en Washington Street. Los chicos habían salido de la escuela con la idea de hacer travesuras. No tenían que hacer los deberes hasta el domingo por la noche. Habían estado espiando a los gemelos Flynn, que vivían un poco más abajo. Habían saltado la valla y se habían colado en la propiedad del refugiado checo que afirmaba haber inventado el bazuca. Al atardecer, habían jugado a lanzar la pelota bajo los pinos del patio de su casa, en Cloutman's Lane, como habían hecho todas las noches desde que Charlie regalara un guante Rowlings a Sam por su séptimo cumpleaños. Pero ahora había anochecido y se habían acabado las aventuras.

Sam se habría conformado con volver a casa y ver en la MTV el vídeo de «Wicked Games», de Chris Isaak, pero Charlie tenía una sorpresa para él. Quería acción y tenía el plan perfecto.

—¿Qué te parece si vamos a pescar a la playa Devereux? —preguntó a Sam, con la idea de tenderle una trampa.

—Aburrido —respondió Sam—. Siempre hacemos lo mismo. ¿Y si vemos una peli? En el Warwick dan *Terminator 2*. Nick Burridge nos dejaría colarnos y sentarnos al fondo.

—Tengo una idea mejor.

—Es una peli no recomendada para menores. ¿Qué puede ser mejor que eso?

Charlie se sacó dos entradas del bolsillo de la chaqueta vaquera. Entradas para los Red Sox. Jugaban contra los Yankees. Boston estaba en racha, y los malvados «Bomberos del Bronx» habían perdido once de los últimos trece partidos.

—¡No puede ser! ¿De dónde las has sacado? —preguntó Sam.

—Tengo mis contactos.

—¿Cómo vamos a ir hasta allí? ¿En avión?

—No te preocupes por eso. La señora Pung está de vacaciones. Podemos tomar prestada su furgoneta.

—¿Su furgoneta? ¡Si ni siquiera tienes carnet de conducir!

—¿Quieres ir o no?

—¿Y qué pasa con mamá?

—No te preocupes. No se enterará.

—Pero no podemos dejar a Oscar. Se asustará y destrozará la casa.

—Podemos llevárnoslo.

Dicho y hecho; Charlie, Sam y su sabueso salieron hacia Boston en la furgoneta Country Squire de su vecina la señora Pung. Pero sin su vecina. El informe policial hizo hincapié en el hecho de que en el vehículo robado blanco de interior rojo viajaban dos menores sin licencia y un perro. Sin embargo, cuando regresó de Naples, Florida, la señora Pung retiró los cargos por el robo de su vehículo. Eran buenos chicos, comentó. Solo habían tomado prestado su coche. Habían cometido un terrible error. Y lo habían pagado con creces.

El viaje duró treinta minutos y Charlie tuvo especial cuidado en la carretera 1A, por la que patrullaba la policía de Swampscott y Lynn. Los chicos escucharon en WRKO el programa previo al partido, charlaron sobre la última vez que habían ido al estadio, contaron su dinero y calcularon que tenían suficiente para dos perritos calientes cada uno, una Coca-Cola y una bolsa de cacahuetes.

—Este es nuestro año —dijo Sam—. Los Sox ganarán la Serie Mundial.

—Solo tienen que romper la Maldición del Bambino —respondió Charlie. Era la maldición temida por todo fanático del equipo de Boston: el traspaso de Babe Ruth a los Yankees había sido un maleficio para los Sox.

—No creerás en esas cosas, ¿verdad?

—Piénsalo. Los Sox no han ganado la Serie desde mil novecientos dieciocho. Los Yankees la han ganado veintidós veces. Saca tus propias conclusiones.

—Oh, vamos, Babe no tuvo la culpa de que Bill Buckner pifiara ese roletazo en el ochenta y seis.

Buckner era el vilipendiado primera base a quien se le coló una rola lenta entre las piernas en el sexto juego de la Serie Mundial, lo cual les costó el partido y, como muchos juraban, también el campeonato.

—¿Cómo lo sabes?

—Porque no fue culpa suya.

—Bueno, yo creo que sí.

—Claro que no.

—Claro que sí.

Guardaron silencio.

—¿Lo dejamos en empate? —propuso Sam de mala gana.

—De acuerdo. Empate.

Y con eso, se terminó la discusión, aunque no quedó zanjada. Un empate era la forma que tenían de poner fin a una disputa que podría haber durado toda la noche. Tomarían buena nota de ella en el *Libro de las grandes y pequeñas discusiones entre Sam y Charlie*, y, tras el procedimiento oportuno, podrían retomarla en cualquier momento. Sin importarle la diferencia de edad con Charlie, Sam se lanzaba a discutir con pasión, y a menudo los dos hermanos pasaban horas en la biblioteca Abbot de Pleasant Street reuniendo munición para sus batallas.

Ahora, con sus ladrillos rojos y cristales relucientes, Boston los esperaba al otro lado del río Charles. Bajaron por Brookline Avenue y vieron las luces neblinosas del estadio. Enfrentándose al gélido viento, Oscar se asomó por la ventana. Con su abrigo rojo y blanco, era la mascota perfecta para aquella aventura.

Al llegar al aparcamiento, los chicos metieron el perro en una mochila y se dirigieron a la tribuna descubierta. Cuando llegaron a sus asientos, se produjo una ensordecedora ovación para el número 21 de los Red Sox, Roger Clemens, que había lanzado su primer misil. Los muchachos, sonrientes, miraron a un lado y a otro del estadio, observando a la multitud. Un guarda del estadio testificaría más tarde que vio a los dos muchachos solos, ataviados con gorras y guantes de béisbol, pero que no los detuvo ni les hizo preguntas.

Sus asientos estaban en el jardín derecho del campo, justo detrás del de un tipo que debía de medir más de dos metros, pero no les importó. Aunque hubiera llovido a cántaros o nevado, nada habría estropeado el espectáculo en el jardín izquierdo del Monstruo Verde, la hierba, las líneas de tiza y la tierra del cuadro interior. Estaban justo al lado del poste de Pesky, a solo unos noventa metros del plato, una distancia desde la que fácilmente podrían atrapar una bola de *home run*.

Uno de sus héroes, Wade Boggs, se quedó sin jugar por un problema en el hombro derecho, pero Jody Reed ocupó su lugar y lanzó la pelota, y anotó un doble y un *home run* por el poste del jardín izquierdo. Los muchachos disfrutaron de dos perritos calientes cada uno. Una mujer de la fila de atrás dio a Oscar un puñado de Cracker Jacks. Un tipo con barba sentado al lado de la mujer les ofreció un par de sorbos de Budweiser. Charlie tuvo la precaución de no beber demasiado. Aun así, el informe policial recogería que se le había detectado alcohol en la sangre. El suficiente para suscitar preguntas, pero no para proporcionar respuestas.

Clemens no concedió ni una sola carrera a los Yankees, tan solo les permitió conectar tres veces la bola y eliminó a siete bateadores por *strike-out*. La multitud vitoreó a su equipo y Oscar aulló. Al término del partido, y con una victoria de 2-0, los aficionados comenzaron a dispersarse, pero los chicos permanecieron sentados un rato más, repasando las mejores jugadas. Milagrosamente, su equipo estaba muy cerca de enfrentarse al equipo de Toronto. En lugar de venirse abajo en septiembre, siempre el mes más cruel, los Sox estaban tomando la delantera.

—Algún día tendremos un abono de temporada —dijo Charlie—. Y nos sentaremos allí abajo, en la primera fila, justo detrás del plato.

—Me conformo con verlos desde la tribuna descubierta —respondió Sam al tiempo que se comía los últimos cacahuetes—. Los asientos me dan igual mientras estemos tú y yo, siempre juntos, porque eso es lo que hace que el béisbol sea genial.

—Tú y yo siempre jugaremos juntos, Sam. Pase lo que pase.

Las luces comenzaron a apagarse. Los trabajadores del estadio ya casi habían cubierto el campo interior con la lona impermeabilizada.

—Será mejor que nos vayamos —dijo Charlie.

Los chicos se dirigieron al aparcamiento, donde ya solo quedaba la furgoneta blanca. El viaje de regreso a casa fue mucho más rápido. En la radio, Springsteen cantaba «Born to run». Apenas había tráfico. Tardarían media hora en llegar a casa. A las 10.30 ya estarían allí. Su madre no regresaría hasta la medianoche. La señora Pung estaba en Florida y no se enteraría jamás.

Cuando pasaban por delante del canódromo Wonderland, Sam se sacó un casete del bolsillo y lo metió en la radio. Era *The Joshua Tree*, de U2. Charlie cantó cuando sonó «With or Without you».

—Bono mola —dijo Sam.

—El Boss mola más.

—Bono.

—El Boss.

—¿Empate?

—Empate.

Siguieron su viaje en silencio durante un rato, hasta que Sam preguntó de repente:

—¿Cuánto falta para que sea adulto?

—Ya lo eres —respondió Charlie.

—Hablo en serio. ¿Cuándo dejaré de ser un niño?

—Oficialmente —comenzó Charlie—, cuando tienes doce años ya eres un hombre y puedes hacer lo que quieras.

—¿Quién lo dice?

—Lo digo yo.

—Soy un hombre y puedo hacer lo que quiera —repitió Sam, satisfecho por cómo sonaban aquellas palabras. Una enorme luna flotaba sobre la superficie del río Saugus y Sam bajó la ventanilla—. Mira, esta noche está más grande. Debe de estar más cerca.

—No creo —respondió Charlie—. Está siempre a la misma distancia. Es solo una ilusión óptica.

—¿Qué es eso?

—Algo así como una broma que te gastan los ojos.

—¿Qué clase de broma?

—Cuando ves la luna en el cielo —explicó Charlie—, está

siempre a unos trescientos sesenta y tres mil kilómetros de distancia. —Realizó los cálculos. Las matemáticas le resultaban sencillas—. A la velocidad que vamos ahora mismo, tardaríamos ciento setenta días en llegar hasta ella.

—A mamá no le haría gracia —dijo Sam.

—Y la señora Pung tampoco se alegraría al ver el cuentakilómetros.

Los chicos se rieron. Entonces Sam comentó:

—No es una ilusión óptica. Esta noche está más cerca. Te lo juro. Mira, tiene un aura alrededor, como la de un ángel.

—Nada de eso —respondió Charlie—. Es la refracción de los cristales de hielo en la parte alta de la atmósfera.

—¡Vaya! ¡Creí que era la refracción de los cristales de hielo de tu culo! —gritó Sam entre risas, mientras Oscar lo acompañaba con una serie de ladridos breves y agudos.

Charlie comprobó los espejos, siguió avanzando en línea recta y volvió la cabeza hacia la derecha para echar un rápido vistazo a la luna. Allí estaba, parpadeando entre los barrotes de hierro del puente levadizo, siguiéndolos muy de cerca en su viaje de regreso a casa. Sin duda aquella noche parecía más próxima que nunca. Volvió de nuevo la cabeza para verla mejor. Creyó que el puente estaba vacío, de modo que no levantó el pie del acelerador.

De todas las decisiones irresponsables que tomó aquella noche, sin duda aquella fue la peor. Charlie echó una carrera a la luna y en el último segundo antes del fin, vio la perfecta imagen de la felicidad. El inocente rostro de Sam, mirándolo fijamente. El rizo que colgaba sobre su frente. El guante Rawlings en la mano. Y a continuación, tan solo vidrios rotos, metal y oscuridad.

2

Mientras el gélido viento se colaba entre los arcos del puente General Edwards, Florio Ferrente sacó de la parte de atrás de su camión el equipo de herramientas de rescate. Las hojas dentadas de la cizalla pesaban más de dieciocho kilos y podían cortar el acero, pero Florio, con sus enormes manos, las sujetaba como si fueran tijeras de cocina.

Florio se arrodilló durante unos instantes y dijo la oración de los bomberos que solía recitar cada vez que empezaba a trabajar.

Dame valor.

Dame fuerza.

Por favor, Señor, no me abandones.

Acto seguido, llegó el momento confuso en que tocaba pasar a la acción. Mil —o un millón— de cálculos y consideraciones. Todos en un instante. Evaluó la cantidad de gasolina vertida y la posibilidad de que se produjera un incendio o una explosión. Valoró el modo más rápido de acceder al vehículo —¿a través del parabrisas, del capó o de las puertas?—, calculó de cuánto tiempo disponía para el rescate. Tiempo, precioso tiempo.

Florio recorrió las irregulares marcas del derrape y examinó el camión con remolque, que había quedado doblegado. No se molestó en acercarse al conductor del camión, sentado en la mediana de la carretera y con la cabeza apoyada entre las manos. Apestaba a cerveza y a sangre. Era una de las normas del rescate: Dios protege a los necios y a los borrachos. El tipo estaría bien.

Le bastó con echar un vistazo a la matrícula de la furgoneta blanca para obtener un poco de información. La Ford pertenecía a la señora Norman Pung de Cloutman's Lane, Marblehead. 73 años. Problemas de visión. Tal vez esa fuera la primera pista.

El vehículo estaba aplastado y vuelto del revés, como una cucaracha, con el morro hundido en las rejas del puente. El rastro de cristales y de metal le informaban de que el coche había dado por lo menos dos vueltas de campana. Florio se arrodilló y miró a través de una ventana destrozada.

No oyó ningún ruido. Ni un sonido de respiración o un leve quejido. Hilos de sangre corrían entre las rendijas del metal.

Con rapidez, introdujo una expansora hidráulica en la estrecha rendija que había entre el capó y la puerta. Un rápido movimiento del pulgar y el sistema hidráulico se puso en funcionamiento. La estructura del coche gimió mientras la máquina separaba el metal y formaba un estrecho espacio por el que reptar hasta el interior del vehículo. Florio metió la cabeza y vio a dos chicos, boca abajo, inconscientes, enredados en los cinturones de seguridad. Tenían los brazos retorcidos, cada uno alrededor del cuerpo del otro, como en un abrazo sangriento. No había rastro de la señora Pung.

—Dos víctimas con lesiones traumáticas en los asientos delanteros —gritó a su compañera, Trish Harrington—. Un perro en la parte trasera. Traslado inmediato al hospital. Prioridad uno.

Salió del vehículo aplastado y clavó la herramienta hidráulica en las bisagras de la puerta. Otro movimiento del pulgar y las afiladas hojas realizaron dos cortes limpios. Florio retiró la puerta y la lanzó sobre la carretera.

—Pásame dos collares cervicales —ordenó—. Y dos tablas cortas.

Volvió a reptar hasta el interior del vehículo.

—¿Me oyes? —preguntó al niño más pequeño—. Háblame.

No obtuvo respuesta. El chico no se movió. Tenía el rostro y el cuello cubiertos de sangre, y los ojos y los labios hinchados.

Otra norma del rescate: si un niño no se mueve, preocúpate.

Florio le colocó un collarín, lo ató a una tabla y cortó el cinturón con el cuchillo. Tiró del pequeño con suavidad y lo dejó en el suelo. Era ligero, pesaría unos treinta y cinco kilos y, aunque pareciera increíble, aún llevaba puesto un guante de béisbol.

—Pupilas arreactivas —anunció Florio mientras le iluminaba los ojos con la linterna—. Postura anormal. Sangre en los oídos.

Todas malas señales. Hora de atender a la segunda víctima. Volvió a entrar en el vehículo. El adolescente estaba atrapado bajo la columna de dirección. Florio metió otra expansora en el espacio de los pies y la puso en marcha. Mientras el metal se separaba, vio que tenía una fractura abierta en el fémur. Y olió la fétida mezcla de líquido refrigerante y sangre.

Le colocó un collarín a toda prisa, le ajustó la tabla a la espalda, lo sacó del coche y lo dejó en el suelo con cuidado.

—¿Me oyes? —preguntó. No obtuvo respuesta—. Si me oyes, apriétame la mano —dijo. Nada.

Las dos jóvenes víctimas yacían tumbadas sobre las tablillas, una al lado de la otra. No se pudo hacer nada por el pequeño perro que había en el asiento trasero. Estaba aplastado entre el eje trasero y el maletero. Qué lástima. «San Francisco —susurró—, bendice a esta criatura con tu amor.»

Florio miró el reloj. Esa era la hora de oro: disponía de menos de sesenta minutos para salvarles la vida. Si lograba estabilizarlos y llevarlos hasta un cirujano especialista en traumatología, tal vez sobrevivieran.

Él y su ayudante levantaron al primer niño y lo metieron en la ambulancia. A continuación hicieron lo mismo con el segundo. Trish corrió a ocupar el asiento del conductor. Florio subió a la parte trasera y se inclinó hacia delante para cerrar las puertas. En el horizonte, vio la luna llena. Dios la había puesto allí, estaba seguro, para recordarnos el pequeño lugar que ocupamos en el mundo. Un recordatorio de que lo bello es efímero.

En ese momento la ambulancia arrancó y la sirena comenzó a sonar. Cerró las puertas. Durante un instante, sus dedos acariciaron la medalla de oro que llevaba colgada al cuello. Era de san Judas, patrón de los imposibles.

Muéstrame el camino.

Puso el estetoscopio sobre el pecho del niño más pequeño. Escuchó y supo la verdad.

Haría falta un milagro.

3

Un velo de neblina cubría el suelo y amortiguaba los sonidos del mundo. Charlie, Sam y Oscar se acurrucaron en la húmeda oscuridad. No había nadie alrededor. Podían estar en cualquier sitio, o en ningún sitio. No importaba. Estaban juntos.

—Mamá nos matará por esto —dijo Sam, temblando. Dio un puñetazo al guante de béisbol—. Se enfadará con nosotros. Se enfadará muchísimo.

—No te preocupes, enano —respondió Charlie, y apartó los rizos de la cara de su hermano—. Yo me ocuparé de eso.

Imaginó el gesto de decepción de su madre: la frente encendida, las venas de las sienes latiéndole con fuerza, el ceño fruncido y las pequeñas arrugas amontonadas alrededor de los labios.

—Iremos a la cárcel por esto —dijo Sam—. La señora Pung nos lo hará pagar, y no tenemos dinero.

Volvió la cabeza y se fijó en una silueta irregular que se dibujaba entre las sombras. Ahí estaba el deformado armazón de la furgoneta. Lo que no había destrozado el accidente lo habían cortado los bomberos.

—No irás a la cárcel —respondió Charlie—. Eres demasiado pequeño. No pueden castigar así a un chico de doce años. Quizá me lleven a mí, porque soy el que conducía; pero no a ti.

—¿Qué vamos a hacer? —preguntó Sam.

—Ya se me ocurrirá algo.

—Lo siento —dijo Sam—. Ha sido culpa mía.

—No es verdad.

—Te he distraído con la luna.

—No digas eso. Debería haber visto el camión y tendría que haberme apartado.

Sam dio un puñetazo al guante. El ruido sonó apagado en el vacío. Otro puñetazo.

—¿Y ahora qué?

—Dame un minuto —respondió Charlie—. Estoy pensando.

Miró alrededor, intentando identificar el paisaje. No había rastro del puente, de la curva del río ni del contorno de la ciudad. El cielo era un manto negro. Buscó Polaris, la estrella del Norte. Escrutó la oscuridad tratando de encontrar alguna constelación que le permitiera orientarse. Solo veía formas que se movían a lo lejos, cuerpos sólidos en el fluido de la noche.

Entonces, entre la tiniebla, comenzó a darse cuenta de dónde estaban. De algún modo misterioso, se habían trasladado a una pequeña colina con dos sauces llorones desde la que se veía el puerto. Charlie reconoció la curvatura de la orilla, con la multitud de mástiles que se agitaban en el agua y el resplandor verde del faro.

—Creo que estamos en casa.

—¿Cómo es posible?

—No lo sé, pero mira, ahí está el embarcadero Tucker.

Lo señaló con la mano, pero Sam no parecía interesado.

—Mamá nos castigará —dijo Sam—. Será mejor que inventemos una buena historia, o usará el cinturón.

—No lo hará —dijo Charlie—. Se me está ocurriendo un plan. Confía en mí.

Pero Charlie no sabía qué hacer ni cómo salir del aprieto. En ese momento vio otra luz a lo lejos, al principio tenue, pero que se volvía cada vez más brillante. Tal vez fuera una linterna o un equipo de rescate. Oscar comenzó a ladrar, primero con alegría, y después soltó un largo aullido.

—Mira —dijo Sam—. ¿Quién es?

—Oh, mierda.

Charlie nunca decía palabrotas y Sam se puso nervioso.

—¿Es mamá?

—No, no lo creo.

—Entonces ¿quién es? Tengo miedo.

La luz era cálida y brillante, y estaba cada vez más cerca.

—No tengas miedo —dijo Charlie.

Estaban muertos.

No tenían pulso. No respiraban. Hipóxicos. No tenían oxígeno en la sangre a causa del paro cardíaco producido por el fuerte traumatismo. Muertos. Florio iluminó una vez más con su linterna las pupilas dilatadas del chico mayor. Eran negras e infinitas.

Le colocó electrodos en las muñecas y en la parte izquierda del pecho y conectó el monitor. La línea en la pantalla de ECG de seis segundos era plana.

—Aquí unidad médica —dijo a la radio—. Tengo dos accidentados. Sin pulso y sin respiración.

Florio buscó el equipo de intubación e introdujo la hoja metálica curvada del laringoscopio en la boca del chico. Apartó su fláccida lengua y buscó el agujero de entrada a la tráquea, una diminuta abertura entre las cuerdas vocales. Empujó con fuerza y el instrumento se colocó en posición. Perfecto. Con un movimiento veloz, infló el manguito, le ajustó la bolsa de resucitación y comenzó a ventilarlo.

El vehículo salió disparado hacia las Urgencias del North Shore, y Florio se dio cuenta de que solo le quedaba una opción. Así pues, levantó las palas del desfibrilador, las apoyó en el pecho desnudo del chico, apretó el botón con el pulgar y descargó sobre él doscientos cincuenta julios.

Maldición.

El monitor no mostraba ningún cambio. El corazón seguía en fibrilación ventricular y temblaba como un flan de gelatina. Con movimientos rápidos y mecánicos, Florio hizo un torniquete en el brazo del muchacho, le buscó la vena, le clavó una jeringuilla, le colocó una vía intravenosa y le inyectó epinefrina. A continuación subió el desfibrilador a trescientos julios.

Apretó el botón y el cuerpo dio una sacudida. De nuevo, no hubo suerte, pero Florio había pasado por situaciones similares. Había salvado a infinidad de diabéticos con ataques de hipoglucemia con inyecciones de D50. Había devuelto a la vida a decenas de adictos con sobredosis de heroína con pinchazos de Narcan. Nunca se rendía. Jamás era demasiado tarde para un milagro. Incluso cuando el ataúd estaba bajo tierra, aún podía haber esperanza. A lo largo de los años, Florio había coleccionado recortes de prensa sobre muertos que golpeaban sus féretros para que los dejaran salir. Sentía un cariño especial por el caso de un reverendo de Sudáfrica que sorprendió a quienes asistieron a su funeral cuando se sumó al coro y comenzó a cantar su himno preferido desde el interior del ataúd. Y también estaba el sacerdote griego ortodoxo que yacía en la capilla ardiente mientras sus fieles le presentaban sus últimos respetos. Cuando las campanas de la iglesia comenzaron a sonar, el hombre se levantó, salió del catafalco y preguntó por qué todos lo miraban.

Así pues, Florio subió la máquina a trescientos veinte julios y apretó el botón. El cuerpo del muchacho se elevó por la sacudida. Era su última oportunidad. Si no lograba que el corazón recuperara un ritmo normal, se habría terminado.

4

La penumbra se había disipado y la luz los rodeaba casi por completo.

Sam temblaba abrazado a Oscar.

—Tengo miedo —dijo—. No quiero meterme en problemas. No quiero que mamá me grite. No quiero que se nos lleve ningún desconocido.

—No pasará nada —dijo Charlie—. Confía en mí.

Sintió el calor de la luz en su interior y el dolor comenzó a aliviarse.

—Prométeme que no me dejarás —dijo Sam, y buscó su mano.

—Te lo prometo.

—¿Me lo juras?

—Te lo juro.

—¿Por lo que más quieras?

—Sí —respondió Charlie—. Promete tú también que no me dejarás.

—Nunca jamás —dijo Sam. Tenía los ojos grandes y brillantes, y el rostro sereno. Nunca antes había tenido un aspecto tan apacible.

Se abrazaron y se quedaron el uno junto al otro, sintiendo la luz que los bañaba, una nebulosa resplandeciente de blanco y oro.

—No te preocupes, enano —repitió Charlie—. Todo saldrá bien. Te lo prometo.

Florio oyó el pitido del monitor.

Tal vez hubiera sido san Florián. O san Judas. O, sencillamente, la gracia de Dios. Retiró las palas del pecho del chico y vio las quemaduras en su piel. La línea del monitor indicaba que el corazón del muchacho había recuperado su ritmo habitual. Entonces, de manera increíble, abrió los ojos lentamente. Eran de color caramelo y estaban inyectados en sangre por los capilares reventados. Tosió y se incorporó. Tenía la mirada perdida de quien ha recorrido un largo camino.

—Bienvenido a la vida —dijo Florio.

El chico parecía confundido y preocupado, lo cual era normal en esas circunstancias.

—¿Dónde está Sam? —susurró—. Estaba hablando con Sam. Le prometí...

—¿Cómo te llamas?

—... le prometí que no lo dejaría.

—Dime tu nombre, hijo.

—St. Cloud —respondió con un hilo de voz—. Charlie St. Cloud.

—Te pondrás bien, St. Cloud. Estoy haciendo todo lo que puedo por Sam.

Florio se persignó y rezó en silencio: «Gracias por el regalo del aliento. Por el regalo de la vida. Por el regalo de todos los momentos...».

Entonces oyó que Charlie preguntaba de nuevo:

—¿Dónde está Sam? ¿Dónde está mi hermano? No puedo dejarlo...

Las palabras no tenían demasiado sentido, pero Charlie percibió la inquietud en el tono de voz de ese hombre. Había en él una tensión que los adultos siempre demostraban cuando las cosas no iban bien. Cuando habían perdido todo el control. El sanitario estaba atendiendo a Sam, justo a su lado.

Presión sistólica sesenta.

No se observa postura anormal.

Imposible realizar intubación.

En ese momento Charlie sintió una oleada de dolor que le recorrió la espalda y el cuello. Hizo una mueca y gritó.

—Tranquilo, estoy aquí contigo —dijo el sanitario—. Ahora te tomarás algo que te dará un poco de sueño. No te preocupes.

Charlie sintió un calor que se le extendía por los hombros y las piernas. Todo se volvió borroso, pero de una cosa estaba seguro: había dado su palabra a su hermano pequeño. Le había prometido que cuidaría de él. Sus padres habían llegado y habían desaparecido de sus vidas pero, ocurriera lo que ocurriese, él jamás abandonaría a Sam.

Sin duda, se habían metido en un buen lío. Su madre los castigaría durante mucho tiempo. Pero nada era para siempre. No importaba lo que les hiciera; nada impediría que él y su hermano crecieran juntos. Absolutamente nada.

En la mente adormecida de Charlie flotaba un desfile de imágenes: algún día no muy lejano serían lo bastante mayores para marcharse de casa, ir a la universidad, conseguir un trabajo de verdad y vivir el uno cerca del otro. Formarían sus propias familias. Jugarían a béisbol con sus hijos y tendrían pases de temporada para ir a ver a los Sox.

Hasta entonces, Charlie nunca había imaginado el futuro. Vivía en el presente con Sam y Oscar. Sin embargo, en ese momento, con un collarín cervical y una vía en el brazo, por algún motivo imaginó los días y los años que le quedaban por vivir: los días y los años con su hermano a su lado, siempre juntos, en cualquier situación. No había alternativa. La vida sin Sam era, sencillamente, inimaginable.

Alargó un brazo hacia la estrecha zona divisoria de la ambulancia. Rozó la ancha cintura del sanitario con la mano. A continuación encontró el brazo de Sam, con la vía puesta, y notó el guante de béisbol encajado junto a su cuerpo. Le tomó la mano y la sintió fría y sin vida. Y Charlie la estrechó con todas sus fuerzas.

II

ZAMBULLIRSE DETRÁS DE UN SUEÑO

5

Las banderas del embarcadero se agitaban al unísono mientras Tess Carroll aparcaba su destartalada Chevy Cheyenne del setenta y cuatro. Salió de la camioneta y estudió las ruidosas formas del viento. Había huellas casi imperceptibles en cada remolino, sutiles pistas en cada uno de los giros. Sabía que era una brisa relajante del sudeste de no más de cuatro nudos. Se iniciaba en los témpanos de hielo de Nueva Escocia, proseguía su curso descendente, soplaba junto con los vientos alisios sobre Nueva Inglaterra y seguía errante hasta alcanzar finalmente el Caribe.

Tess se dirigió a la plataforma de la camioneta y trató de abrir la puerta, pero la maldita plancha de metal no quiso ceder. La había comprado en un depósito de chatarra y su padre la había resucitado con un motor de segunda mano. Fue él quien le dijo que cuando necesitara un motor nuevo se librara de ella. Tess no le hizo caso y, años más tarde, cuando su padre falleció de manera inesperada, supo que jamás se desharía de esa Chevy. Ahora ella se ocupaba de la camioneta y se aferraba a su suave volante como si este fuera una parte de su padre.

Se asomó por encima de uno de los lados y sacó una voluminosa bolsa de nailon que contenía las velas. Tess era alta y delgada, y llevaba el pelo, negro y liso, atado en una coleta que asomaba por el agujero de la gorra. Se llevó la bolsa al hombro, se volvió y avanzó hacia el muelle.

Bella Hopper estaba tomando el sol sentada en una silla plegable de aluminio junto a un cartel escrito a mano en el que se leía: LA MUJER QUE ESCUCHA. Cuando vio que Tess se acercaba, se quitó un auricular y gritó: «¡Coge una silla y ven aquí!». Después de treinta años trabajando como camarera en el bar de Maddie, Bella se había retirado hacía unos años para establecer un nuevo negocio. Por quince dólares la hora escuchaba todo lo que quisieran contarle con garantía de total confidencialidad. No daba consejos y, desde luego, no aceptaba seguros de salud, pero siempre estaba ocupada con clientes que se acercaban hasta el muelle para contarle su vida. El gran don de Bella —que tal vez podría considerarse un arte— era su habilidad de mantener viva una conversación en la que solo hablaba el otro con el número preciso de «Ajá», «¡Oh!» y «¿Qué más?».

—Vamos, Tess, te haré el descuento especial para familiares y amigos. Tan solo cinco pavos por una hora de escucha de calidad.

—Lástima que no aceptes Blue Cross* —respondió Tess con una sonrisa—. Quizá la próxima vez. Tengo que hacerme a la mar.

—Como tú quieras —dijo Bella, mientras se colocaba de nuevo el auricular y se acomodaba en la silla.

Un poco más allá, unos viejos asiduos de la zona del muelle jugaban al pinacle sentados en un banco. Eran pescadores jubilados que vivían de su pensión y del bote de la lotería, y que todas las tardes iban a perder el tiempo a orillas del agua, donde llevaban la cuenta de los barcos, opinaban sobre el precio de la langosta y contaban mentiras.

—¡Hola, princesa! —exclamó con voz ronca uno de los

---

* Compañía de seguros de salud de ámbito nacional que funciona con vales canjeables. *(N. del E.)*

ancianos, mirando a través de las gafas al estilo Larry King*
que dominaban su rostro desaliñado.

—¿Qué tal, Bony? —saludó Tess.

—Aquí estoy, perdiendo hasta la camisa —respondió, y
soltó las cartas—. ¿Necesitas algún tripulante a bordo esta
tarde?

—Ojalá pudiera permitirme tus servicios.

—Te lo ruego. Trabajaré gratis. No aguanto un minuto
más aquí.

—No aguanta perder otra vez —espetó uno de los hombres.

—Por favor, Tess, déjame salir a navegar contigo.

—¿Es que quieres tener otro infarto? —preguntó Tess,
mientras se ajustaba al hombro la bolsa con las velas—. Sabes
que podría producirte uno fácilmente —dijo, y entonces le
guiñó un ojo.

—¡Azote! —exclamó Bony, utilizando la palabra que se
empleaba en la zona como sinónimo de «maldición» y que
había pasado de generación en generación.

—¡Agua va! —respondió Tess.

Por razones que se pierden en el tiempo, esa era la respuesta automática, una expresión acuñada cuando, siglos atrás, la
gente vaciaba los orinales por la ventana. Sin duda, Marblehead
era un lugar antiguo y aislado, donde solo los residentes de
cuarta generación se habían ganado el derecho a llamarse «lu-
gareños». A todos los otros se los consideraba recién llegados,
y los de allí utilizaban expresiones como «¡azote!» para distin-
guirse de los isleños que habían invadido la península, subido
los precios, y llevado capuchinos a Pleasant Street.

—Hasta luego —dijo Tess mientras se dirigía al muelle.

—No te fíes de este tiempo —gritó Bony.

---

* Lawrence Harry Zriger, escritor, periodista y locutor estadounidense
más conocido como Larry King, presentador de Larry King Lik, uno de los
programas de entrevistas que más tiempo lleva en antena. *(N. del E.)*

—De acuerdo. Y tú procura no romper ningún corazón en mi ausencia.

Los hombres se rieron mientras Tess seguía su camino. Llevaba unos pantalones caqui con parches floreados en las rodillas, una camiseta blanca y una holgada camisa azul. Tenía los ojos de un tono verde claro y la nariz terminada en una punta increíblemente delgada, la clase de nariz por la que las mujeres de Los Ángeles y Nueva York pagaban a sus cirujanos miles de dólares. Tess era una de esas jóvenes afortunadas de Nueva Inglaterra que siempre tenían un aspecto fabuloso en los banquetes de almejas del club náutico o en un partido de *broomball* a medianoche. Era una mujer de una belleza natural que solo se miraba en el espejo para comprobar que no tenía sangre en el rostro tras una noche difícil en el barco.

Tess siguió caminando por el muelle en dirección a su reluciente balandra de once metros, una Aerodynede con el casco de color negro pizarra, una cubierta blanca inmaculada y el nombre Querencia pintado con letras doradas en la popa. Había marea media creciente y Tess notó el olor a alga y a sal que flotaba en el ambiente.

—¿Vas a ayudarme o piensas quedarte ahí sentado? —preguntó a un tipo enorme que columpiaba los pies desde el borde de la balandra.

—Te las arreglas muy bien sin mí —respondió Tink Wetherbee al tiempo que se ponía en pie y se alisaba la camiseta, en la que se leía en letras mayúsculas: Se puede utilizar como flotador. Medía un metro noventa y tres, tenía el pecho hinchado como un *spinnaker*, el rostro peludo y un pelo castaño y enmarañado que se cortaba él mismo. A Tess le gustaba bromear y comentar que si se atara un barrilete al cuello, sería igual que un san Bernardo.

—Ya sabes —comenzó a decir mientras Tess subía al barco con la bolsa de las velas colgada al hombro— que eres bastante fuerte para ser una chica.

—Querrás decir bastante fuerte para ser la chica que firma los cheques de tu paga y que podría darte una patada en ese triste trasero que tienes —respondió Tess mientras le lanzaba la bolsa. Lo golpeó en la gigantesca barriga y Tink trastabilló hacia atrás.

—¿Qué tiene de triste mi trasero? —preguntó él mientras agarraba la bolsa y volvía la cabeza para echar un vistazo.

—Créeme, Tink. Da pena verlo. —Tess se metió de un salto en la bañera y le dio un codazo en las costillas al pasar a su lado—. Solo queda una semana —anunció mientras desataba el timón—. Una semana más y me voy. ¿Me echarás de menos?

—¿Echarte de menos? ¿Acaso los esclavos echaban de menos a sus amos?

—Muy gracioso —respondió mientras retiraba las fundas de los instrumentos de navegación—. Dime, ¿cómo está la vela mayor? ¿Lista para el gran viaje?

—Es la mejor que hemos fabricado. Serás la envidia de todo el mundo.

—Me gusta como suena.

Tess estiró los brazos y la espalda, primero hacia el cielo y después hacia sus zapatillas Converse de color rojo. Tenía el cuerpo dolorido por el entrenamiento de los últimos meses. Había hecho miles de levantamientos de pesas por encima de la cabeza y de flexión de brazos. Había corrido y nadado cientos de kilómetros. Había calculado a conciencia cada uno de los pasos y brazadas a fin de prepararse para amarrar velas con vientos de fuerza diez, soportar períodos de largas vigilancias en alta mar y levar anclas.

A la semana siguiente, tras el cañonazo de salida, Tess se haría a la mar en un viaje en solitario alrededor del mundo y, con suerte, el viento le haría recorrer más de treinta mil millas. Era la mayor aventura del deporte —el sueño de toda una vida— y una gran oportunidad para su negocio de fabricación de velas. Eran menos los que habían dado la vuelta al mundo en barco en solitario que los que habían escalado el

Everest, y el objetivo de Tess era convertirse en una de las diez primeras mujeres en completar esa travesía. Hasta ese momento, solo ocho lo habían conseguido.

Contaba con el apoyo de toda la comunidad, cuyos miembros vendían pasteles y organizaban banquetes de langosta al aire libre con el fin de recaudar fondos para su hazaña, y los concejales incluso habían aprobado una resolución oficial en la que la declaraban su embajadora en el mundo. El viaje, que comenzaría en el puerto de Boston, tendría la cobertura de todas las televisiones de Nueva Inglaterra, y periodistas de todo el mundo seguirían su evolución. Incluso los jóvenes de la localidad se habían implicado: la clase de ciencia de la señorita Paternina se había comprometido a enviarle correos electrónicos a diario con las noticias de lo que ocurriera en su ciudad.

Tink se arrodilló en cubierta y sacó la vela mayor de la bolsa de lona. La tela estaba doblada como un acordeón, y comenzó a extenderla. Tess se agachó para ayudarlo.

—Es preciosa —comentó Tess mientras acariciaba la capa exterior de tafetán verde. Ese no era un pedazo de lona vieja, como el que había recortado de una sábana y convertido en vela para su primer barco. Se trataba de una vela mayor de última generación, laminada con fibras Kevlar, fabricada para navegar en las peores condiciones meteorológicas, y todos sus empleados habían trabajado durante semanas para ponerla a punto.

—Espero que mi nombre esté bien escrito —dijo mientras acercaba el borde de la vela al mástil, donde desenroscó el pasador del grillete y fijó el puño de amura. Se arrodilló en la cubierta, giró el winche y comenzó a soltar vela hacia Tink. Centímetro a centímetro, el hombre fue colocándola en la guía y la escota verde comenzó a trepar por el mástil.

Tess sonrió cuando el triángulo que llevaba estampado el nombre de su empresa —VELAS CARROLL— se alzó hacia el cielo. Marineros de los cinco continentes se fijarían en él y, con un poco de suerte, todos querrían hacerse con uno igual.

Entonces giró el winche más despacio y se fijó en que la vela mayor ya había ascendido a dos tercios del mástil. Apenas sintió la ligera brisa que le alborotaba el pelo. No tuvo que mirar la veleta para saber que era un viento del nordeste, la primera manifestación de esas bajas presiones. El susurro de las velas, sacudidas por la brisa, y el cosquilleo en la nuca le informaban de que, más tarde, el mar estaría embravecido.

A Tess le entusiasmaba el viento y sus manifestaciones. De pequeña, siempre la había acompañado. Desde aquella mañana soleada, veinte años atrás, cuando se hizo a la mar a bordo de su primer Brutal Beast, siempre se había guiado por las ondas en el agua y el balanceo de los largos brotes de hierba en tierra firme. Sabía diferenciar entre el viento auténtico y el aparente, y había llegado a dominar el aire de todas las maneras posibles; pilotando planeadores y ala deltas, practicando windsurf y navegando en catamarán, y, para horror de su madre, disfrutando de la caída libre en paracaídas.

Como mujer, había hecho del viento su medio de vida. Recién licenciada en física por el Williams College, comenzó a trabajar en Hood Sails, en Newport, donde aprendió con rapidez y se sumergió en la avanzada ciencia del diseño moderno de velas. Admiraba a Ted Hood, de Marblehead, y patrón en la Copa América, quien sabía trasluchar con un *spinnaker* mejor que nadie en este mundo. Sin embargo, después de un par de años, Tess se dio cuenta de que no le gustaba tener jefe y, lo que era aún peor, detestaba pasarse los días poniendo a prueba por ordenador modelos sobre la relación de arrastre y sustentación. Así pues, con 186,40 dólares en el banco, dejó el trabajo y volvió a casa.

Su padre pidió un crédito a su nombre y Tess abrió su propio taller de velas en Front Street, decidida a competir con los grandes. Al cabo de un año, ya había contratado a una docena de los mejores diseñadores, cortadores y cosedores de la zona. Tess los convirtió en una familia, les pagó mejor que nadie en los alrededores y los animó a soñar con maneras de conseguir que los barcos fueran más rápidos.

Ahora comenzaba a levantarse más viento y Tess hizo girar el winche, pero de repente pareció que la vela se atascaba. Empujó con fuerza la manivela y Tink le echó una mano, pero la vela seguía sin moverse.

—Convendría subir a echar un vistazo —dijo Tess.

—¿Es que quieres izarme con la vela? —preguntó, acariciándose la barriga.

—Nadie tiene la fuerza para hacer eso —respondió. Se acercó a uno de los armarios, sacó la guindola, la afirmó a otra driza y se colocó en el asiento de madera—. Vamos, arriba —ordenó, y con un par de buenos tirones, Tink la elevó por los aires.

Una gaviota revoloteaba sobre su cabeza mientras Tess se alzaba hasta lo alto del mástil de catorce metros. Se agarró al palo y enseguida se dio cuenta de que la driza estaba atascada.

—Afloja la contra —gritó a Tink. A continuación se sacó del bolsillo la navaja multiuso, clavó la punta por debajo de la driza y volvió a colocarla en la roldana—. Ya está liberada —gritó—. Pero dame un segundo. Me encanta estar aquí arriba.

Observó la ciudad, que se extendía en una curva a lo largo de los muelles. Vio a pescadores en las rocas lanzando sus cañas con la esperanza de pescar lubinas estriadas. En el puerto, los niños jugaban con cometas en la playa Riverhead. A lo lejos, divisó los mausoleos y obeliscos del cementerio Waterside, construido sobre una pendiente. Su padre estaba enterrado allí, bajo un arce japonés. Cuando su madre eligió el lugar, se aseguró de que tuviera buenas vistas sobre el puerto.

Sin lugar a dudas, Marblehead era su lugar preferido sobre la tierra, un mundo en sí mismo. Y aunque en la península vivían 20.377 personas, seguía pareciendo un pueblecito.

La mayoría de sus habitantes habían vivido allí toda su vida y jamás se habían planteado marcharse. Nacían en el hospital Mary Alley. Crecían comiendo tortas de arándano en el Driftwood y galletas de jengibre en el Rusty Rudder. Iban a ver películas al Warwick y se emborrachaban en el bar de Maddie. Se reunían en el Landing cada diciembre para ver a Santa Claus y a la señora Claus llegar en un barco con forma de langosta para el desfile navideño. Se casaban en la iglesia Old North y celebraban el banquete en el salón de actos Ferry. Y, al final, cuando cruzaban al otro mundo, eran enterrados en Waterside.

Sin embargo, por mucho que le gustara Marblehead, Tess creía que había algo más esperándola más allá de los peñascos. Tenía todo un mundo por descubrir y, Dios mediante, un gran amor por encontrar. A lo largo de los años, había tenido ocasión de estudiar a los solteros de la ciudad, a los siete que había. Había salido con tipos de todas partes, desde Boston hasta Burlington. Pero después de una serie de relaciones fallidas por toda Nueva Inglaterra, supo que no encontraría al príncipe azul, ni siquiera al hombre de a pie, que supiera cómo tratarla. Así pues, estaba decidida a ir un poco más allá. Soñaba con encontrar en Australia, o en Nueva Zelanda, a un apuesto millonario que hablara tres idiomas, restaurara embarcaciones clásicas de dieciocho metros de eslora, y que fuera lo bastante alto para hacerla girar en volandas.

Su viaje duraría cuatro meses, tal vez más, y, a decir verdad, no estaba en absoluto segura de regresar a casa algún día. Daba la impresión de que su madre conocía todas las historias de navegantes en solitario que habían desaparecido o bordeado la muerte, como la del canadiense que naufragó cerca de las Canarias, escapó en un bote salvavidas con poco más de un kilo de comida y cuatro litros de agua, y logró sobrevivir durante sesenta y seis días.

—Oye, niña, no eres más ligera por estar ahí arriba —gritó Tink desde abajo.

—Lo siento —respondió—. Intento memorizar el aspecto de todo esto.

De nuevo en cubierta y ya sin el arnés, Tess se dirigió al puente de mando, donde sacó una tablilla sujetapapeles de la que colgaba una lista. Ese fin de semana disponía de su última oportunidad para asegurarse de que todo —absolutamente todo— estaba listo y en orden. Repasaría las velas, los pilotos automáticos, el sistema electrónico y el equipo de supervivencia. Después se tomaría unos días de descanso con sus familiares y amigos e intentaría relajarse antes del pistoletazo de salida a la semana siguiente.

Sintió el aliento de Tink a sus espaldas mientras él leía la lista por encima de su hombro.

—¿Estás segura de que no quieres que te acompañe? —preguntó Tink—. Ya sabes, por si hace demasiado frío o te sientes demasiado sola ahí afuera —dijo, y le dio un golpecito con su enorme manaza.

—Es una oferta tentadora, pero no necesito más lastre a bordo.

—¿Quién te subirá cuando vuelva a atascarse la mayor?

—Ya se me ocurrirá algo —respondió Tess—. Ahora háblame de ese frente de bajas presiones. ¿Dará problemas?

—No tiene buena pinta —dijo mientras se sacaba del bolsillo una hoja impresa y comenzaba a desdoblarla.

En el taller de velas, Tink se encargaba de cortar y coser. Para el gran viaje, era su chico para todo, además de meteorólogo. Había trabajado en Bangor como uno de esos hombres del tiempo joviales que daban los pronósticos con alegría, pero su carrera televisiva terminó de manera prematura. Una noche, durante las noticias de las once, se enfadó con una presentadora escuálida de pelo planchado y la llamó «cotorra esquelética». Nadie rebatió su descripción, ni siquiera el director del canal de televisión, pero Tink perdió su trabajo de todos modos. Entonces abandonó la laca y el maquillaje, se mudó a la costa norte y se dedicó a fabricar velas y a hacer previsiones del tiempo.

—Parece que llega un gran frente de bajas presiones desde Maine —explicó—. Se ven las isobaras en la parte posterior de la depresión.

—Eso significa más viento —dijo Tess, con una sonrisa burlona.

—Me gustaría que no salieras, pero ya que lo harás, será mejor que tomes rumbo suroeste y te adelantes a la tormenta. No quiero que rompas nada de este barco antes de lo previsto.

—Nos veremos el domingo, grandullón.

—Pide ayuda por radio si me necesitas —dijo Think, dirigiéndose a la barandilla—. Y recuerda que estaré llorando tu ausencia desconsoladamente.

—¿Llorando mientras comes perritos calientes y ves el partido de esta noche?

—Me comeré uno por ti.

Tink bajó al muelle de un salto al tiempo que Tess giró la llave y el motor comenzó a rugir con un ruido sordo. Agarró la palanca de aceleración y estaba a punto de empujarla cuando oyó una voz que la llamaba.

—Hola, navegante —gritó una mujer desde el muelle. Tenía cerca de sesenta años y algunos mechones de pelo canoso le asomaban por encima de la visera—. ¿No piensas darle un beso de despedida a esta pobre anciana? —Grace Carroll era tan alta como su hija y, pese a la operación de prótesis de cadera a la que se había sometido hacía algunos años, avanzaba por la pasarela con paso enérgico—. Estaba en la cocina, mirando por la ventana, y te he visto subida al mástil. Se me ha ocurrido venir a saludarte.

—¡Ay, mamá! —exclamó Tess—. Siento no haberte llamado. He estado tan ocupada...

—No te preocupes por mí —dijo Grace mientras subía al barco—. He estado yendo de un lado a otro como una loca, asegurándome de que las actividades para recaudar fondos estarán a punto para la semana que viene. —Durante años, Grace había formado parte del comité de la Sociedad Benéfica para las Mujeres, la organización benéfica más antigua de la ciudad fundada después de que, a principios del siglo XIX, un temporal dejara viudas a setenta y cinco mujeres de Marblehead—. Ten mucho cuidado ahí afuera —advirtió—. Cuento contigo para entretener a las ancianas.

—Allí estaré, no te preocupes —dijo Tess.

—No te olvides de que el miércoles vendrá la WBZ a hacerme una entrevista sobre tu travesía. Será mejor que hablemos sobre lo que quieres que diga, no me gustaría avergonzarte. —Se rió, miró el *Querencia* de arriba abajo y añadió—: Tu padre estaría tan orgulloso, y tan celoso, también.

Era cierto. Estaría orgulloso y celoso. Le había enseñado a virar en una pequeña bañera con un palo de escoba como mástil. La había aplaudido cuando, con cinco años, ganó su primera competición en la semana de regatas a bordo de un Turnabout. Y, sobre todo, la había animado a ser audaz y a comprobar hasta dónde podía llegar en esta vida. «Zambúllete detrás de tus sueños —solía decirle, citando el poema de e. e. cummings—. Y vive por amor.»

Cuando tuvo el infarto dos años atrás —sin duda por demasiados emparedados de langosta en Kelly's, en la playa de Revere—, en el universo de Tess se abrió un agujero enorme. Lo había intentado todo para llenar ese vacío, pero había sido en vano. Así pues, decidió hacer lo que él le había dicho: ponerse a prueba y ver hasta dónde era capaz de llegar. Su travesía alrededor del mundo era un homenaje a él.

—¿Cuándo volverás? —preguntó Grace.

—El domingo, a la hora de cenar, o quizá un poco antes. Dependerá del viento.

—¿Te apetece que prepare una sopa de pescado?

—Más que nada en este mundo.

Grace se pasó una mano por el pelo y después añadió:

—Dime una cosa. ¿Para quién diablos voy a cocinar los domingos por la noche cuando te hayas marchado?

—Muy fácil —respondió Tess—. Para Tink y Bobo.

—¿Bobo? ¿Ese perro viejo? ¡Me dejará la despensa vacía! ¿Seguro que no puedes llevártelo a viajar por el mundo?

—Ojalá pudiera, pero va en contra de las normas. No se permiten acompañantes.

—Es una norma ridícula. ¿Qué sentido tiene viajar sin un compañero? —Los ojos claros de Grace conseguían, de algún modo, hacer preguntas sin necesidad de palabras, y Tess sabía exactamente qué se estaba preguntando su madre: «¿Por qué no has encontrado uno todavía?». «¿Por qué no has sentado la cabeza?» «¿Por qué no has aceptado ninguna de las dos propuestas de matrimonio?» Entonces la expresión de Grace cambió y, de repente, volvió a la realidad—. Te quiero. Que tengas buen viaje. Y no te olvides de ir a ver a la abuela cuando vuelvas. No le vendrá nada mal un abrazo de su nieta.

Se volvió para cruzar la pasarela, pero Tess la detuvo poniéndole una mano en el hombro.

—Ven aquí, mamá —dijo mientras abría los brazos. La estrechó con fuerza, como solía hacerlo su padre, y durante un momento pensó que podría romperla entre sus brazos. Era como si el cuerpo de Grace se hubiera encogido por la falta de contacto físico y la ausencia de su compañero de vida. Tess sintió también los brazos de su madre alrededor de su cuerpo, apretándola, como si no quisiera soltarla.

Tras unos momentos, se separaron. Grace le pellizcó una mejilla, le dio un beso y se volvió hacia el puerto.

Tess empujó la palanca de aceleración. El barco comenzó a deslizarse, se adentró en el canal y dejó atrás multitud de barcos amarrados en el puerto. Echó un vistazo a la hoja del mapa del tiempo y el curso que Tink le había trazado. Una gruesa línea negra zigzagueaba en dirección sudeste hasta más allá de Halfway Rock y a continuación hacia el oeste a través del canal de Cape Cod hasta llegar a la bahía Buzzard, y después retrocedía. Era la ruta sencilla, alejada de las bajas presiones procedentes del norte.

Pero Tess quería acción. Quería tensar las velas y sentir la velocidad. Oyó el crujido del barco, deseoso de seguir adelante. Las velas aleteaban contra el mástil. En el horizonte, divisó una extensa masa de altocúmulus grises que tenían por debajo unos pequeños parches parecidos a escamas de pez. Se acordó de la canción del marinero: «Las colas de yegua y las escamas de caballa hacen que las velas de los barcos bajas vayan». Al cabo de pocas horas el viento soplaría con fuerza, como a ella le gustaba.

Cuando hubo cruzado la boca del puerto y dejado atrás el faro, dirigió el barco hacia un rumbo inesperado. Su brújula señalaba 58 grados en dirección al canal de Eagle Island y la boya de Powers Rock. Tess nunca se planteaba seguir las rutas fáciles. Si no podía hacer frente a unas bajas presiones, ¿cómo lograría dar la vuelta al mundo? De modo que aflojó la escota para navegar a un largo y la mayor se llenó de viento. Después se quedó observando los saltos de los indicadores de su instrumental mientras el *Querencia* ganaba velocidad y navegaba con un viento cada vez más intenso, directo hacia la tormenta.

6

La mujer del vestido negro lloraba.

Se arrodilló junto al sepulcro y se agarró con una mano a la losa de granito. Su frágil cuerpo se agitaba con cada sollozo y su cabello canoso, recogido con esmero en un moño, parecía soltarse mechón a mechón.

Charlie St. Cloud la observaba desde detrás de un seto de boj. Reconoció a la mujer pero mantuvo la distancia. Respetaba su dolor. Aún no había llegado el momento de dar un paso al frente y ofrecerle una mano amiga. Así pues, se metió los guantes de trabajo en el bolsillo trasero del pantalón, desenvolvió un chicle, se lo metió en la boca y esperó.

Había cavado la tumba esa misma mañana, llevado el ataúd desde el coche mortuorio, lo había metido en el hoyo y cubierto con tierra una vez terminado el funeral. Había sido el único entierro del día en el cementerio Waterside. El trabajo había parado un poco. Uno de los trabajadores de Charlie estaba en la parte exterior del recinto, recortando los setos. Otro limpiaba las estatuas con agua a presión. Un tercero recogía ramas caídas tras una tormenta. Septiembre era siempre el mes más flojo del año en el negocio funerario. Charlie no sabía exactamente por qué, pero diciembre y enero eran los meses de más trabajo. La gente fallecía con mayor frecuencia en los meses de frío, y Charlie se preguntaba si se debía a las heladas o a los excesos de las fiestas.

Habían pasado trece años desde que Charlie estuvo en Waterside por primera vez. Trece años desde que los sanitarios no pudieron hacer nada por la vida de su hermano pequeño. Trece años que se habían esfumado desde que enterraran a Sam en un pequeño ataúd cerca del Bosque de las Sombras. Trece octubres. Trece Series Mundiales. Trece años manteniendo su promesa.

Charlie seguía siendo un joven atractivo de cabello rubio rojizo. El hoyuelo de pícaro que tenía en una mejilla aparecía cada vez que esbozaba una sonrisa, y sus ojos de color caramelo se volvían amables siempre que se encontraba con algún conocido. Con cada año que pasaba, su madre insistía en que se parecía cada vez más a su padre, lo cual no podía considerarse un halago, pues la única fotografía que había visto de él mostraba a un hombre de facciones duras subido a una motocicleta, con unas relucientes gafas de sol modelo aviador apoyadas en la cabeza.

Charlie había crecido unos cuantos centímetros y ya medía un metro noventa. Tenía los hombros anchos y los brazos musculados de levantar ataúdes y piedras. La única secuela que le quedaba del accidente era una leve cojera, apenas perceptible. Los médicos le habían dicho que los clavos, tornillos y placas que llevaba en el fémur y el peroné activarían cualquier detector de metal, pero Charlie no había tenido ocasión de comprobarlo.

Después del accidente, había terminado el instituto, había pasado un par de años en la Universidad Estatal de Salem y obtenido una titulación en medicina de urgencia. Era un sanitario licenciado, pero por mucho que intentara marcharse de allí, jamás consiguió alejarse demasiado de Waterside. Ni siquiera el amor que sentía por una hermosa profesora de Peabody logró arrancarlo de allí, porque siempre terminaba regresando a ese lugar y a su promesa.

Waterside era su mundo, treinta hectáreas de hierba y granito rodeadas de hierro forjado. Vivía en la casita del enterrador, al lado del bosque, y se ocupaba de todo: de las inhumaciones, de cortar el césped y del mantenimiento. Era un trabajo de responsabilidad, y Charlie siempre había sido un joven responsable, con excepción de aquella noche en el puente, la noche que lo había cambiado todo.

Ahora tenía veintiocho años, y Charlie había pasado su vida adulta cuidando de los muertos y los vivos de Waterside. Había realizado un enorme sacrificio para mantener la promesa que le había hecho a Sam. Había sacrificado su sueño de trabajar en el equipo directivo de los Red Sox, en Fenway Park, o incluso en la Liga Nacional de Béisbol en Park Avenue, Nueva York.

Ese día, como cualquier otro día, había visto llorar a alguien, y le había dolido el corazón. Siempre sucedía lo mismo: jóvenes, viejos, sanos o enfermos llegaban, se enfrentaban al momento y se marchaban.

Las rodillas de la mujer estaban apoyadas sobre el túmulo de tierra fresca que él había amontonado con la pala. Un metro de ancho, dos metros y medio de largo, un metro y medio de profundidad. Medio metro de tierra por encima. Todo de acuerdo con las normas del estado.

La mujer trató de levantarse, pero le temblaron las piernas y cayó de nuevo sobre una rodilla. Era el momento de ofrecerle una mano. Charlie se sacó el chicle de la boca y se acercó a ella. Iba vestido con el uniforme de Waterside: un polo azul claro con el logotipo del cementerio, pantalones de algodón bien planchados y botas de trabajo.

—¿Señora Phipps? —preguntó. La mujer alzó la cabeza, sorprendida, y pareció atravesarlo con la mirada—. Soy yo. —Ella meneó la cabeza con desconcierto—. Soy yo. Charlie St. Cloud. ¿Me recuerda? Me sentaba enfrente suyo en la clase de lengua de décimo curso.

La mujer se enjugó las lágrimas y asintió.

—Por supuesto que te recuerdo, pero al parecer tú has olvidado el buen uso de los posesivos. La sintaxis correcta es: «me sentaba enfrente de usted».

—Disculpe. No olvidaré esta enseñanza —respondió Charlie, y le mostró su hoyuelo.

Inestable sobre sus zapatos de tacón y con una carrera en las medias, Ruth Phipps consiguió esbozar una débil sonrisa. En aquellos años todos la conocían como Ruth *La Implacable*, el terror del instituto Marblehead, famosa por destrozar la media académica de los alumnos con sus pruebas malintencionadas y exámenes finales imposibles.

—Charlie St. Cloud —dijo—. Veamos, sacaste un excelente en el primer examen y después se produjo aquel accidente... Tu hermano...

—De eso hace mucho tiempo —respondió Charlie metiéndose las manos en los bolsillos—. En fin, he venido a darle el pésame. Quería que supiera que ha elegido uno de los lugares más bonitos del cementerio.

La mujer negó con la cabeza.

—Fue tan repentino. Tan inesperado. Ni siquiera tuve tiempo de despedirme.

La señora Phipps se secó las lágrimas que le corrían por el rostro ovalado y de repente se mostró como un ser humano cualquiera. Tenía los brazos tan frágiles como los de un sauce y los ojos castaños como la corteza del árbol. La muerte igualaba a todo el mundo.

—Lo siento —dijo Charlie.

—¿Qué va a ser de mí ahora? ¿Qué voy a hacer? —Seguía temblando—. ¿Qué pasará con mi dulce Walter?

—Confíe en mí. Todo irá bien. Solo necesita tiempo, ya lo verá.

—¿Estás seguro, Charlie? —preguntó con un susurro.

—No me cabe la menor duda.

—Siempre fuiste un muchacho tan brillante... Siempre me pregunté qué habría sido de ti.

—Vivo aquí, en la cabaña que hay junto al bosque. Está invitada a venir cuando quiera.

—Me alegra oír eso —respondió, y se recogió en el moño

un mechón suelto. Se sacudió el vestido y dio unos pasos inseguros sobre la hierba—. Debería irme —anunció—. Gracias por tu ayuda, Charlie.

—Ha sido un placer. Para eso estoy aquí.

A continuación, la señora Phipps comenzó a descender la pendiente a paso lento, en dirección a las enormes puertas de hierro de West Shore Drive.

Era la hora de cerrar y Charlie conducía el pequeño coche eléctrico de la empresa a toda velocidad por los estrechos caminos, tomando las curvas como si compitiera en un Gran Premio. Durante su primera época en la que se desplazaba a pie, tardaba más de una hora en recorrer todas las hectáreas buscando a familiares de los difuntos que se hubieran despistado, a paseantes dormidos sobre el césped o a adolescentes escondidos entre las lápidas. A fin de acelerar su trabajo, a lo largo de los años había modificado el pequeño vehículo y, sin decírselo a nadie, le había añadido caballos de potencia y mejorado la suspensión. Ahora, en aquel coche que llevaba pintada la palabra WATERSIDE a ambos lados, podía recorrer las instalaciones en veinte minutos.

Siempre comenzaba por el extremo norte, en lo alto de la colina donde ángeles con trompetas se posaban sobre el mármol, y seguía su camino hacia el sur a través de campos de losas distribuidos en perfectas cuadrículas. Cada kilo de granito, cada flor de begonia, pensaba Charlie, era una muestra de la imperecedera necesidad humana de ser recordados. Ahora conducía por el Valle de la Serenidad y miró hacia abajo, en dirección al puerto, donde una goleta de época se deslizaba hacia la rampa desde el mar. Después se detuvo a saludar a un anciano que llevaba un traje mil rayas y sostenía una regadera roja.

—Buenas tardes, señor Guidry —dijo Charlie.

—Oh, vaya, ¡hola, Charles! —respondió Palmer Guidry. Tenía el pelo canoso y ondulado, y lucía el afeitado poco apurado característico de los ancianos. Era un conocido, un visitante asiduo del cementerio que iba cada día a arrancar hierbajos de la tumba de su esposa y a limpiar el polvo de la lápida. Había un viejo radiocasete en el que sonaba música de Brahms apoyado contra un árbol.

—Es hora de cerrar —anunció Charlie—. ¿Quiere que lo lleve?

—Sí, gracias. Muy amable.

Charlie bajó del coche, sacudió la pierna para librarse del dolor que tenía de manera casi permanente y caminó hacia el señor Guidry.

—Espere, le ayudaré a recoger sus cosas.

Era una conversación que se repetía, casi palabra por palabra, todas las tardes. Charlie había buscado la enfermedad del señor Guidry. Se llamaba Alzheimer de inicio precoz y afectaba a su memoria reciente. No era capaz de recordar qué había hecho durante el día, ni durante el anterior, pero aún podía evocar imágenes del pasado lejano. Por eso no sabía que el día antes había limpiado la tumba de Betty, su esposa, pero aún era capaz de recordarla entre sus brazos la primera vez que bailaron juntos en el baile de la universidad. Por esa razón no tenía ni idea de que Charlie solía recogerlo todas las tardes, pero se acordaba de la expresión perpleja de Betty cuando sufrió la apoplejía tantos años atrás.

El señor Guidry dobló el trapo del polvo con esmero y lo metió en la mochila. Apagó el radiocasete e hizo una última inspección.

—Me encantan estas malvarrosas —dijo mientras acariciaba la flor carmesí de una de las plantas—. ¿Sabes? Eran las favoritas de Betty.

—Creo que me lo dijo en una ocasión —respondió Charlie, y recogió la mochila y la radio de Guidry.

—¿Te he contado alguna vez que Betty llenó el jardín trasero de malvas de color rosa? —preguntó al tiempo que se colocaba la regadera debajo del brazo y se acercaba al coche arrastrando los pies—. ¡Llegaron a medir más de dos metros!

—Me parece que lo mencionó una vez.

—Buenas noches, Betty —se despidió, y subió al asiento delantero—. Que tengas dulces sueños. Volveré pronto.

Mientras descendían por la colina, el señor Guidry le relató la historia de las malvarrosas por enésima vez. A Charlie le encantaba el modo en que el señor Guidry resplandecía al contar su historia y cómo siempre vertía alguna lágrima cuando cruzaban las puertas de hierro y enfilaban West Shore.

—Gracias por el relato, señor Guidry —dijo Charlie.

—¿Quieres venir a casa a cenar? Te prepararé uno de los platos favoritos de Betty. El mejor pastel de carne de este mundo de Dios.

—Gracias —respondió Charlie—, pero tengo un compromiso.

—Como quieras. Pero no sabes lo que te pierdes.

Observó al señor Guidry mientras entraba en su Buick dorado y avanzaba con lentitud por la carretera de dos carriles. Después miró el reloj. Eran las 6.12 de la tarde. La puesta de sol llegaría exactamente en trece minutos. Las enormes puertas de hierro chirriaron cuando tiró de ellas para cerrarlas. Sin duda las bisagras necesitaban un poco de aceite. Aunque ese ruido familiar tenía algo que le resultaba tranquilizador.

Giró la gran llave maestra en la cerradura. Waterside quedaba cerrado durante la noche y no abriría de nuevo hasta las ocho de la mañana siguiente. Charlie regresó al coche y se acomodó en el asiento. Se quedó mirando la extensión de terreno en la que los aspersores rociaban agua al aire.

La serenidad que lo envolvía era palpable. Ahora disponía de ese paraíso solo para él; catorce horas hasta que regresara el mundo. Para Charlie, esos eran los momentos más preciados. Cuando tenía tiempo para él. Tiempo para ser. Para pensar. Pero, sobre todo, tiempo para realizar la actividad más importante de todas, oculta en lo más profundo del bosque.

7

El Bosque de las Sombras era la única zona de Waterside en la que no se había construido; ocho hectáreas de una tenebrosa maraña de robles, nogales y olmos que constituían un terreno de gran valor. De vez en cuando, a Charlie le llegaban rumores de que algún promotor inmobiliario suspiraba por hacerse con la tierra para construir apartamentos. Sin embargo, ese entusiasmo se había enfriado hacía algunos meses, cuando el agente inmobiliario murió de manera misteriosa y el posible comprador se desplomó a causa de una hemorragia cerebral.

Ahora todo el mundo susurraba que el bosque estaba embrujado.

Charlie sabía la verdad. El bosque era el lugar más perfecto de Waterside, y a él le encantaba que nadie se atreviera a adentrarse en su oscuridad. Esa noche condujo por el camino lleno de baches y se detuvo al lado del abeto azul. Un escuadrón de gansos de Canadá graznó por encima de su cabeza. La luz era tenue y salpicaba el sotobosque. Se volvió para mirar por encima del hombro; era una costumbre. Por supuesto que nadie lo había seguido hasta allí, pero debía asegurarse. Tenía que asegurarse por completo.

Entonces se quitó el uniforme a toda prisa, hizo una pelota con el polo azul y los pantalones de algodón, y se quitó las botas. Se puso una sudadera de los Celtics, unos vaqueros y zapatillas de deporte. Buscó debajo del asiento, sacó el guante y la bola de béisbol y se adentró en el bosque. Nadie habría logrado distinguir el estrecho sendero que se dibujaba entre los árboles. Comenzaba al otro lado de un tronco podrido y a continuación se ensanchaba hasta convertirse en un camino que él mismo había abierto a fuerza de pisar sobre el mismo sitio cada noche durante los últimos trece años. Seguía por una pequeña colina hasta la cima, más allá de un bosquecillo de arces, y después descendía junto a una cascada y un lago ondeante.

Charlie, que conocía cada uno de los baches y de las plantas que pisaban sus pies, podría haberlo recorrido con los ojos cerrados. Se apresuró a cruzar el bosquecillo de cipreses que se abría a un claro. Sin duda, allí se encontraba el secreto mejor guardado de Waterside: un lugar maravilloso que había creado con sus propias manos hacía ya tantos años. Por aquel entonces, decidió convertirlo en una réplica exacta del jardín de su casa en Cloutman's Lane. Había una extensión de casi treinta metros de hierba perfecta, con el montículo, la plataforma de lanzamiento y el plato.

Se acercó a los columpios y se dejó caer sobre uno de los asientos de madera. Tomó impulso y comenzó a balancearse. De atrás hacia delante, con la brisa a sus pies, se sintió como si estuviera volando. A continuación se bajó de un salto, aterrizó sobre el suelo y se colocó el guante de béisbol. Lanzó la bola hacia el cielo, cada vez más oscuro. La pelota acarició las copas de los árboles antes de volver a sus manos. La arrojó hacia arriba una vez más.

Justo cuando se disponía a atraparla en su guante, sopló el viento y la mandó al otro lado del campo, empujándola sobre la hierba, donde se detuvo muy cerca del bosque. Y entonces sucedió un pequeño milagro, como sucedía todas las noches a la caída de la tarde.

Sam St. Cloud salió de entre las sombras del bosque y recogió la pelota. No había cambiado después de tanto tiempo; seguía teniendo doce años, unos indomables rizos castaños, y sujetaba su guante Rawlings debajo del delgado brazo. Llevaba una gorra de los Red Sox, un jersey, pantalones anchos y zapatillas negras. Oscar salió corriendo del sotobosque con el rabo en alto. Con su mirada enternecedora y su peculiar aullido, también él seguía siendo el mismo de siempre. El perro mordisqueó las huesudas rodillas de Sam y después dirigió un ladrido a Charlie.

—Vamos, grandullón —dijo Sam con júbilo—, juguemos a lanzarnos la pelota.

Una pared de agua de nueve metros impactó contra la bañera, derribó a Tess, que, pese a llevar calzado antideslizante, no pudo hacer nada por mantener el equilibrio, y la arrastró hasta los guardamancebos. A Tess le costaba respirar mientras el frío océano la envolvía, tiraba de ella y la llevaba al borde del desmayo, pero, gracias a Dios, su arnés estaba bien sujeto a la línea de vida. Tan solo un momento antes se había puesto el traje naranja de seguridad, que, básicamente, consistía en un salvavidas individual diseñado para navegar en condiciones meteorológicas peligrosas y que permitía sobrevivir hasta una semana en el océano sin sufrir hipotermia.

Tess tosió y escupió toda el agua que le había entrado en la boca, y acto seguido regresó al timón. El *Querencia* avanzaba dando sacudidas entre la agitada oscuridad y capeaba a palo seco. La mayor estaba encajada en la botavara y las cubiertas estaban despejadas.

Olas gigantescas se formaban a intervalos de veinte segundos y rompían contra el casco, formando enormes salpicaduras y rociando con fuerza el aire. Manchones de fósforo hendían el cielo formando un tormentoso castillo de fuegos artificiales. El océano que se abría frente a sus ojos se asemejaba a una interminable cadena de montañas y acantilados que se acercaban a ella a cuarenta millas por hora y sus monstruosos picos se desplomaban con la fuerza de un terremoto.

A Tess no le preocupaba el viento virulento, el mar alborotado ni la sal que le escocía en los ojos. No le importaba tener las manos dormidas ni el daño que se había hecho en la cadera con la última caída. No la asustaba que el radar mostrara otra profunda depresión formándose detrás de esa zona de bajas presiones. Toda su atención —todo su enfado— se concentraba en un único problema fastidioso: tenía los pies empapados por el agua que se había filtrado a través de sus nuevas botas antideslizantes.

—Maldita sea —gritó furiosa al océano—. Un equipo de quinientos dólares y resulta que las dichosas botas dejan pasar el agua.

Comprobó las esferas de la bitácora. El anemómetro indicaba cuarenta nudos, después cuarenta y cinco. Cuando el *Querencia* se inclinó contra la escarpada pendiente de una ola, el velocímetro se disparó y, a continuación, mientras ascendía de nuevo tras la siguiente acometida del mar, pareció a punto de calarse, amenazando con volcar y ser tragado por la depresión.

Tess se agarró a la espera de la siguiente ola gigante. Aunque rompiera de golpe contra el barco y lo barriera de costado, se mantendría aferrada al timón. Sí, sin duda, esa estaba siendo una buena práctica para su paso por el océano Antártico, donde tendría que enfrentarse a cegadoras borrascas de nieve e icebergs. Siempre y cuando llegara hasta allí. Entonces la golpeó otra gran masa de agua, que impactó de nuevo contra su cuerpo; pero Tess se mantuvo rumbo a la arremetida de las olas. Era una de las reglas más viejas de la navegación con mal tiempo: había que clavar una pequeña porción de la proa del barco en el seno de las olas.

Tess sabía que había dos buenas maneras de medir la furia de la naturaleza. La primera consistía en una fórmula basada en la escala Beaufort, llamada así en honor a un almirante del siglo XIX: velocidad del viento más cinco y dividido entre cinco. Hizo el cálculo y el resultado que obtuvo fue diez. Así pues, se enfrentaba a un vendaval de fuerza diez en una escala de doce. Durante toda la noche, las crestas se habían roto y convertido en espuma, pero ahora se inclinaban, caían, rodaban. Solo podía significar una cosa: la tormenta estaba ganando fuerza.

En una ocasión, Tess se había enfrentado a vientos de fuerza diez. Había sido durante una salida familiar al golfo de Maine, y aquella noche había ingeniado otra prueba para determinar la fuerza de una tormenta. Era menos científica, pero igual de efectiva. La llamaba la escala Carroll, en honor a su padre. Consistía en contar las bocanadas de agua que arrojaba cada vez que la embestía una ola. Si eran más de tres, había que estar loco para no buscar refugio.

Peligrosamente cerca de que se ladeara, el *Querencia* picó de proa contra una ola gigantesca y quedó casi en ángulo vertical. Tess contuvo la respiración mientras se adentraba en el seno de la ola y la siguiente se formaba frente a ella. Oyó un fuerte crujido procedente de arriba, alzó la cabeza y observó que la veleta y los instrumentos en lo alto del palo se habían soltado. En ese momento el barco viró al recibir el golpe de la ola por estribor. Tess perdió el control del timón, rebotó contra la brazola de la bañera y resbaló hasta el mismo borde de la embarcación, escorada en un ángulo extremo. Se quedó enredada entre los guardamancebos y sintió el rugido del océano a escasos centímetros de su rostro.

El *Querencia* parecía avanzar a más velocidad hacia los lados que hacia delante. Las jarcias rechinaban con el viento. El océano era casi completamente blanco. Tras otra bocanada de agua, supo que había llegado el momento de ir abajo.

Agarrándose con fuerza con una mano detrás de otra, ascendió hasta la bañera. Puso el piloto automático y ajustó el rumbo del barco para que navegara por delante de la tormenta. Entonces esperó a que el océano se tomara un respiro en su acometida. Solo tendría diez segundos para llegar adentro.

Tres... dos... uno.

Corrió hacia el tambucho, retiró la funda y abrió la tapa. Colocó ambos pies en el primer escalón y, a tientas, luchó por desenganchar el arnés de seguridad de la línea de vida. Llevaba guantes gruesos de neopreno, pero tenía los dedos insensibilizados por el frío y ni siquiera notaba el mosquetón. Necesitaba la concentración más absoluta. La popa comenzó a levantarse, de modo que supo que faltaban segundos para que se produjera el impacto.

Justo cuando el ataque de una ola encapilló el barco, Tess se desenganchó el arnés y se metió en la cabina acompañada por un torrente de agua. Con un movimiento rápido y ensayado, tiró de la tapa del tambucho y lo cerró.

Esperó durante unos instantes a oscuras, escuchando el rugido en el exterior, el goteo y los chirridos dentro de la cabina, y los latidos de su corazón. El *Querencia* crujía a consecuencia del despiadado ataque. Rumbo a puerto, Tess se sentó frente al panel de navegación y encendió una luz. Se desabrochó la capucha y se quitó los guantes. Tenía el pelo empapado y le ardía el rostro, pero no valía la pena intentar secarse.

Consultó el mapa en el monitor portátil y estimó que faltaban por lo menos tres horas para avistar New Hampshire. Alcanzó la radio de banda lateral única. Pensó que, probablemente, había llegado el momento de poner a Tink al corriente de la situación. Estaba en el partido de fútbol americano del Marblehead High contra el Beverley, de modo que lo llamaría a su teléfono móvil. Llamó al operador marítimo, le dio el número de Tink y esperó la conexión. Mierda, tendría que admitir que había desoído su consejo. Se había dirigido de lleno hacia la zona de bajas presiones. La presión había bajado con tanta rapidez que incluso se le destaponaron los oídos, y se sorprendió al ver que el barómetro indicaba menos de 746 milímetros. Con toda probabilidad, Tink le echaría un buen rapapolvo.

A menos que le mintiera.

La voz de Tink chisporroteó por el altavoz.

—¿Cómo está mi niña? —preguntó. Al fondo se oía el rugido de la multitud.

El barco dio una sacudida violenta, pero Tess mantuvo la calma.

—Todo está bien —respondió—. Un viaje tranquilo. —No había razón para decirle la verdad; solo serviría para preocuparlo y estropearle el partido—. Es una llamada rutinaria —añadió, fingiendo que no pasaba nada—. ¿Quién gana?

—Los Magicians por un *touchdown*, y yo voy por el tercer perrito caliente. —Soltó un eructo—. ¿Cómo está el tiempo?

—Hace mucho viento —respondió, mientras escuchaba el golpeteo de las olas.

—¿Y cómo está la vela mayor?

—Perfecta, con una forma preciosa al viento. Di a todos que han hecho un trabajo magnífico.

—Lo haré.

—Me tengo que ir —dijo Tess, mientras el barco cabeceaba y se precipitaba por la pared de una ola empinada.

—Adiós, jovencita. Cuídate.

Su mentirijilla no le haría ningún daño, pensó. Estaría de vuelta en casa para la cena del domingo y Tink nunca descubriría la verdad. Colgó el auricular, se dirigió a la cocina y se ató con el cinturón de seguridad. Estaba cansada, tenía sed y se encontraba un poco mareada por la paliza, pero sabía que lo único que necesitaba era recuperar fuerzas. Miró en la nevera y encontró una lechuga y una botella de aliño para ensaladas Newman's Own, pero el barco dio un brusco bandazo y Tess decidió que tendría que estar loca para intentar ponerse a cocinar. Así pues, sacó una barrita energética de uno de los armarios. Sus dedos apenas conseguían agarrar el envoltorio. La abrió con los dientes y se la comió en cuatro bocados.

Solo quedaba esperar. Tess se soltó el cinturón, se dirigió al camarote principal y se desabrochó la parte de arriba del traje de seguridad. Subió a la litera, se arrebujó en la malla de sujeción que la mantenía cómodamente en su sitio y comenzó a elaborar una lista mental de todas las cosas que haría al llegar a casa. La comida estaba en las primeras posiciones de la lista. En su travesía alrededor del mundo tendría que subsistir a base de raciones liofilizadas, y era probable que se librara de entre los seis y los nueve kilos que la mayoría de los marineros solían perder. Durante su última semana en tierra, le apetecía darse algunos caprichos. Palomitas caramelizadas y bombones de menta en el E. W. Hobbs de Salem Willows. Hamburguesas en el Flynnie's de la playa Devereux. Calamares y langosta en el pub Porthole de Lynn. Sonrió por su glotonería. Y para librarse de la culpa, correría largas distancias alrededor del faro y pasearía con su madre por la lengua de tierra.

Y, por supuesto, visitaría la tumba de su padre en Waterside. Desde su muerte, hacía dos años, había ido casi todas las semanas. En ocasiones pasaba por allí cuando salía a correr con Bobo. De vez en cuando, se llevaba la fiambrera con comida del Driftwood o una cerveza fría Sam Adams a última hora de la tarde.

Tess no creía en los fantasmas ni en los espíritus. Todo ese rollo de la parapsicología que veía por televisión no era más que un montón de tonterías para gente desesperada. Si seguía yendo a visitar a su padre era porque le proporcionaba una sensación de estabilidad, de serenidad. El cementerio era un lugar tranquilo y hermoso. Por algún motivo, allí se podía concentrar, de modo que iba todas las semanas y arrancaba dientes de león de la hierba o recortaba el rosal que su madre había llevado de su jardín.

Esa vez, cuando regresara, se sentaría en el banco que había debajo del arce japonés y le contaría los detalles de su estúpida decisión de atravesar la tormenta. Sabía que, dondequiera que estuviera, la reñiría. «¡Maldita sea!», exclamaría tal vez. Pero no la juzgaría. Pese a sus errores y su insensatez, el amor de su padre siempre había sido incondicional.

Comenzó a sentir que le pesaban los párpados y tuvo ganas de dar una cabezada, pero de repente la litera se desplomó cuando el barco se hundió en un remolino de agua. Se quedó suspendida durante un instante y a continuación cayó con fuerza contra la litera. En ese momento el *Querencia* quedó encapillado, dando un bandazo violento hacia un costado. Tess salió disparada con fuerza contra una portilla. Temió que el barco hubiera volcado y que el mástil se hubiera hundido en el agua, pero el peso de la quilla hizo que el velero recuperara su posición. Se levantó de la litera y avanzó hasta el tambucho. Tenía que ver si el mástil estaba dañado. Se abrochó el traje y la capucha, se colocó la máscara y comenzó a subir por la escalera.

Entonces el mundo se volvió del revés.

8

Había sido su ritual durante trece años. Y también su secreto. Todas las tardes se reunían para jugar.

Zas.

Sam atrapó la pelota en el guante y volvió a lanzarla de inmediato: una recta de dos costuras. Había comenzado mucho tiempo atrás, la noche del funeral de Sam, después de que su madre y los que habían asistido al entierro se hubieran marchado a casa. Cuando el sol empezó a ponerse, Charlie se quedó a solas junto a su tumba.

Y entonces, de manera increíble, imposible, Sam apareció en mitad del bosque, con el cuerpo destrozado por el accidente, sujetando aún el guante y la pelota. Oscar también estaba allí.

—¿Y ahora, qué, grandullón? Venga, juguemos a lanzar la pelota.

Aquel momento dejó a Charlie tan consternado —tan desconsolado— que los médicos le recetaron una fuerte medicación para conjurar las visiones. Al principio, los expertos las llamaron ensueños; después, alucinaciones. El diagnóstico fue trastorno por estrés postraumático. Lo mandaron a un loquero. Le dieron Xanax para la ansiedad, Prozac para la depresión, y Halcion para el insomnio. Jamás creyeron en lo que Charlie veía.

Pero Charlie veía, y no se trataba de ilusiones ni de alucinaciones. Él mismo había muerto y lo habían devuelto a la vida. Había cruzado la línea y había regresado. Había hecho una promesa a Sam y le habían dado el poder de cumplirla.

Años más tarde, cuando otro adulto se negó a creer en lo que era capaz de ver, Charlie decidió fingir que se había terminado. Aseguró que las visiones habían desaparecido. Así pues, los médicos dictaminaron que estaba recuperado y le retiraron la medicación. Charlie juró que no volvería a hablar con nadie de Sam. Si lo hacía, solo serviría para que le dijeran que estaba loco. Nunca lo entenderían. Sería su secreto por siempre jamás. Un secreto que dominaría sus días y sus noches. Un secreto que escondería bajo un caparazón de magia cuidadosamente construido.

A partir de aquel día, Charlie y Sam jugaron a la pelota todas las tardes. Charlie creía que aquellos partidos al anochecer eran la clave de su don, y temía que si faltaba una sola noche, pudiera perderlo. Así pues, se mantenía atento a los distintos ángulos del sol. Imprimía mapas del Servicio de Meteorología y rastreaba las diferencias entre el crepúsculo civil, el náutico y el astronómico.

Mientras siguieran lanzándose la pelota todas las noches, vería a Sam y Sam lo vería a él. Sus ratos juntos se limitaban al terreno de Waterside, pues Charlie enseguida se dio cuenta de que su don no se extendía más allá de sus muros y sus verjas. Así pues, por las mañanas holgazaneaban juntos por la zona del muelle antes de que llegara alguien, y por las noches se metían en la cabaña de Charlie y veían la cadena de deportes ESPN o películas de James Bond. Así había sido durante trece años —más de 4.700 noches—, y Charlie sabía que no merecía la pena arriesgarse.

Con el paso del tiempo se dio cuenta de que su don había crecido, pues comenzó a notar otros espíritus que vagaban por el cementerio en su camino hacia el siguiente nivel.

Tenían formas diferentes y cada uno estaba allí por un

motivo distinto —un pescador de langostas malhumorado que se había ahogado durante una tormenta, un joven universitario que jugaba de apoyador y que murió a causa de una insolación, una peluquera atolondrada que resbaló con unos mechones de pelo y se rompió el cuello—, pero todos ellos compartían un rasgo distintivo: desprendían un aura de luz y calidez. Charlie llegó a pensar que el hecho de ayudar a aquellas almas resplandecientes a completar su tránsito se había convertido en su misión y en su castigo.

—¿Y bien? —preguntó Sam—. ¿Qué tal la jornada de trabajo?

—Bastante bien —respondió Charlie—. ¿Te acuerdas de la señora Phipps? ¿De Ruth *La Implacable*?

—Sí, tu profesora de lengua, ¿no?

—Eso es —dijo Charlie, y lanzó una bola de nudillos—. La he visto hoy.

—¿Dónde?

—Rondando cerca de su tumba.

—¡Qué dices! —exclamó Sam mientras lanzaba una recta. *Strike* uno—. ¿Qué le ha pasado?

—Un infarto. Creo que murió durante una higiene bucal.

—No me extraña. Era solo cuestión de tiempo que el doctor Honig se cargara a alguien con su apestoso aliento.

La bola alcanzó altura y Charlie saltó para atraparla. Bola uno. Para su siguiente lanzamiento, Sam dobló la rodilla y disparó una recta. *Strike* dos.

—¿Y cómo está la señora Phipps? —preguntó.

—No lo lleva demasiado bien. Está asombrada por lo sucedido.

—Asombrada, del verbo asombrar —dijo Sam, y esbozó una sonrisa—. Estado natural de quienes se convierten en sombras.

Charlie no pudo contener la risa. Su hermano siempre estaba haciendo juegos de palabras.

—¿Y estaba pintarrajeada? —preguntó Sam.

—Sí.

—Puaj. El nuevo empleado de la funeraria usa demasiados potingues. Los deja a todos como payasos. —Bola curva, baja y fuera. Bola dos—. ¿Cuándo cruzará al otro lado?

—No estoy seguro. Su marido, Walter, ya está allí. ¿Te acuerdas de él? Era aquel tipo al que le faltaba el dedo gordo del pie.

—Oh, Dios —gritó Sam—. Sí, una anjova se lo arrancó de un bocado en su barco. ¿Te acuerdas de aquel muñón que le asomaba por la sandalia? Era espantoso.

Bola rápida, bola tres. Cuenta llena. Dos urracas sobrevolaron el campo trazando pequeñas curvas. El viento procedente del océano ascendió por la colina, se abrió paso en zigzag entre las lápidas y barrió el campo de juego.

—Vamos, Sam —dijo Charlie, golpeándose el guante—. Van tres y dos, cuenta llena. Demuéstrame cómo lanzas.

—¡Ahí va! —Retrocedió, dio una patada y lanzó un tirabuzón que cruzó el aire bailando y, con un movimiento que llevaba su firma, la bola se quedó suspendida a medio recorrido, inmóvil en el aire, como si el tiempo se hubiera detenido. Sam chasqueó los dedos y despegó de nuevo a toda velocidad, formando un bucle antes de llegar a su destino.

—*Striiiike* tres —gritó Charlie.

Jugaron a lanzarse la pelota hasta que la tarde se volvió oscura y se quedaron sin luz mientras se contaban cómo habían pasado el día. Como espíritu, Sam podría haber vagado por donde hubiera querido, viajado a Alfa Centauro en la Vía Láctea, brillado montado en arco iris sobre los lagos de Killarney, tomado el sol en la gran barrera de coral o haberse subido a la luna sobre el Machu Picchu. Las posibilidades eran realmente infinitas. El universo conocido, con sus cuarenta mil millones de galaxias, podría haber sido su terreno de juego. Además, el cielo lo estaba esperando.

Pero Sam había sacrificado todo eso. Pasaba los días y las noches en sus aventuras en Marblehead, sentado junto al montículo del lanzador en Seaside Park, viendo partidos de liga, echando una ojeada a los ejemplares de *Maxim* del quiosco de Howard y bajando a toda velocidad en monopatín por la curva más empinada de Gingerbread Hill.

—Venga —dijo Sam—. Vayamos a darnos un chapuzón antes de que se haga demasiado tarde. ¡Pillado! Tú paras.

Entonces Sam salió corriendo hacia el bosque perseguido por Oscar y Charlie. La noche se cernía sobre ellos, las sombras se hacían cada vez más largas y el bosque se llenaba de gritos y aullidos. Era la sensación más reconfortante del mundo —los tres atravesando los bosques corriendo sin preocupaciones—, como lo había sido todos aquellos años atrás en Cloutman's Lane, y como lo sería para siempre.

Sucedió tan deprisa que no tuvo tiempo de prepararse para ello. Tess se vio inmovilizada contra el techo del barco, rodeada de agua de sentina. El equipo de radio se agitaba de un lado a otro y los cacharros de cocina traqueteaban con estrépito. El caos resonaba en el interior de la cabina. Fuera, el océano y el viento bramaban. En ese momento las luces comenzaron a parpadear hasta apagarse.

Tess oyó que el mar se adentraba ruidoso en el barco, pero el miedo no se apoderó de ella. El *Querencia* estaba preparado para volcar y enderezarse de nuevo. En el barco había bombas para expulsar el agua. En mitad del caos, Tess se sintió confundida por algo deliciosamente molesto: el olor de la botella de aliño Newman's Own. Era evidente que se había hecho añicos, y toda la cabina olía a ensalada.

Se acurrucó en el techo, cubierta de agua hasta los hombros, y susurró al barco: «Por favor, date la vuelta, vamos. Hazme ese favor, ¿quieres?», pero no sucedió, de modo que avanzó a gatas hasta el panel de navegación y encontró la radiobaliza de emergencia en su soporte. Detestaba pedir ayuda —era tan embarazoso—, pero rompió el precinto del interruptor amarillo, lo pulsó y el LED comenzó a parpadear. El aparato estaba enviando una señal de socorro vía satélite que sonaría en las pantallas de todos los guardacostas de Nueva Inglaterra. De súbito dejó de sentirse tan sola. «Pero espera», se dijo. El *Querencia* no se estaba hundiendo y en realidad no había ninguna necesidad de enviar un SOS. Cuando regresara a puerto, Tink y los chicos arremeterían contra ella por haber hecho saltar la alarma. Si el barco comenzara a hundirse, tendría tiempo de sobra para avisar a los guardacostas. Así pues, Tess deslizó el interruptor y la luz de socorro dejó de parpadear.

Transcurrió un minuto; después otro. El aroma del aliño italiano se mezclaba con el hedor a ácido sulfúrico que goteaba de la batería del motor. ¿Por qué tardaba tanto el barco en dar la vuelta y enderezarse? Se suponía que el peso de la quilla era suficiente para devolver el *Querencia* a su posición. Entonces Tess imaginó la peor de las situaciones. Recordó a Tony Bullimore, cuya quilla se rompió en aguas de veinte metros de profundidad. Permaneció boca abajo durante cinco días en la otra punta del mundo, por debajo de Australia, mientras su barco se hundía lentamente en aguas congeladas. «Más allá de cuarenta grados sur, no hay ley —dijo cuando lo rescataron—. Más allá de cincuenta grados sur, no hay Dios.»

Tess no era una mujer demasiado religiosa. Los domingos asistía a la iglesia de Old North porque era importante para su madre. Tenía amistad con el padre Polkinghorne e incluso había fabricado un par de velas para él. Sin embargo, no le gustaban las convenciones de la fe organizada y prefería hacer las cosas a su manera. Se consideraba una persona espiritual que mantenía su relación particular con Dios.

Ahora, cabeza abajo en el Atlántico, se descubrió rezando en la oscuridad. Comenzó pidiendo perdón por su arrogancia. Sabía que había asumido un riesgo demasiado grande. Había sido imprudente y se avergonzaba por ello. No era así como deseaba terminar, sola, tras una salida de fin semana, atrapada en una tormenta que podría haber evitado. Rezó a

Dios para que fuera misericordioso y acto seguido invocó a su padre. «Papá, por favor, ayúdame. Dime qué debo hacer.» Él siempre la había sacado de apuros. Tess cerró los ojos y prometió que si conseguía regresar a puerto no volvería a ser tan irreflexiva. Tomaría todo tipo de precauciones durante su travesía alrededor del mundo. Navegaría junto al resto del grupo, aunque eso implicara ir más despacio. Sería una buena chica.

Sí, cuando saliera de aquel aprieto, iría directa a Waterside y haría una promesa: cambiaría. Su padre la había educado para que fuera audaz y viviera con intensidad cada uno de los momentos de su vida, pero sin duda habría fruncido el entrecejo ante tal temeridad. Desafiar al destino no era el modo de hacer frente a la muerte de su padre.

—Muéstrame el camino a casa —susurró en mitad de la turbulenta oscuridad—. Papá, por favor, ayúdame.

9

El día era gris como el granito y el suelo estaba empapado tras una noche de lluvia persistente. La tormenta había dejado una maraña de hojas y ramas sobre la hierba. Charlie se cubrió con su capucha amarilla y echó un vistazo al hoyo que estaba cavando uno de los sepultureros. En los días normales, era un trabajo agotador, pero cuando el suelo estaba empapado y la pala se quedaba estancada en la tierra, era especialmente duro. Entonces, para empeorar la situación, apareció Elihu Swett, el director del cementerio, que se había detenido para hacer una inspección.

—El cortejo fúnebre del señor Ferrente llegará en cualquier momento —dijo Elihu, protegido debajo de su enorme paraguas. Era un hombre menudo, y ese día llevaba una gabardina marrón, un traje de pana de color azul marino y botas de goma, y todo su vestuario parecía salido del departamento infantil de unos grandes almacenes—. ¿Cuánto vais a tardar? —preguntó, y tomó un sorbo de una botella de Mountain Dew que parecía tener la mitad de su tamaño.

—No te preocupes, estará listo —respondió Charlie mientras se arrodillaba y miraba en el hoyo—. ¿Qué tal vas, Joe?

—Bastante bien —respondió Joe Carabino desde lo hondo de la fosa—. Es Elihu quien me preocupa —añadió, y guiñó un ojo.

—¿Qué ocurre? —preguntó Elihu, acercándose con cautela al borde del agujero.

—Una dosis mortal de cafeína son diez gramos —aclaró Joe, apoyado en la pala—. Unas cuantas botellas más de Mountain Dew y dentro de nada te tendremos aquí, criando malvas. —Hizo una pausa para conseguir un efecto más teatral—. ¿Te encuentras bien? Te veo un poco pálido.

Antes de que Joe pudiera bromear sobre sus ojos inyectados en sangre, Elihu se metió la botella en el bolsillo de la gabardina y dio media vuelta en dirección a su Lincoln Continental. Hipocondríaco como pocos, había visitado a los mejores médicos de Boston y todos le habían recomendado que cambiara de trabajo. Él se negó y siguió bañándose en desinfectante y llevando guantes de látex a las reuniones con el personal. Al fin y al cabo, un buen trabajo en el ayuntamiento no era algo que se encontrara fácilmente.

Con un movimiento rápido, Joe salió de la fosa de un salto y chocó su mano llena de barro con la de Charlie.

—El viejo truco de la dosis mortal de cafeína —comentó—. Pobre Elihu, con él nunca falla.

Joe tenía poco más de treinta años y era fuerte como un roble. Tenía el rostro franco y moreno por el sol, y llevaba el pelo, cada día más escaso, cardado hacia arriba y bien engominado. La calvicie habitual en los hombres, solía explicar, se debía a un exceso de testosterona, y él guardaba artículos científicos para demostrarlo.

Joe era uno de los mayores granujas de la costa norte. De día trabajaba con la tierra y los muertos. De noche perseguía a mujeres por el cabo Ann con su atrevido repertorio de estrategias y tácticas. Se rumoreaba que buscaba a jóvenes viudas en la sección de necrológicas del *Marblehead Reporter*, pero no podía decirse que fuera un calavera. Tenía un código. Se mantenía alejado de las desconsoladas viudas durante un mínimo de seis meses, pues ese era el tiempo que había oído a Oprah decir que se tardaba en superar la pérdida.

La otra gran pasión de Joe era su propia rama de ateísmo evangélico. No le bastaba con no creer en Dios. Se sentía en la obligación de hacer proselitismo entre la gente, lo cual no habría tenido mayor importancia siempre que llevara a cabo su misión al otro lado de las verjas del cementerio; pero en alguna que otra ocasión, Charlie lo había sorprendido murmurando «¡El cielo no existe!» durante un entierro, o exclamando «¡Menudo derroche!» cuando una grúa depositaba una cruz dorada de tres metros sobre un sepulcro. Joe *El Ateo* recibía entonces una severa reprimenda, pero eso solo servía para incrementar su fervor.

—¿Qué haces esta noche? —preguntó Joe mientras terminaban el trabajo—. ¿Qué te parece si salimos y pasamos un buen rato? Tenía intención de ir en barco, el *Horny Toad*, hasta Rockport. Conozco a unas chicas que tienen un bar allí. Las cosas que hacen, colega, no te lo creerías...

—Échame una mano con el descensor —dijo Charlie mientras se dirigía a la furgoneta aparcada en la vía de acceso.

—Las hermanas Dempsey. ¿Has oído hablar de ellas?

—No. Nunca.

—Nina y Tina te caerían bien. Confía en mí.

—Veamos qué tal sale todo hoy —respondió Charlie.

—Sí, sí. Veamos. Pero cuando sea hora de cerrar, desaparecerás. La misma historia de siempre. Deberías vivir un poco la vida, ¿sabes?

Charlie sacó el descensor de la furgoneta y entre los dos lo llevaron hasta la tumba. Lo colocaron con cuidado encima de la fosa. Era un artilugio de acero inoxidable inventado por un director de pompas fúnebres llamado Abraham Frigid, que con los derechos de su invento se retiró al sur de Francia. En todos los cementerios del mundo se utilizaba aquel aparato para enterrar a los difuntos. Con un par de cintas de nailon y un sencillo interruptor, un solo hombre podía hacer el trabajo de muchos y mover más de cuatrocientos kilos de peso.

La brillantez de la máquina del señor Frigid estaba, sin

duda, en el control de velocidad. Demasiado rápido —una caída brusca contra el suelo— y los asistentes al duelo se llevarían una gran impresión. Demasiado lento y la prolongada agonía sería insoportable. De ahí la maravillosa aportación del señor Frigid: un ritmo de descenso emocionalmente aceptable, gobernado por el principio galileano de la inercia y por unos engranajes, pesas de plomo y goznes cuidadosamente diseñados. Era eficiente, efectivo, y relativamente sencillo para cualquiera.

Charlie oyó un claxon y a continuación vio una procesión de vehículos y un coche de bomberos que entraban en el cementerio. Siempre era capaz de imaginarse cómo sería un funeral de acuerdo con los vehículos, la ropa, el ataúd y la lápida. Coches de último modelo, un buen ataúd y un enorme monumento significaban que el muerto tenía dinero, pero el entierro de ese día parecía bastante corriente. Al cabo de unos minutos, el valle se llenaría de gente. Él y Joe habían dispuesto cien sillas plegables y habían instalado una carpa verde a modo de cubierta. Por fortuna, había dejado de llover.

—Hora de trabajar —dijo Charlie a Joe—. Vamos.

La mata de pelo negro de la directora de la funeraria era tan brillante y pulcra como la pintura de su coche fúnebre, un Cadillac recién estrenado.

—¿Cómo estáis, chicos? —saludó Myrna Doliber, y cerró de golpe la puerta delantera.

—Mejor que muchos —respondió Charlie. Se había metido la camisa por dentro de los pantalones y se había guardado los guantes de trabajo en el bolsillo—. Y a ti, ¿cómo te va?

—De perlas. Tengo a dos niños con varicela y al otro con el brazo roto.

Los antepasados de Myrna, los Doliber, habían sido los primeros en llegar a la península, allá por el año 1629. En algún momento se habían introducido en el negocio de las pompas fúnebres y tenían el monopolio de norte a sur, desde Beverly hasta Lynn. En los días de mucho ajetreo, todos los Doliber se ponían a trabajar, incluso Myrna, que tenía fama de ser la mujer más supersticiosa del condado de Essex: mantenía al día una lista interminable de todo aquello que daba mala suerte, como un temblor en el ojo izquierdo o una polilla blanca en el interior de una casa.

—Eh, Myrna, he contado trece coches en el cortejo —dijo Joe con una sonrisa malévola—. ¿Significa eso que hoy morirá alguien?

—Cierra el pico si no quieres quedarte sin propina —respondió mientras se dirigía a la parte trasera del coche. Abrió la puerta y retrocedió unos pasos. Charlie se acercó, soltó la correa, agarró un asa del ataúd, tiró de él y lo soltó en el carro.

—Aquí tienes —dijo Myrna, y le entregó un sobre—. No te lo gastes todo de golpe.

La mayoría de los directores de funeraria inflaban la factura de sus clientes con cien dólares o más por las comúnmente llamadas «propinas del cementerio», pero después daban a sus empleados un par de dólares a cada uno. Myrna era más generosa y solía darles diez.

Los dos chicos empujaron el ataúd por encima de la hierba y se detuvieron junto a la tumba. Charlie levantó los pies de la caja, por donde siempre era más ligera, y Joe alzó el otro extremo. Aquello tenía un punto de orgullo: Joe era el trabajador más fuerte de Waterside y le gustaba demostrarlo. Cargaron con el ataúd y lo llevaron hasta el aparato descensor. Todo estaba listo para el funeral.

—Muy bien —dijo Charlie—. Hora del descanso. Te veré más tarde, junto al agua.

—Mensaje recibido, jefe.

Joe se llevó la mano a la oreja, donde sujetaba un Camel, y se alejó colina abajo. Charlie subió la cuesta y se quedó junto a una morera péndula para tener una buena vista de los acontecimientos.

Oyó el ruido de puertas de coche que se cerraban y vio que hombres y mujeres comenzaban a subir la colina. Las gaitas tocaban una canción quejumbrosa. Charlie se fijó en las lágrimas que corrían por tantos rostros. Hacía ya mucho tiempo, cuando creía que no podía llorar más la pérdida de su hermano, había investigado la fisiología del llanto. Descubrió que los músculos que había encima de los ojos eran los responsables de comprimir las glándulas lagrimales y provocar el goteo. Y puesto que el cuerpo de un adulto contenía unos cuarenta litros de agua, en realidad la cantidad de lágrimas que podían verterse en todo el mundo era ilimitada.

Contempló una vez más la escena. Él y Joe habían hecho un buen trabajo adornando el lugar, escondiendo la montaña de barro bajo una alfombra de césped artificial y esparciendo una corona de rosas y claveles alrededor de la fosa. Pero ¿dónde estaba el muerto, entre aquella multitud? Charlie solía ver al difunto paseando por los pasillos del cementerio o zigzagueando entre las tumbas mientras los asistentes gemían y lloriqueaban en sus pañuelos. Con su resplandor habitual, los muertos se sentaban debajo de un árbol, o se apoyaban en el ataúd y comprobaban quiénes habían acudido a su entierro: antiguas novias, rivales de trabajo, primos de los que no sabían nada hacía años. Los elogios poco sinceros podían hacer que el difunto se mofara ruidosamente y que abucheara a quienes vertían lágrimas de cocodrilo. Y, con mucha frecuencia, se emocionaban, incluso se sorprendían, por lo que sus vidas habían significado para los otros.

Charlie siempre identificaba a los luminosos recién llegados. Los que habían muerto de manera violenta a menudo tenían arañazos o cojeaban por culpa de fracturas en los huesos. Quienes morían tras una larga enfermedad estaban débiles y al principio también renqueaban, pero pronto recuperaban las fuerzas y la forma. Charlie recordaba lo maltrecho que vio a Sam después de su funeral, pero al cabo de unos días volvió a ser el de siempre.

Sin duda, para algunos el hecho de asistir a su propio funeral era demasiado. Al principio, mantenían las distancias. Entonces, después de uno o dos días, solían aparecer por Waterside y se reconciliaban con su final. Más adelante, desaparecían camino al cielo, al siguiente nivel, o dondequiera que fueran a pasar la eternidad.

Todo dependía de lo rápido que estuvieran dispuestos a marcharse.

Charlie oyó que el padre Shattuck comenzaba la ceremonia. Los pocos cabellos que le quedaban eran tan blancos como su alzacuellos y se los colocaba por toda la cabeza con tanto esmero que parecía que llevara una aureola barnizada. Solo un enterrador conocería el verdadero secreto del padre. Su dramática interpretación era siempre idéntica: llegaba al Salmo veintitrés y hacía las correspondientes pausas culminantes mientras andaba por el valle de sombra de muerte.

«No temeré mal alguno...»

Entonces leyó un capítulo del Eclesiastés. «Para todas las cosas hay sazón —entonaba—, y todo lo que se quiere debajo del cielo tiene su tiempo. Tiempo de nacer, y tiempo de morir; tiempo de plantar, y tiempo de arrancar lo plantado; tiempo de llorar, y tiempo de reír; tiempo de endechar, y tiempo de bailar; tiempo de agenciar, y tiempo de perder; tiempo de amar, y tiempo de aborrecer...»

«Tiempo de cambiar de repertorio», pensó Charlie.

El padre Shattuck terminó y Don Woodfin, el jefe del cuerpo de bomberos de Revere, dio un paso al frente. Era un hombre delgado con un bigote espeso que le cubría las descarnadas mejillas. Un elegante sombrero coronaba su desgarbada figura como si colgara de un perchero.

—En nuestros ciento diecinueve años de historia —comenzó—, hemos lamentado seis muertes en acto de servicio. Hoy nos hemos reunido aquí para llorar la séptima. —Agachó la cabeza—. Te damos las gracias, Señor, por la vida de un gran hombre. Agradecemos su entrega al cuerpo de bomberos, su dedicación para salvar vidas y el modo en que siempre se enfrentó al peligro.

En la primera fila, una mujer y su hijo pequeño lloraban.

—Te rogamos que des consuelo a su familia —añadió—. Que encuentren fuerzas en los buenos recuerdos, en la esperanza, en la compasión de los amigos y en el orgullo de un trabajo bien hecho. Y aquellos que siguen luchando contra el abrasador enemigo rezan para que los guíes y les des fuerzas. Protégelos siempre entre tus manos. Amén.

En ese instante Charlie se dio cuenta de que un hombre se acercaba a él. Llevaba un uniforme de bombero y parecía abstraído en sus pensamientos. Lo rodeaba un tenue resplandor que no dejaba lugar a dudas: era el muerto y ese era su funeral.

—¿Puedes verme? —preguntó el hombre transcurridos unos minutos.

—Sí —susurró Charlie.

—¿Tú también estás muerto?

—No, todavía no.

El hombre se rascó la nuca.

—Tu cara me resulta familiar —dijo. Tenía el rostro blanquecino y la voz áspera como la grava—. Espera un momento, eres ese chico, St. Cloud, ¿verdad? ¿Charlie St. Cloud? —preguntó mientras se quitaba la chaqueta y se remangaba la camisa, dejando al descubierto sus antebrazos tatuados con imágenes de la Virgen y del niño Jesús—. Soy Florio. ¿Te acuerdas de mí?

—Lo siento —respondió Charlie—. Mis recuerdos son un poco confusos.

Junto a la tumba, el jefe de bomberos recitaba la oración del bombero. Florio se cruzó de brazos y agachó la cabeza.

Cada vez que me llame el deber, Señor,
cuando las llamas ardan con ferocidad,
dame fuerzas para salvar a quien pueda,
sea cual sea su edad.

Entonces el jefe de bomberos hizo una señal y Charlie dio un paso al frente. Desbloqueó el freno del artilugio y el ataúd inició su digno descenso.

Charlie se fijó en el nombre grabado en la lápida.

FLORIO FERRENTE
MARIDO — PADRE — BOMBERO
1954-2004

Y entonces cayó en la cuenta: Florio era el bombero que le había salvado la vida.

El ataúd se posó con delicadeza en el fondo de la tumba. Charlie retiró las correas y las escondió debajo del césped artificial. A continuación fue a esperar junto a la morera mientras los familiares y amigos lanzaban rosas sobre el féretro.

—¡Dios mío! —exclamó—. Siento mucho no haberlo reconocido.

—No te preocupes —respondió Florio—. Ha pasado mucho tiempo y no estabas en muy buen estado.

—¿Qué le ha pasado? No tenía ni idea...

—Era un trabajo sencillo, un número dos en una zona residencial —comenzó a explicar—. Abrimos la puerta de entrada con el ariete. Rescatamos a una niña y a su madre. La pequeña no dejaba de gritar porque su perro y su gato seguían dentro. Entré para sacarlos, y entonces el techo se desplomó. —Esbozó una sonrisa torcida—. Y eso fue todo. Se hizo la oscuridad. —Se rascó la afilada barbilla—. Todo por un perro y un gato. Pero ¿sabes qué? Volvería a hacerlo sin dudar. —Florio recorrió el césped con la mirada—. ¿Los ves? ¿El perro y el gato? Habría jurado que hace un momento estaban por aquí. Correteando de un lado a otro junto a un pequeño sabueso atolondrado.

—No me extrañaría —respondió Charlie—. Es probable que lo sigan durante un tiempo.

Los bomberos se enjugaban las lágrimas con las mangas de sus camisas. Algunos rezaban arrodillados. Entonces, la mujer dio un paso al frente mientras mecía a su pequeño.

—Mi esposa, Francesca, y nuestro hijito —aclaró Florio—. Intentamos durante años tener un hijo y por fin lo logramos. Que Dios los bendiga. No hay una mujer mejor en este mundo, y Junior es mi orgullo y mi alegría —añadió, y se le comenzó a quebrar la voz—. No sé qué haré sin ellos.

—Es demasiado pronto para pensar en ello —dijo Charlie—. Tiene que darse tiempo.

Se quedaron mirando a la mujer y al niño mientras se alejaban de la tumba, del resto de los asistentes, y entraban en la limusina. A continuación, Charlie empezó a cubrir el hoyo y Florio lo observó. Una palada detrás de otra. Polvo al polvo.

—¿Sabes? —dijo Florio al cabo de unos minutos—, he pensado mucho en ti todos estos años. Me sentí tan mal por no poder salvar a tu hermano... Me torturé durante mucho tiempo pensando en él. Siempre me pregunté qué habría sido de ti. ¿Estás casado? ¿Tienes hijos? ¿Qué has hecho con tu preciosa vida?

Charlie no levantó la vista del suelo.

—No tengo mujer ni hijos. Trabajo aquí y como voluntario en el parque de bomberos.

—¿Ah, sí? ¿Eres bombero?

—Tengo el título de sanitario y trabajo unas cuantas noches cada mes. Me gustaría que fueran más, pero no puedo alejarme mucho de aquí.

—Yo fui sanitario durante más de veinticinco años. Vi de todo, pero en ese tiempo solo dos o tres personas volvieron de la muerte como hiciste tú. —Guardó silencio—. Fue un regalo de Dios, hijo mío. Dios tenía una razón para salvarte. Tenía un propósito. ¿Alguna vez has pensado en ello?

Pasó un minuto largo durante el que Charlie siguió cubriendo el hoyo con tierra. Claro que había pensado en ello. Todos los días de su vida se preguntaba por qué no había muerto él en lugar de Sam. ¿Qué dichosa razón podría tener Dios para haber hecho eso? ¿Qué propósito tendría en mente? Entonces Florio volvió a romper el silencio.

—No te preocupes, hijo. A veces tardamos un tiempo en entender las cosas. Pero oirás la llamada. Cuando llegue el momento, lo sabrás. Y entonces, te sentirás liberado.

10

Tenía las comisuras de los ojos y de los labios escamosas por la sal seca del océano. Tess se frotó los residuos y recordó la última vez que había tenido ese aspecto. Ninguna tormenta había sido la causante. Las resecas manchas blancas habían aparecido tras el torrente de lágrimas que había vertido en el funeral de su padre. En ese momento, su madre le había limpiado los ojos y le había dicho que las lágrimas y el agua del mar se habían mezclado durante miles de años.

Tess tenía también un dolor de cabeza espantoso y el cuerpo amoratado por los golpes recibidos. En realidad, sería más acertado decir que estaba cubierta de marcas negras y anaranjadas, con manchas de color lila en los brazos, caderas y muslos. Sin embargo, los verdugones y los cardenales no parecían importarle lo más mínimo. Una única idea ocupaba su mente, a punto de estallar, y era que volvía a pisar tierra firme y se encontraba en el lugar exacto donde quería estar: el cementerio Waterside, al lado de su padre.

Se sentó a la sombra moteada del arce que había junto a su tumba. La hierba estaba húmeda, pero no le importaba mojarse un poco. Se había quitado las zapatillas, remangado los pantalones, y disfrutaba de la sensación de estar allí de nuevo, sana y salva. Jugueteó a arrancar la hierba con los dedos de los pies y extendió las piernas. Miró la lápida de granito en la que estaba inscrito el nombre de su padre. Sabía que le debía la vida. Tras aquella espantosa tormenta, él la había guiado hasta el puerto.

—Aquella noche no dejé de hablar contigo ni por un instante. Seguro que me oíste.

Por supuesto, Tess no creía que su padre estuviera realmente allí con ella, debajo del árbol. Aquello era una tontería, como lo de las brujas de Salem. Su padre no se pasaba el día holgazaneando por el cementerio, esperando su visita. No, estaba en algún lugar ahí fuera, convertido en fuerza, energía o algo por el estilo. Y si era verdad que existía el Cielo, sin duda estaría bebiendo cerveza en algún atunero celestial, esperando una picada.

Tess se tumbó en la hierba, se llevó las manos detrás de la cabeza y miró las hojas del color de la herrumbre. Ese era el único lugar seguro del mundo. El viento soplaba ahora del norte y el cielo estaba cubierto de enormes nubes con forma de coliflor, lo cual hacía que esa fuera una de las raras tardes en Nueva Inglaterra en que se disfrutaba de un ambiente vigorizante y fresco como una manzana Rome de la granja Brooksby.

Entonces la asaltó una imagen de la noche anterior, cuando el *Querencia* volcó y el mundo se volvió del revés. «¡Cielo santo!», exclamó y se incorporó de repente. Se frotó un moratón que tenía en el brazo. Sin duda había aprendido la lección. Las tres horas que había pasado cabeza abajo, sin electricidad ni radio, la habían asustado de lo lindo. Ahora tenía que cumplir la promesa que había hecho a su padre.

Se levantó y corrió a recostarse en su lápida. Notó el frío contra la espalda dolorida y sintió alivio. Volvió la cabeza y apoyó la mejilla en la piedra. Paseó los dedos por el grabado, donde comenzaba a crecer el musgo.

GEORGE CARROLL
1941-2002

—Sabía que vendrías por mí —dijo Tess con lágrimas en los ojos. Se los secó y torció el gesto.

Tenía una norma muy clara sobre el hecho de llorar que aplicaba desde que era niña. Jamás permitía que su madre ni nadie la viera disgustada. Llorar era cosa de blandengues. Pero con su padre era diferente. Cuando Tess estaba triste, él no se enternecía. Cuando se sentía débil, él no flaqueaba. En realidad, la ayudaba a ser más fuerte. La había consolado millones de veces cuando había sufrido un desengaño o le habían roto el corazón. Sin duda, no siempre aprobaba las decisiones de su hija —en particular las que tenían que ver con universitarios que hablaban idiomas y conducían motocicletas—, pero nunca las juzgó. Era innegable que tenía un carácter fuerte, sobre todo cuando se tomaba un par de copas, y que no era el hombre más reflexivo y progresista del mundo, pero era la única persona que la entendía realmente. En ese aspecto, nadie más se le acercaba.

—Prometo cambiar —dijo a la losa—. No cometeré más locuras en el mar. No desafiaré al destino. Seré buena chica. —Hizo una pausa—. Finalmente, me llevé un susto de muerte.

Se frotó el rostro y se pasó los dedos por el pelo. Se descubrió una nueva hinchazón en la parte trasera de la cabeza. «¡Ay!» Estaba muy sensible al tacto. ¿Cuándo se la había hecho? Con toda probabilidad, cuando volcó. Tenía un recuerdo borroso de los detalles de aquella noche y aún se le revolvía el estómago al pensar en las bruscas oleadas de gases nocivos mezcladas con el dichoso aliño de ensalada. Necesitaba una ducha y dormir un poco. Se miró las manos. Tenía el pulgar magullado y se había roto una uña. Un moratón alargado le recorría todo el brazo. A su madre le encantaría. Tenía un aspecto tan femenino...

Tess repasó la lista de cosas por hacer antes del pistoletazo de salida de la semana siguiente. El lunes por la mañana, su primera parada sería en la tienda de suministros de Lynn, en Front Street. Tendría una charla con Gus Swanson acerca del equipo de supervivencia. Lo de esas botas que dejaban pasar el agua no tenía nombre, sobre todo cuando se las había cobrado al precio de venta.

A continuación le tocaría enfrentarse a Tink en el taller. Temía el momento. La sometería a un severo interrogatorio y después recorrerían el barco de proa a popa para repasar los desperfectos. Por supuesto, habría que poner a punto las jarcias. Tendrían que volver a coser la vela. Tal vez el casco necesitara una mano de pintura. Su equipo tendría que trabajar horas extra para reparar el barco a tiempo para la travesía.

—Ya lo sé —dijo en voz alta—. Es un derroche de esfuerzo y de dinero.

Eso era lo que la hacía sentir peor. Su padre le había dejado un fajo de billetes y le había pedido que lo invirtiera en descubrir el mundo. No era mucho dinero, pero se había dejado la piel para ahorrarlo y no le haría feliz que Tess se lo puliera en reparaciones. Él era un marinero chapado a la antigua, a quien no le gustaban los barcos de carísima fibra de vidrio con velas de Kevlar. «La navegación es el refinado arte de mojarse y ponerse enfermo mientras se avanza lentamente hacia ninguna parte a un coste altísimo», solía bromear. Con todo, cuando se llevaba el océano en la sangre —y ellos dos, como él solía recordarle, eran químicamente idénticos—, era imposible no hacerse a la mar, sin pensar en lo caro que pudiera resultar o en lo poco que soplaba el viento.

Permaneció en silencio durante unos instantes y oyó su voz. ¡Cielo santo, cómo estallaba de risa por sus propios chistes! Se daba palmadas en la rodilla, entrecerraba los ojos, y la cara y el cuello se le ponían rojos al soltar una carcajada. Ahora no era más que un sonido lejano que resonaba en su mente, una pequeña fricción entre células grises, pero el recuerdo era vívido. Esperó a oír de nuevo su risa, a sentirla otra vez en su interior. Y entonces, de repente, le llegó el rugido de un motor que hacía un estruendo espantoso. Sonaba como una sierra circular y provenía de lo alto de la colina.

Tess se incorporó de un salto, interrumpiendo así la risa de su padre, y salió corriendo para descubrir qué demonios estaba causando tal estrépito.

«¿Qué has hecho con tu preciosa vida?» Las palabras de Florio siguieron flotando en el aire una vez este se hubo marchado al parque de bomberos para participar en la recepción a base de queso y vino que se había organizado en su memoria. Pese a las tareas que tenía por hacer y que podrían haber servido para distraer su atención, la pregunta continuaba presente en su cabeza. En la parcela de la familia Dalrymple, vertió cemento para una nueva lápida y buscó una respuesta. En el Monte del Recuerdo, cortó un roble que la tormenta había doblegado y recordó de nuevo la pregunta. ¿Qué había hecho con su segunda oportunidad?

Se quedó mirando una bandada de gansos que despegaron en formación de uve, graznando mientras abandonaban las copas de los árboles, y que después de trazar un círculo por encima del terreno se alejaron ruidosamente en dirección al puerto. Algo tenía claro: había pasado demasiado tiempo de su preciosa vida luchando contra aquellas criaturas malvadas. Sí, los pintores llegaban a Waterside para plasmarlos en sus lienzos; las ancianas les traían bolsas llenas de migas de pan. Y nadie sospechaba que aquellos grupos de aves eran un peligro público. Masticaban la hierba, devoraban las flores, ensuciaban las estatuas e incluso atacaban a los que visitaban el cementerio.

Esa agradable tarde, Charlie se sentó en un banco junto a Joe *El Ateo*, que había ideado un ingenioso método para ahuyentar a aquellas odiosas aves. El invento consistía en desplegar una flota de lanchas a motor de juguete guiadas por control remoto.

—Torpedero PT-109, listo para el ataque —dijo Joe.

Charlie tenía la mente en otra parte.

—¿Crees que alguna vez harás algo importante con tu vida? —preguntó.

—¿De qué estás hablando? Esto es importante —repuso Joe—. Tenemos una misión que cumplir.

Miró a través de unos prismáticos y se colocó sobre el regazo una caja de metal con una palanca.

—Hablo en serio. ¿Crees que llegarás a ser algo en esta vida? ¿Que Dios ha previsto algo para ti?

—¿Dios? —repitió Joe—. ¿Estás de broma? Creo en la suerte. Eso es todo. La tienes o no. ¿Te acuerdas del año pasado? Me faltó un número para ganar treinta y cuatro millones de dólares en la lotería de Massachusetts. ¿Crees que Dios tuvo algo que ver en eso? Ni hablar. —Negó con la cabeza—. Algún día ganaré algo grande. Hasta entonces, tendrás que aguantarme. —Sonrió y se inclinó hacia delante—. ¡Mira! Otra bandada de gansos a nuestra derecha, junto a la isla de la Soledad —exclamó—. Solicito permiso para el ataque.

—Permiso concedido —dijo Charlie.

Joe empujó la palanca de control hacia delante. Un patrullero gris avanzó en dirección a las aves. El motor rugió y sonó una sirena.

—Sesenta metros y acercándonos —informó mientras miraba por los prismáticos—. Ocho nudos. Objetivo alcanzado.

Como de costumbre, el barco funcionó a la perfección. Presas del pánico, las aves que aún quedaban se alejaron a toda prisa por el agua, alzaron el vuelo y, tras varios aletazos, se elevaron por encima de los árboles. La pequeña lancha retrocedió con fuerza, cayó cerca de la orilla y esparció al aire salpicaduras de agua. Entonces Charlie vio a una joven a lo lejos, de pie debajo de un sauce. Era alta, bonita, y le hacía señales con la mano. Daba la impresión de que gritaba, pero el ruido del barco ahogaba sus palabras. La conocía de la ciudad: era Tess Carroll, la fabricante de velas.

—Te veré más tarde —dijo a Joe, ocupado en hacer regresar el PT-109 a su pequeño muelle.

—Mensaje recibido —respondió este.

Charlie subió al coche y condujo alrededor del lago en dirección a Tess. Era casi una estrella en la ciudad y, a decir verdad, Charlie la admiraba desde hacía mucho tiempo. Habían ido al instituto en la misma época, pero ella era un par de años más joven. Tess siempre había destacado y él incluso se había sentido intimidado por aquella chica que ganaba competiciones de vela o hacía campaña en contra de las compañías energéticas de la zona por las emisiones de óxido nitroso y sulfuroso de las chimeneas de Salem. Hacía dos años que Charlie había enterrado a su padre, y desde entonces Tess acudía al cementerio casi todas las semanas a visitarlo. Siempre iba sola o con su golden retriever. No le gustaba que la molestaran. Joe *El Ateo* había intentado acercarse a ella varias veces, pero siempre fracasaba estrepitosamente, y Charlie sabía que era mejor mantenerse alejado.

Pero, ahora, allí estaba ella, deslumbrante, con unos vaqueros y una camisa, avanzando por el camino, directa hacia él, agitando la coleta a cada paso que daba. Charlie se pasó la mano por el pelo, se frotó la cara para asegurarse de que no se le había quedado ningún resto de comida y disminuyó la velocidad hasta detener el vehículo. Se sacudió las migas del pecho, se metió la camisa por dentro del pantalón, bajó del coche y se volvió hacia ella. Mientras las primeras palabras se formaban en sus labios, Charlie sintió una punzada de timidez. Sin embargo, esa sensación extraña y desagradable no era nueva para él: lo asaltaba cada vez que una joven visitaba el cementerio, sobre todo cuando era tan atractiva.

Charlie ni siquiera tuvo opción de abrir la boca. Antes de que pudiera saludarla, Tess exclamó:

—¡Por el amor de Dios! ¿Es necesario armar tanto jaleo? Una viene aquí en busca de tranquilidad y, ¿con qué se encuentra? ¡Con el desembarco de Normandía!

—En realidad se trata de nuestro programa de control de

gansos —respondió Charlie, pero nada más pronunciar esas palabras se dio cuenta de que sonaban muy extrañas.

—¿Programa de control de gansos? —A Tess le costó contener una carcajada.

—Sí —dijo con aire reflexivo—. La población de gansos de Canadá... —Se interrumpió a media frase. Tess lo miraba y le dedicaba una preciosa sonrisa.

—No, no, sigue —le pidió—. Estoy fascinada. Cuéntamelo todo sobre la población de gansos de Canadá.

Se sujetó la coleta con una mano y ladeó la cabeza. Charlie notaba una sensación cada vez más intensa en su interior: era la mezcla efervescente de atracción e incomodidad.

—Deja que vuelva a empezar. Siento lo del ruido. A veces nos entusiasmamos y nos dejamos llevar por la emoción. —Sonrió—. Soy Charlie...

—St. Cloud —añadió Tess—. Me acuerdo de ti. No es un apellido de Marblehead, ¿verdad?

—No —respondió, sorprendido por que lo conociera—. De Minnesota. Es una larga historia.

—Perfecto, me encantan las historias.

—Y tú eres Tess Carroll, la que dará la vuelta al mundo —dijo, tal vez con excesivo entusiasmo. Hacía unos días había leído acerca de ella en el *Reporter*. Un artículo en primera plana describía su travesía en solitario e iba acompañado de una fotografía en color de Tess en el puente de mando de un Aerodyne 38—. Menudo barco tienes —comentó, pero nada más pronunciar esas palabras se enfadó consigo mismo por no haber sido capaz de hacer un comentario más halagador o ingenioso.

—Gracias —dijo Tess, y se apartó un mechón de pelo de los ojos. Charlie se fijó en que tenía la uña del pulgar amoratada, un gaje del oficio—. ¿Tú navegas? —preguntó—. No recuerdo haberte visto en el mar.

—Solía hacerlo. Un Optimists, 110s. Nada demasiado lujoso. —Charlie no podía librarse de los nervios—. Mira, siento haberte molestado. No volveré a pasar.

—No te preocupes. —Frunció el rostro—. Hoy estoy insoportable, pero es que el dolor de cabeza me está matando. —Se frotó la frente y el sol se le reflejó en los ojos.

Charlie vivía en un mundo verde, rodeado de todos los tonos de ese color que se pudiera imaginar, pero pese a la belleza del tono del musgo y la hierba, de una cosa estaba seguro: los ojos de aquella chica eran la perfección. Claros como la lima en su borde exterior, y oscuros como el color esmeralda hacia el centro. Paralizado, se descubrió diciendo justo lo contrario de lo que le apetecía decir:

—Será mejor que me vaya. Ya te dejo tranquila.

—¿A qué viene tanta prisa? ¿Te necesitan para llevar a cabo otro ataque sobre esos pobres gansos?

Charlie se rió.

—Pensé que preferirías un poco de calma, eso es todo.

—Ya me siento mejor.

Charlie notó que los ojos de Tess lo miraban de arriba abajo y se avergonzó de llevar los pantalones sucios y las botas llenas de barro.

—¿Sabes que mi padre está enterrado aquí? Justo en lo alto de esa colina —dijo, señalándola—. Las vistas son preciosas desde allí.

Sin añadir nada más, dio media vuelta y se alejó agitando la coleta. Charlie no estaba seguro de si debía seguirla. ¿Acaso lo había invitado a echar un vistazo? ¿O tan solo había dado por terminada la conversación? Su instinto le decía que volviera al trabajo. No tenía por qué seguir a Tess Carroll. Pero ya estaba corriendo colina arriba para darle alcance. Cuando llegó a la cima, Tess se había dejado caer sobre la hierba. Tenía las piernas estiradas y miraba el puerto, donde los barcos estaban amarrados hacia el nordeste. En la lejanía, un pescador recogía un cubo de langostas del agua con un garfio de pesca.

—Parece que Tim Bird ha tenido un buen día —comentó—. Desde aquí se ve que tiene la popa baja.

—Tu padre era pescador de langostas, ¿verdad? —preguntó Charlie.

Tess lo miró.

—Sí. ¿Cómo lo sabes?

Charlie no estaba seguro de que le conviniera decir la verdad. No quería parecer raro, pero lo cierto era que recordaba el oficio de quienes estaban enterrados en el cementerio. Se acordaba de todos los elogios.

—¿Cómo sabes lo de mi padre? —preguntó de nuevo Tess, esa vez con tono más apremiante.

—Trabajé el día que lo enterraron.

—Ah. —Tess se inclinó hacia delante y apoyó la cara entre las manos. Se frotó la frente y se retiró el pelo hacia atrás—. Dios, yo estaba tan anonadada que apenas recuerdo nada de aquel día.

Charlie, en cambio, recordaba toda la ceremonia y el hecho de que su difunto padre no había aparecido por el cementerio. No era nada sorprendente. Mucha gente decidía pasar de inmediato al siguiente nivel, sin detenerse en Waterside.

Examinó el rostro de Tess. Se notaba que los recuerdos estaban acudiendo a su mente. Era la clase de chica con la que habría salido tiempo atrás, cuando todo parecía posible. También era la clase de mujer que no solía ver por el cementerio. Lo tenía todo a su favor: un negocio próspero, una balandra de once metros y esos ojos verdes.

Y aun así, por extraño que pudiera parecer, no intimidaba a la gente. Era más encantadora, más auténtica que nadie que hubiera conocido en los últimos tiempos. Charlie notó que había logrado controlar la sensación en su interior y comenzó a sentirse más seguro.

—Te parecerá extraño —dijo—, pero me encantó lo que leíste aquel día.

—¿Lo que leí?

—Sí, el poema que recitaste junto a su tumba.

—¿Lo recuerdas?

—Sí, era «Zambullirse detrás de un sueño», de e. e. cum-mings.

—El preferido de mi padre.

—Tiempo después lo busqué.

Hizo una pausa y a continuación recitó unos versos:

Confía en tu corazón
si los mares se incendian
(y vive por amor
aunque las estrellas avancen hacia atrás).

—Y vive por amor —repitió Tess— aunque las estrellas avancen hacia atrás.

—Es genial —dijo Charlie—, pero no estoy seguro de saber qué significa.

—Yo tampoco.

Tess relajó la expresión; le brillaban los ojos y sus labios trazaron un arco ascendente. Se echó de nuevo sobre la hierba y soltó una carcajada que resonó por todo el cementerio, y Charlie supo de inmediato que era el sonido más hermoso que había oído en mucho tiempo.

Entonces se dio la vuelta, clavó en él sus ojos y dijo:

—Y bien, Charlie St. Cloud, dime: ¿Qué hace un chico como tú en un sitio como este?

No le extrañaba haber conocido a un chico guapo la semana antes de salir de viaje. Siempre le sucedía lo mismo. O los conocía en el momento menos oportuno, o los chicos que le gustaban resultaban ser una carga. Tess quería vivir por amor, pero las estrellas jamás avanzaban hacia atrás para ella y, desde luego, no se alineaban para propiciar un romance. Tenía mala suerte en los asuntos del corazón, siempre había sido así y siempre lo sería, y esa era una de las razones por las que quería escapar. Para ella, navegar era pan comido, pero no podía decir lo mismo de las relaciones sentimentales. Por algún motivo, dominar el viento siempre le había resultado más fácil que domar a los hombres rebeldes.

Sin embargo, allí tumbada sobre la hierba, se dio cuenta de que podía decirse, más o menos, que le gustaba ese Charlie. Era extraño. Llevaba toda la vida en aquella ciudad y hasta ese momento no se había fijado en él. Sí, lo había visto por allí con su uniforme azul, pero siempre le había parecido un poco tímido, la clase de chico que prefería los rincones más oscuros de los bares y locales de comida. Cuando iban al colegio, todos conocían a los hermanos St. Cloud. Eran los que tenían el futuro más prometedor en Essex, hasta que el mayor mató al pequeño en el puente General Edwards. Había sido un accidente, una auténtica tragedia, y la gente susurraba que Charlie no había logrado superarla.

Pero allí estaba él, y parecía encontrarse muy bien. De acuerdo, trabajaba en el cementerio, lo que podía resultar un poco raro, pero era divertido, amable y muy atractivo, con su aspecto de chico duro. Tenía los brazos y los hombros fuertes, y era evidente que esa mañana había estado trabajando con ahínco. Tenía la camisa sudada, las manos un poco sucias de barro y llevaba briznas de hierba enredadas en el pelo, pero también había recitado a cummings. Había en él cierta delicadeza, algo de dulzura. Y estaba la forma en que la miraba.

—¡Charlie! Deja de mirarme y responde mi pregunta.

Charlie parpadeó.

—¿Qué pregunta?

—¿Qué estás haciendo aquí? ¿Por qué trabajas en el cementerio?

—¿Y por qué no? Es mejor que un trabajo de oficina. Estoy todo el día al aire libre y, además, es como si fuera el director. No está mal ser el jefe, ¿sabes?

Arrancó una brizna de hierba, se la puso entre los dedos, ahuecó las manos y sopló. Se oyó un extraño silbido y, de súbito, pareció que los árboles cobraran vida. Ese chico era de lo que no había. Paul Bunyan* en un cementerio. Incluso los pájaros cantaban para él.

Tess arrancó también unas briznas y se las acercó a la cara.

—Me encanta cómo huelen.

—A mí también.

—Alguien debería embotellar este aroma y venderlo.

—Solo hace falta un poco de hexanol, metanol, butanona y además...

—Está bien. Hablas con los pájaros. Sabes los componentes químicos de la hierba. ¿Eres de verdad?

Charlie rió.

—Por supuesto. Tan de verdad como tú.

Tess estudió el hoyuelo que tenía en la mejilla. El mechón de cabello que le caía sobre los ojos. La pequeña cicatriz inclinada en la sien. De acuerdo, era de verdad. Pero entonces pensó en él y en el inframundo en que trabajaba.

—¿Y qué me dices de los muertos?

—¿Qué pasa con ellos?

—¿No resulta un poco espeluznante pasar todo el día aquí con ellos?

Charlie rió.

—En absoluto. En los hospitales y las residencias de ancianos se vive con la muerte. En las funerarias también. Pero esto es diferente. Esto es un parque. Cuando llegan aquí, lo hacen dentro de ataúdes o urnas, y nosotros ni siquiera nos acercamos a ellos.

Tess se quitó la goma del pelo y se soltó la coleta. El cabello le cayó sobre los hombros. Aún le dolía la cabeza y estaba sintiendo la falta de sueño, pero se sentía más relajada. Le gustaba el timbre profundo de la voz de Charlie. Quería saber más sobre él, de modo que siguió preguntando.

* Gigante leñador protagonista de varias leyendas del folclore estadounidense.

—¿Y qué hay de tu hermano?

—¿Mi hermano? ¿Qué quieres saber?

Fue un gesto casi imperceptible, pero Tess notó que Charlie se había retirado hacia atrás.

—Está enterrado en este cementerio, ¿verdad? ¿Por eso estás aquí?

Charlie se encogió de hombros.

—Es mi trabajo —respondió—. Me sirve para pagar las facturas y es mucho mejor que vender seguros en una oficina, ya me entiendes. —Tess lo miró a los ojos. Sabía que su respuesta ocultaba algo. No era solo un trabajo. No trabajaba allí para pagar las facturas—. Bueno, tengo que volver al trabajo. Me ha gustado charlar contigo.

—Oye, lo siento. No es asunto mío. Esto me pasa por tener la boca tan grande.

—Créeme, a tu boca no le pasa nada. Tal vez podamos hablar en otra ocasión.

Tess se levantó y miró a Charlie. Medía más de un metro ochenta. Sintió ganas de limpiarle la mancha de la frente y sacudirle las hojas de los hombros, pero, de repente, la intrépida navegante no supo hacia dónde virar.

—Me gustaría. Otra vez será.

—Oye, buena suerte con tu viaje.

—Gracias. Espero verte cuando vuelva.

—¿Cuando vuelvas?

—Sí, me marcho dentro de unos días.

Tess observó su rostro con atención. Charlie frunció el entrecejo y a continuación la sorprendió.

—¿Te apetece cenar conmigo esta noche? Echaré algo de pescado al fuego.

—¿También cocinas?

—Nada muy elaborado.

Tess no pudo contenerse.

—¿Sueles ligar con mujeres en el cementerio?

—Solo si respiran.

Tess sonrió. Le gustaba su valentía y sabía perfectamente qué le apetecía responder.

—Me encantaría.

—Genial.

—¿Quieres que traiga algo?

—No te preocupes, tengo de todo. ¿Bebes vino o cerveza?

—Adivina.

Era una adivinanza fácil. Sin vacilar, Charlie preguntó:

—¿Una Sam Adams estará bien?

—Perfecto.

—Vivo allí, junto al bosque —dijo Charlie, y señaló la casita con el tejado de paja y chimenea de ladrillo que se alzaba entre los árboles—. Te esperaré en la puerta principal. ¿A las ocho te va bien?

—Es una cita.

Tess escuchó las palabras que acababa de pronunciar y no pudo contener la risa. Charlie se despidió de ella con la mano y se dirigió a su coche, dejándola sola en la colina. Tess llevaba meses aislada del mundo, preparándose para su travesía. Había rechazado todas las invitaciones y eludido cualquier insinuación. Era la última persona en el condado de Essex de quien pudiera pensarse que tenía una cita esa noche.

Se arrodilló junto a la tumba de su padre y apoyó una mano en la lápida. Dios, qué extraña era la vida. Tal vez su padre la estuviera cuidando. Había oído sus plegarias durante la tormenta. La había guiado de vuelta a casa. Y quizá él fuera el responsable de que hubiera aceptado la invitación de Charlie.

—Papá —susurró al viento—, gracias.

11

Las manchas violeta y rosadas que salpicaban el cielo señalaban problemas.

Durante años, Charlie había organizado atentamente su vida alrededor del encuentro vespertino con Sam, y no había margen para el error. Sabía que ese día tenía hasta las 6.51 de la tarde, el momento exacto del crepúsculo civil, cuando el centro del disco solar se hallaba a seis grados por debajo del horizonte y el terreno oculto donde se encontraba con su hermano estaba a oscuras. Eso le daba veintiún minutos para subirse a su viejo Rambler del sesenta y seis y conducir a toda prisa hasta la Lobster Company, en Little Harbour, para recoger los filetes de pez espada, y a continuación salir disparado hacia la otra punta de la ciudad para comprar los ingredientes de la ensalada y el postre en Crosby's.

Iría muy justo de tiempo.

Pensó en Tess, de pie en lo alto de la colina, y no podía creerse que hubiera tenido tantas agallas. La había invitado a cenar a su casa y sus ojos verdes se habían iluminado al decir que sí. Joe *El Ateo* se quedaría atónito. ¿Habría estado Joe alguna vez cerca de una mujer como Tess, tan valiente y espontánea? El mero hecho de hablar con ella hacía que se sintiera más vivo.

«Relájate, solo has pasado quince minutos con ella», se dijo Charlie. Era un hombre práctico en todos los sentidos, y también en los asuntos del corazón. Tenía que serlo. En su vida gobernada por las puestas de sol, no había lugar para la improvisación.

De hecho, hacía cuatro años que no salía con nadie. Becca Blint había sido su última novia. Se habían conocido en el pub del puerto una noche de degustación de cervezas y se habían enamorado frente a una Angkor Extra Scout de Camboya. Ella era profesora de primero en Peabody y era divertida, coqueta y mayor que él. Sin duda le había enseñado un par de cosas durante el verano que pasaron juntos corriendo entre los aspersores, bañándose desnudos en el estanque y acurrucándose en la cabaña. Pero cuando llegó el otoño, Becca quiso que salieran los fines de semana para ver cambiar las hojas, o utilizar los puntos del programa de viajeros, volar a París y visitar el cementerio del Père-Lachaise, donde estaba enterrado Jim Morrison.

Charlie jamás le contó su secreto sobre Sam y, muy pronto, su necesidad de ir al cementerio todos los días al atardecer, comenzó a parecerle ridícula a Becca. Cuando se le terminaron las excusas y se cansó de oír quejas, Charlie trató de ceder un poco en sus normas y, de vez en cuando, aparecía por allí unos minutos tarde. Como vio que no ocurría nada terrible, decidió retrasar su llegada un poco más. Una tarde se presentó cuando ya había anochecido y comprobó que Sam comenzaba a desaparecer. Al principio el cambio era casi imperceptible, pero pronto, para su horror, se dio cuenta de que estaba perdiendo su don. La dura realidad era que cuanto más vivía en un mundo, menos podía ver del otro.

Así pues, decidió mantenerse firme, retomó sus antiguas costumbres y se negó a discutir el asunto con Becca. Con la llegada de Año Nuevo, ella desapareció de su vida. Charlie encontró una nota en el volante de su coche. «Estoy harta de este cementerio —escribió—. Y ya he tenido suficiente de muertos vivientes. Me rompe el corazón no poder ser yo quien te libere de tus cargas.»

A Charlie le dolió que lo dejara, pero la elección entre Sam y Becca no era de las difíciles. No vio la manera de llegar a un acuerdo. Después de eso, se refugió en el trabajo y evitó establecer cualquier vínculo un poco serio, sobre todo con el género femenino.

Mantuvo una apariencia despreocupada y siempre era el primero en hacer una broma o soltar una de sus ocurrencias. Sin embargo, cuando se trataba de establecer relaciones más profundas, las eludía con maestría. Saboteaba todas sus oportunidades y cada noche recordaba el porqué. Le había quitado la vida a su hermano, y, por lo tanto, él, Charlie, no era merecedor de amor ni de felicidad.

Era de una lógica irrefutable.

Y ahora, ese nuevo sentimiento aterrador que crecía en su interior hacía saltar de nuevo todas las alarmas. Tess le traería problemas. Si alguien podía revolucionar su ordenada existencia, esa era ella.

Condujo el Rambler hasta el aparcamiento de Orne Street, miró el cielo y después consultó su reloj. Tenía diecisiete minutos. Salió del coche y vio a una mujer rebosante de energía vestida con un chándal de color burdeos que guiaba a un grupo de turistas por Little Harbour, la rocosa cala en la que los pescadores y fabricantes de barcos llevaban siglos haciendo negocio.

Ah, no. ¿Dónde podía esconderse?

—Señoras y señores —gritó la mujer—, fíjense en nuestras chimeneas inclinadas hacia el este. ¿Las ven? Allí delante. —Señaló una de las torres—. Se lo deben a la acción del sol y a cómo se secó la argamasa.

Fraffie Chapman era la historiadora de la ciudad y la presidenta de la muy valorada Comisión del Distrito Histórico. Ningún ciudadano podía añadir una cornisa, una teja, ni siquiera levantar una pared sin la aprobación de la junta de Fraffie. Tenía una protuberante nariz arqueada, el pelo cano y sedoso, y guardaba un asombroso parecido con uno de sus antepasados: el mismísimo George Washington, que visitó Marblehead en dos ocasiones.

—Fíjense en el color —gritó con efusividad mientras señalaba con su bastón la puerta de una de las casas antiguas—. ¡Precioso! Un azul de lo más realista. ¡Se corresponde exactamente con el original! —Avanzó unos pasos—. Síganme, por favor. ¡Ahora miren las contraventanas de ahí arriba! Yo no soy capaz de mirar. —Se cubrió los ojos fingiendo estar horrorizada—. Me ofenden en grado sumo. ¡En el siglo dieciocho no había contraventanas! Se pusieron de moda a principios del diecinueve. Es por eso que la Comisión del Distrito Histórico ha pedido a los propietarios que quiten esas monstruosidades.

Charlie rió para sus adentros. Para muchos de los ciudadanos, era más bien la Comisión Histérica.

—¿Alguna pregunta? —gritó Fraffie, pero los visitantes agacharon la cabeza. La mujer se volvió y avanzó con pasos pesados hacia él—. Marblehead es una ciudad de tablas de madera, no de tejas delgadas —declaró, a nadie en particular—. No permitiremos que los isleños la conviertan en Disneylandia. ¡De ninguna manera!

Charlie cruzó la calle para esconderse detrás de un Ford Explorer. Tal vez pudiera evitarla. Pero entonces oyó su chillona voz.

—¡Te estoy viendo, St. Cloud! ¡No puedes escapar de mí! —La mujer frunció el entrecejo, ladeó la cabeza y se dirigió hacia él—. Será mejor que recortes esos arbustos de la zona oeste. Esta vez hablo en serio. ¡Déjalos en condiciones o sabrás quién soy yo!

Charlie prefería dejar que los boj y los tejos que había frente al cementerio crecieran con total libertad. Hacían que la entrada fuera más natural. Pero no tenía tiempo para discusiones. Sabía, por la luz baja que se reflejaba en el agua, que el sol ya había descendido por debajo de la línea de los árboles.

—Esos arbustos no son históricos —entonó Fraffie—.

Son una plaga. Te daré una sola oportunidad más. ¡Arráncalos o será la guerra!

Charlie la imaginó disparándole con su propio mosquete o cortándolo con un alfanje. Entonces, con el tono más amable del que fue capaz, dijo:

—Veré qué puedo hacer; ahora le ruego que me disculpe. Tengo prisa.

Fraffie dio la espalda a su grupo y apuntó con su bastón hacia los muelles.

—Esa de ahí, la que ven desde el puerto, es Gerry Island. Elbridge Gerry fue uno de los hijos más famosos de la ciudad. Fue vicepresidente de Estados Unidos en mil ochocientos trece, y dimos su nombre a una escuela, a una calle, y a una asociación de bomberos veteranos.

Fraffie siguió con su recorrido, hablando con pomposidad sobre tejados en pendiente y chimeneas pareadas. Charlie corrió calle abajo y abrió la puerta de la Lobster Company, de la que colgaba un letrero que rezaba: Los niños revoltosos serán vendidos como esclavos. Entró en la tienda y lo embriagó el olor añejo a salmuera y pescado. Enormes tanques llenos de langostas borboteaban en el centro del local. El suelo de cemento estaba mojado por el agua que rebosaba de los tanques. De pequeño le encantaba apoyar la cara en el húmedo cristal y observar las peleas entre los crustáceos.

En la caja, un hombre pálido con traje de raya diplomática recogía su compra. Pete Kiley había jugado de segunda base en el equipo del instituto y ahora trabajaba en un prestigioso bufete de abogados en Boston. Charlie y él habían realizado más dobles matanzas que ningún jugador de cuadro interior de la historia de Marblehead. Ahora Pete y su familia vivían en el istmo, en una casa lujosa, e iban de vacaciones a Francia y a Italia.

—Vaya —dijo Pete al volverse—. Que me aspen si no eres el número veinticuatro... el parador en corto... Charlie St...

Cada vez que se veían recitaba la misma cantinela, y Charlie sabía que lo hacía para que el encuentro resultara menos violento. Pete había hecho algo con su vida; Charlie, no. Sin embargo, los intentos de Pete por recordar sus días de gloria juntos solo empeoraban las cosas.

—Lo siento, no puedo quedarme a charlar —dijo Pete, jugueteando con las llaves de su BMW—, mi mujer está esperando en el coche. —Le dio un suave puñetazo en el hombro—. Llámame uno de estos días y ven a cenar a casa. Llevamos demasiado tiempo sin vernos.

—Cuenta con ello —respondió Charlie, y se quedó mirándolo mientras se marchaba. Por supuesto, no lo haría.

—Ese muchacho gana demasiado dinero —dijo una voz anciana desde el otro lado del mostrador—. No hay duda de que los ricos deberían pagar más impuestos. —Bowdy Cartwright llevaba toda la vida al frente de la Lobster Company. Era un tipo con las mejillas caídas y una papada de por lo menos tres capas que había divertido a generaciones de niños con su asombrosa imitación de un pez globo—. ¿Qué te llevarás hoy? —preguntó—. Tenemos buen abadejo para hacer sopa y almejas para cocinarlas al vapor, con un caldo corto...

—Me llevaré dos filetes de pez espada, de doscientos gramos cada uno.

—Muy bien. Recién salido del barco de los Grand Banks.

Una mujer joven salió de la trastienda. Margie Cartwright se echó la rubia melena a un lado y le dedicó una sonrisa de carmín. Se dirigió a la caja registradora y le presentó una mejilla.

—Vamos, Charlie. Dale un beso a tu vieja amiga.

Mucho antes de que Charlie lo estropeara todo, Margie había sido el amor de su niñez. Era un año mayor que él. Él estaba en segundo, ella en tercero, y se habían conocido un gélido día de Acción de Gracias en el decisivo partido contra Swampscott. Ella era animadora y se empeñaba en llevar jersey y falda corta hiciera el tiempo que hiciese. Al fin y al cabo, solía decir, las parkas y los pantalones largos no combinaban con los pompones. Su romance había sido bastante inocente, y solían pasar las noches enfrascados en largas conversaciones sobre pollo a la parmesana en el restaurante House of Pizza. Entonces se produjo el accidente y Charlie se encerró en sí mismo. Ni todas las animadoras del mundo habrían podido levantarle el ánimo. Margie hizo cuanto estuvo en sus manos para recuperarlo, pero él la apartó de su lado.

Charlie se inclinó y la besó.

—Ese es mi chico —dijo y batió sus largas pestañas. Charlie olió su perfume. En muchos sentidos, Margie no había dejado atrás sus años de gloria. Tenía la misma melena rubia de siempre, y vestía un ajustado jersey de color rosa, una minifalda negra y botas altas. Los pescadores de toda la costa sabían su nombre y la conocían por su indumentaria, su único medio de protesta contra una vida dedicada a la choza de venta de pescado que era el negocio familiar.

—¿Y bien? ¿Qué piensas cocinar esta noche? —preguntó.

—Bueno, no mucho.

—Aquí tienes —dijo Bowdy, y le acercó una bolsa de papel—. Son dos filetes de pez espada, Margie. Unos cuatrocientos gramos.

—¿Dos filetes? ¿En serio? —gritó Margie, y arqueó una ceja perfectamente definida—. ¿Pescado para dos?

—No...

—¡Vamos, Charlie! ¿Quién es ella? Si quieres puedo hablarle bien de ti...

Charlie dejó un billete de veinte dólares sobre la caja registradora.

—Lo siento, Margie. Tengo que irme. Llámame algún día, ¿de acuerdo?

—No eres nada divertido. ¿A qué viene tanto secretismo? ¡Sabes que lo descubriré de todos modos! Será mejor que me lo digas.

Charlie lo pensó durante un instante. Tenía razón. Su extensa red de espías la informarían en cuestión de días. ¿Qué había de malo en decírselo? Margie estaba al corriente de las vidas de todos los que vivían en aquella ciudad. De hecho, tal vez pudiera ayudarlo.

Charlie miró el reloj —tenía once minutos— y decidió no ir a Crosby's para comprar los ingredientes de la ensalada y el postre. Si era capaz de improvisar y preparar algo con lo que tenía en casa, aún dispondría de algunos minutos para escuchar sus sabios consejos. Así pues, se inclinó hacia ella con gesto de complicidad y dijo:

—¿Me juras que no se lo dirás a nadie?

—Te lo juro por Dios.

—Está bien —dijo en voz baja—. ¿Qué sabes de Tess Carroll?

12

—Abuela, ¿me oyes? ¿Abuela?

Tess se inclinó y miró los ojos verde claro de su abuela. La anciana estaba sentada en una mecedora marrón junto a la ventana en la residencia Devereux House. Tess había pasado a verla al salir del cementerio y enseguida había percibido que el olor a medicamentos y desinfectante era más fuerte que nunca en el largo pasillo verde que llevaba a la habitación 216.

—Abuela, soy yo —dijo Tess—. No te lo creerás. ¡Creo que acabo de conocer a un chico estupendo!

Su abuela parpadeó y siguió mirando fijamente la pantalla del televisor, que en ese momento emitía *Walker, Texas Ranger*, una serie que veía todos los días. Su arrugada mano buscó a tientas un zumo de naranja con una pajita. Lo levantó y tomó un sorbo sin decir palabra.

Tess era la tocaya de Theresa Francis Carroll, y cada vez que se había encontrado en uno de los inevitables baches de la vida, siempre había podido contar con el apoyo y los sabios consejos de su abuela. De hecho, acudió en busca de su consuelo cuando Scotty McLaughlin la dejó en el Corinthian Club, la Nochevieja de 2000. La mujer, una romántica empedernida, no había tenido una vida fácil. A los diecinueve años se casó con un apuesto pescador de langostas de Nahant, la ciudad rival, y ya estaba embarazada cuando él desapareció en una fuerte borrasca. «Nadie podía compararse con él», dijo a Tess, y, por eso, pese a haber tenido una larga lista de pretendientes, jamás volvió a casarse. La historia de su vida, aunque Tess la había oído cientos de veces, siempre la hacía llorar. «Espera a tu amor verdadero —le advertía su abuela—. Nunca te conformes con menos.»

Tess había aprendido de su abuela lo que significaba ser una superviviente. A fin de criar a su hijo pequeño, la abuela había tenido que trabajar en la fábrica de zapatos de Lynn. Había luchado toda su vida y, a los ochenta y seis años, seguía haciéndolo después de once años de batalla contra un cáncer de pulmón. En dos ocasiones, los médicos habían tomado medidas extraordinarias para rescatarla de las garras de la muerte, y cada vez quedaba un poco menos de ella. Ahora, en el pequeño cartel que colgaba junto a su cama, se leía simplemente: «NR: No Resucitar».

Y pese a todo, a ojos de Tess, su abuela seguía siendo indomable. Era una demócrata acérrima que tenía sobre la repisa de la chimenea una fotografía arrugada y amarillenta del *Boston Globe* en la que aparecían los tres hermanos Kennedy de jóvenes. Le encantaba cotillear sobre los hombres de la ciudad y se obstinaba —de manera vergonzosa— en fumar sus Marlboro aun estando mal de salud.

Había días en que reconocía a Tess. Sin embargo, la mayoría de las veces la confundía con su hermana mayor, que había fallecido el día que George Bush venció a Michael Dukakis por 325 votos. En ocasiones, daba la impresión de que ni siquiera la veía. Sus dulces ojos miraban fijamente al infinito. Su único intento por mantener la dignidad se ponía de manifiesto en su insistencia para que le pusieran cada día un sombrero colorido y la adornaran con bisutería de la tienda de baratijas.

Ahora estaba petrificada en su mecedora, tarareando y mirando por la ventana.

—¿Qué buscas ahí afuera? —preguntó Tess. Las vistas de Devereux House eran una zona de aparcamiento en la que

Tess vio un pájaro posado sobre una valla—. ¿Estás mirando ese gorrión?

Su abuela sonrió, cerró los ojos durante unos segundos y los abrió de nuevo.

—¿Qué has hecho estos días? —preguntó Tess—. ¿El señor Purdy sigue persiguiéndote por la sala de recreo? Me contaste que era un pervertido.

De nuevo, silencio.

De modo que a eso se llegaba. Una larga vida y después, ¿eso? Años de soledad en una neblina. Tess se juró que no se permitiría terminar de esa manera. Se marcharía entre destellos de gloria. No quería apagarse. Era lo peor que podía suceder.

—Escucha, abuela, he venido a despedirme —dijo Tess—. ¿Te acuerdas? Me voy a dar la vuelta al mundo en barco. —Hizo una pausa y se fijó en el cuello adornado de su abuela—. Te traeré joyas de Oriente. ¿Qué te parece?

Los labios de la anciana se curvaron hacia arriba. Sus ojos despidieron un leve destello. Tess se preguntó qué estaría pensando. ¿Acaso oía algo de lo que le decía?

—Sabes que estoy aquí, ¿verdad? Sabes que estoy sentada a tu lado.

La habitación estaba en silencio. Su abuela frunció los labios de su rostro arrugado, y al fin dijo con voz firme:

—Claro que lo sé.

Era la primera vez en meses que reconocía su presencia. Tess se quedó sin habla.

—¿Estás bien, cariño? —preguntó la anciana.

Tess no encontraba las palabras.

Su abuela clavó en ella la mirada y dijo:

—No te preocupes, querida. Todo saldrá bien y volveré a verte muy pronto.

Entonces cerró los párpados y comenzó a inclinar la cabeza. Al cabo de un momento estaba roncando con suavidad. Tess se levantó y besó la mejilla empolvada de su abuela.

—Te quiero. Hasta pronto.

13

Charlie soltó la cuerda y voló por el aire. Se encogió en la posición de bomba y cayó ruidosamente en el agua fría. Se sumergió hasta el fondo cubierto de musgo, se agarró a una enorme roca para mantenerse hundido y se quedó escuchando el sonido de las burbujas de aire y el latido de su corazón.

Había llegado al bosque con el tiempo justo y disponía tan solo de unos segundos, pero ahora, por primera vez, se enfrentaba a sentimientos encontrados sobre el hecho de estar allí. En su cabeza bullían ideas contradictorias: imaginó que tomaba prestado el barco de Joe y se llevaba a Tess a dar una vuelta por el puerto al atardecer, que descorchaba una botella de buen vino y que después subían al coche e iban a Manchester a cenar.

Pero esa no era una opción. Tenía una promesa que cumplir y un ritual que seguir. Primero, él y Sam jugaban a lanzarse la pelota en el claro, después se bañaban en el pequeño estanque que había cavado con sus propias manos hacía ya tantos años. Charlie había copiado hasta el último detalle de la charca de Cat Island. Las dimensiones eran las mismas; la cuerda trenzada, casi idéntica, con un grueso triple nudo en su extremo. Aquellos días en el campamento de verano de la Asociación Cristiana de Jóvenes habían sido los más felices de su vida, cuando pasaba las tardes persiguiendo patos calvos y águilas pescadoras y al anochecer se colgaba de la vieja cuerda y se dejaba caer en el agua.

Cuando notó que le ardían los pulmones, soltó la roca y se impulsó hacia arriba. Salió a la superficie con gran alboroto, y cuando las ondas causadas por el ímpetu se hubieron calmado, oyó la voz de Sam en la orilla:

—¡Un minuto y veinte segundos! ¡Charlie St. Cloud acaba de batir el récord de Waterside!

Sam estaba sentado sin camiseta en un tronco junto a Oscar, que no dejaba de rascarse. En la otra vida también había pulgas.

Acababa de ponerse el sol en el Bosque de las Sombras y suaves rayos de luz violácea se filtraban entre los árboles. Charlie salió del estanque y se cubrió los hombros con una toalla. Llevaba unos pantalones cortos demasiado anchos que, empapados, le caían por debajo de la cintura. Le llegaban casi a las rodillas, donde las cicatrices del accidente formaban un dibujo de líneas entrecruzadas apenas visibles. Se frotó el pecho y el estómago para retirarse el exceso de agua y agitó vigorosamente la cabeza, salpicando a Oscar.

—¿Has visto al pequeño Tim ahí abajo? —preguntó Sam.

—No —respondió Charlie. Tim era la tortuga que vivía en el estanque. Trece años atrás, los chicos la habían rescatado del tanque que había junto a la caja registradora de la tienda de animales de Gloucester. Cuando Charlie se mudó a Waterside, Tim se fue con él. Con abundante comida y un estanque para ella sola, se había convertido en una tortuga gigantesca.

Sam se rascó la cabeza.

—¿Crees que habrá conocido a algún reptil hembra y se habrá largado con ella?

—Lo dudo.

—Sería normal, ¿no crees? Es un estanque demasiado pequeño para un macho de su tamaño.

Charlie consultó su reloj. Tess llegaría a las puertas de hierro sesenta minutos más tarde. Sabía que tenía que regresar a la cabaña, esconder las montañas de periódicos, meter los platos en el lavavajillas y encender las brasas.

—Vamos, un salto más —dijo Charlie—. Adelante, enano.

Sam alcanzó la cuerda con uno de sus brazos larguiruchos. También llevaba vaqueros cortos, como su hermano mayor, y estaba tan delgado que se le marcaban todos los huesos y articulaciones: codos, rodillas, hombros, tobillos...

—Ven a empujarme.

Charlie obedeció y Sam se columpió por encima del agua, y arqueó el cuerpo hacia arriba. En el momento perfecto, se soltó. Como una hoja al viento, subió y bajó, desafiando la gravedad. A continuación realizó un salto mortal hacia delante con un giro de quinientos cuarenta grados, un salto muy arriesgado que había visto en los Juegos Extremos de Verano por la ESPN.

¡Chof!

Desapareció en el agua durante una eternidad, y cuando por fin salió a la superficie, lo hizo con una sonrisa de oreja a oreja.

—¡Tim dice «hola»! Está bien. No piensa ir a ninguna parte. —Sam salió del estanque y cogió su toalla—. ¿Quieres intentar un mortal hacia delante?

—Ni hablar. Es demasiado difícil.

—Gallina.

—¿Gallina? Tú juegas con ventaja en eso de volar por los aires.

—No seas cobardica. Es fácil. Te enseñaré a saltar. No te pasará nada.

—No, déjalo —respondió Charlie—. Ya está bien por hoy —dijo mientras se ponía una camiseta de los Salem State Vikings.

—¿Qué te pasa esta noche? —preguntó Sam—. Casi no hemos jugado a pelota, ¿y ya te vas?

—No me pasa nada.

—Sí, claro. Estás muy raro.

—No estoy raro.

—Claro que sí.

—Ya basta, Sam.

Charlie se puso una zapatilla y se ató los cordones. No le gustaba perder la paciencia con su hermano, pero estaba harto de la misma cantinela de siempre.

Sam abrió los ojos como platos.

—¡Espera un momento! Es por una chica, ¿verdad? Has conocido a alguien. ¡Tienes una cita esta noche!

—¿De qué estás hablando?

—¡Mentiroso! —exclamó Sam, con los ojos brillantes de júbilo—. Dime la verdad. Es inútil que lo niegues. ¿Cómo se llama?

Charlie se puso la otra zapatilla y recurrió a una táctica evasiva.

—Tengo una sugerencia para completar el mejor equipo de los Red Sox de todos los tiempos —comenzó—. Luis Tiant debería estar en nuestra lista junto con Boggs, Yastrzemski, Garciaparra, Young...

—Buen intento —interrumpió Sam—. ¿Crees que voy a picar? —Sonrió con aire triunfal—. ¡Escúpelo ahora mismo! ¿Cómo se llama?

—Déjame en paz —respondió Charlie.

Pero Sam, como cualquier niño de doce años, podía ser un incordio si se lo proponía, y siguió insistiendo.

—Debe de gustarte mucho para que quieras ocultarla.

En ese momento, Charlie hizo un cálculo rápido. Sabía cómo se desarrollaban siempre esas conversaciones. Y concluyó que llegaría antes a casa si se sometía a su interrogatorio.

—Se llama Tess —dijo al fin.

—¿Tess qué?

—Tess Carroll.

—¿Qué más?

—Es fabricante de velas. Su padre murió hace un par de años de un infarto.

Sam estaba sentado a su lado, sobre el tronco. Miró a su hermano y preguntó:

—¿Le gustan los Sox?

—Aún no lo sé.

—¿Y cuál es el problema? ¿De qué tienes tanto miedo?

—No tengo miedo de nada —respondió. Otra mentira. Por supuesto, estaba aterrorizado.

Sam sonrió y se puso la camiseta.

—Puedo hacer averiguaciones, si quieres. Descubrir si tiene novio.

—Margie Cartwright dice que está libre.

—Entonces ¿cómo puedo ayudar?

—Mantente al margen —respondió con firmeza.

—Vamos, ¿no puedo divertirme un poco? Rebuscar entre su ropa interior, por ejemplo.

—No, Sam. Olvida el asalto a sus bragas. —Consultó el reloj—. ¡Vaya! Es tarde. Será mejor que me vaya. —Se levantó—. Y recuerda, nada de travesuras. Aléjate de Tess y no te acerques a la cabaña esta noche.

—Relájate, estás demasiado tenso —dijo Sam mientras alcanzaba la cuerda y se encaramaba al nudo—. Te prometo no apestar el lugar.

—La flatulencia es una de tus especialidades.

—Flatulencia, nombre —comenzó Sam con una sonrisa—. Flato que se suelta y causa pestilencia. —Soltó una carcajada—. Empújame otra vez, grandullón.

De nuevo, Charlie obedeció y Sam salió volando sobre el estanque. Se balanceó hasta alcanzar velocidad y entonces, en el momento oportuno, se soltó.

—Hasta luego.

Charlie parpadeó, Sam desapareció y en el Bosque de las Sombras solo quedaron la luz decadente y el murmullo del viento.

14

Tink ya se había zampado medio litro de Chubby Hubby, un delicioso helado de Ben & Jerry's, y estaba engullendo un sándwich de tres pisos de salchicha ahumada y ensalada de col. A su lado, en el banco que ocupaba en Crocker Park, junto a los restos de su copioso aperitivo, había una gigantesca botella de Dr Pepper sin azúcar, la única concesión que estaba dispuesto a hacer para controlar su peso. El perro de Tess, Bobo, estaba tumbado sobre la hierba a sus pies, hurgando en una bolsa de panecillos salados.

Había decidido disfrutar de la puesta de sol en el acantilado, desde donde tenía buenas vistas sobre el puerto. Una hora antes, se había pasado por Lookout Court para echar un vistazo al apartamento de Tess en su ausencia y asegurarse de que todo estaba en orden. Había entrado por la puerta delantera, que Tess siempre dejaba abierta, y había sido testigo del desorden habitual que reinaba en el lugar. Zapatillas de deporte cubiertas de barro tiradas en el salón, un sujetador para hacer footing colgado del pomo de la puerta de la cocina, platos y cazos amontonados en el fregadero pidiendo a gritos que los lavaran, y Bobo gimoteando para que lo sacaran a pasear.

Así pues, como solía hacer, se llevó al golden retriever al parque. En los últimos tiempos, su vida social se reducía a eso. Partidos de béisbol con los chicos. Películas en el centro comercial Liberty Tree, en Danvers. Largas noches sentado en un taburete del bar de Maddie. Y, como siempre, la compañía del bueno de Bobo.

Ahora la noche del sábado caía sobre él y, de nuevo, no tenía ningún plan. Algunos fines de semana conseguía que Tess lo invitara a cenar, porque iba a verla y le aseguraba estar muerto de hambre. Si estaba en casa, lo hacía pasar y acababan cocinando juntos, alquilaban una película de Steve McQueen y holgazaneaban en su raído sofá. Tess tenía la habilidad de quemar todo lo que cocinaba, pero a él no le importaba. Se conformaba con estar cerca de ella.

Por un lado, Tess era como su hermana pequeña. Era la clase de chica que necesitaba un hermano mayor que la llevara por el buen camino. Era más lista que nadie y una navegante con una fortaleza equiparable a la de cualquier otro marinero. Pero, tras la muerte de su padre, también necesitaba un ancla de salvación, y él hacía cuanto estaba en sus manos para desempeñar ese papel.

Si era del todo honesto, debía admitir que, desde el mismo momento en que se conocieron en la feria de Topsfield, había luchado contra la fuerte atracción que sentía hacia ella. En esa época, él era conocido por presentar el parte meteorológico en televisión, y se había ofrecido como voluntario para sentarse en el tanque de agua de la feria a fin de recaudar fondos para la organización Jimmy Fund. Una mujer despampanante de larga melena negra había lanzado tres pelotazos certeros contra la espiral y lo había hecho caer en el agua turbia. Una vez seco, decidió que tenía que conocer a la joven del brazo letal.

De aquello hacía ya cuatro años, antes de que lo despidieran por sus ocurrentes comentarios sobre Skeletor, la presentadora. Tess había escrito a la emisora para apoyarlo; se habían hecho amigos enseguida y él había ido a trabajar para ella en el taller. Cada minuto de cada día intentaba ocultar su pasión, con la esperanza de que en algún momento Tess se enamorara de él. Incluso había intentado perder algo de peso para que se fijara en él y había renunciado a sus adorados Hubby Chubby. Sin embargo, resultó que no era su barriga lo que se interponía entre los dos. En lo concerniente a los hombres, Tess era un misterio. No había forma de retenerla. Era un espíritu libre y él lo vivía con resignación.

Bobo miraba ahora su sándwich de tres pisos, y Tink sacó una loncha de salchicha ahumada y se la lanzó.

—Dime, ¿dónde está la chica? ¿Tiene una cita esta noche? —El perro ladró—. No me extraña.

Tink detestaba pensar que esa sería su vida durante meses, mientras ella estuviera dando la vuelta al mundo. Se levantó del banco, se limpió la mostaza de la barba y se metió la camisa de franela por dentro de los pantalones.

—Es hora de irnos, chico —dijo, y le ató la correa al cuello. Tiró los restos en el cubo de basura y Bobo y él comenzaron a bajar lentamente por Darling Street. En la distancia, vio el flujo constante de tráfico de una noche de sábado en Washington. Subió con dificultad la colina en dirección a Abbot Hall, atravesó la plaza y vio a una hermosa mujer sentada frente a una casa de dos pisos con la fachada de color azul pálido.

La-Dee-Da Channing estaba sentada en la escalera, limándose las uñas, sumergida en la lectura de un ejemplar de *InStyle*. Llevaba un elegante pañuelo de color verde atado a la cabeza y gafas de sol al estilo Jackie Onassis, pese a que ya había oscurecido. La era una aspirante a actriz que no permitía que su trabajo como administrativa en la oficina de capitanía del puerto le impidiera vestirse de punta en blanco.

—Buenas noches —dijo Tink.

La ni siquiera alzó la vista.

—Brad y Jennifer practican juntos el yoga de Bikram —comentó.

—¿Cómo?

—Brad Pitt y Jennifer Aniston. Todas las estrellas hacen yoga en habitaciones donde hace mucho calor.

—¿Qué tiene de malo el jogging?

La levantó la mirada y la clavó en la barriga de Tink.

—Dímelo tú.

—*Touché!* —exclamó, y se acarició la enorme panza.

—Esta noche estás guapísimo. Incluso te has bañado.

—Gracias —respondió Tink sacando pecho—. Todo el mundo se ducha los sábados.

—No hablaba contigo —dijo La entre risas—. ¡Bobo! —Se inclinó hacia el retriever—. Ven aquí, chico.

Tink se desinfló y se quedó mirándola mientras acariciaba las orejas del perro.

—¿Irás al bar de Maddie más tarde? —preguntó.

—¿Me invitarás a beber?

—Por ti, cualquier cosa, La.

—Oh, qué tierno.

La se bajó las gafas y sus ojos marrones lo observaron con detenimiento. Justo cuando daba la noche por perdida, Tink sintió que aún había un atisbo de esperanza.

—Te veo luego —dijo, y tiró de la correa de Bobo—. Tal vez después podamos practicar eso del yogur.

—¡Es yoga, tontorrón!

—Yo seré Bob y tú serás Jennifer.

—Brad —dijo entre risas—. Y será mejor que vayas con cuidado o te harás daño.

—Imposible. No tienes la menor idea de lo que este adonis rebosante de amor es capaz de hacer —advirtió—. Espera y verás. Vas a alucinar.

15

Tess se sentía muy llena e incluso un poco achispada, pero aceptó otra Sam Adams. Había recuperado el apetito y la cerveza le había calmado el espantoso dolor de cabeza. Aún tenía la sensación de ir en barco, pero Charlie había puesto en juego todos los recursos de los que disponía y Tess disfrutaba cada instante de la cena. Su pez espada a la plancha con tomates y alcaparras era insuperable, y la ensalada de remolacha y naranja estaba deliciosa. Definitivamente, no podía con el postre. Pero tendría que intentarlo.

Estaban sentados a una mesa redonda junto al salón. La luz era tenue, un leño crepitaba en la chimenea y dos velas enmarcaban su rostro. Charlie le estaba contando la historia de su apellido, que procedía de St. Cloud, Minnesota, la ciudad del río Mississippi en la que nació su madre y de la que escapó en cuanto tuvo ocasión. El primer St. Cloud, explicó, fue un príncipe francés del siglo XVI que renunció al mundo para servir a Dios después de que un tío malvado asesinara a sus hermanos. Tess observaba el movimiento de sus labios y escuchaba con atención su voz agradable y profunda. A continuación, ahondó con sabiduría en algo llamado nefología, del griego *nephos*, que consistía en el estudio científico de las nubes.* Había nue-

---

* Cloud, el apellido de Charlie, significa «nube». *(N. de la T.)*

ve clases de nubes, dijo, cada una con su aspecto y altitud. Charlie rebosaba de conocimientos extraños y maravillosos, y tenía una mente ágil que saltaba de una cosa a otra del modo más inusual. Tess tomó un sorbo de cerveza, lo miró a los ojos, escuchó un poco más y notó que comenzaba a ablandarse.

Tess detestaba a los tipos que organizaban elegantes citas en Boston, cena en un restaurante de cinco tenedores y aparcamiento a cargo del portero incluidos. Siempre pedían vinos añejos, hablaban extasiados de las trufas blancas y cotorreaban sin cesar sobre ellos mismos con la ridícula esperanza de impresionarla y llevársela a la cama. Eran predecibles, falsos y aburridos.

Charlie era diferente. Lo veía como a un animal raro y exótico: una raza más amable y sofisticada que los bichos con los que ella había crecido. Además, esa velada estaba marcada por la naturalidad. Para empezar, no se veía por ningún sitio un libro de cocina. Lo había hecho todo él solo: el salteado, el flambeado y todas esas actividades insondables de las que ella no tenía ni idea. Pero lo que más la sorprendía no era lo que Charlie supiera sobre los cirrostratos. Era cómo escuchaba. Daba la impresión de que absorbía cada una de sus palabras y, esa noche, como se sentía tan cómoda, fueron muchas las que pronunció.

—Me encanta el nombre de tu barco —comentó Charlie—. *Querencia*, ¿verdad?

—Sí —respondió Tess—. ¿Sabes qué significa?

—Creo que sí, porque una vez leí un libro sobre el toreo. ¿No se llama así el lugar de la plaza donde el toro se siente protegido y a salvo?

—Eso es. Unas veces es un lugar al sol. Otras, en la sombra. Es allí adonde se dirige el toro entre una y otra embestida. Es como una fortaleza invisible, el único lugar seguro.

—Como tu barco.

—Sí, y como Marblehead.

Muy pronto, Tess se descubrió deseando que Charlie lo

conociera todo sobre ella. Quería que supiera que se había roto un brazo paseando en bicicleta por la lengua de tierra cuando tenía once años. Quería contarle que Willy Grace, su primer novio, la había engañado para ir de acampada a la isla de Brown porque tenía en mente muchas más cosas que mirar las estrellas. Quería que supiera que siempre bailaba lenta la parte rápida de «Stairway to Heaven». Y quería que Charlie descubriera más cosas sobre su padre, a quien, por alguna razón, esa noche sentía más cerca que nunca.

Sí, Tess sentía una extraña conexión con Charlie que resultaba al mismo tiempo emocionante y aterradora. A cada momento que pasaba, era consciente de que perdía un poco más el control, y eso no era bueno. Todo en él era como una suave resaca de las olas que la arrastraba más y más lejos. Pero Tess partía en menos de una semana, y no podía permitir que ningún hombre, por atractivo que fuera, por bien que cocinara y escuchara, la alejara de su objetivo.

—¿Quieres postre? —preguntó Charlie de repente.

—¿Te parezco la clase de chica que dice que no al postre?

—Ahora mismo lo traigo —dijo mientras recogía los platos.

—Más vale que sea bueno. —Se recostó en la silla y se quedó mirándolo con admiración mientras entraba en la cocina. Llevaba unos vaqueros 501 y un jersey que dejaba adivinar unos deltoides y tríceps impresionantes—. ¿Seguro que no quieres que te ayude? Me siento un poco inútil, aquí sentada sin hacer nada.

—Pues haz algo útil y cambia el CD.

—¿Alguna preferencia?

—No, veamos si superas la prueba.

Tess buscó el equipo de música. En la habitación reinaba un ambiente maravillosamente cálido y en penumbra. Vigas toscas recorrían el techo de un extremo a otro. Mapas antiguos y fotografías en blanco y negro decoraban las paredes. Había libros apiñados por todas partes: apretujados en estanterías, apilados en el suelo o amontonados sobre macizos muebles antiguos de piel y madera. El lugar parecía un escondite secreto, tan seguro y acogedor que daban ganas de quedarse en él para siempre.

En una estantería de la esquina descubrió el equipo en el que sonaba música de blues, una guitarra que le resultaba vagamente familiar, tal vez Muddy Waters, si bien le parecía demasiado previsible para alguien como Charlie. Tess estaba segura de que Charlie había elegido algo especial y diferente para esa noche, aunque ella no tuviera los conocimientos suficientes para identificarlo.

Echó un vistazo a las pilas de CD y sintió un poco de presión. ¿Y si no le gustaba lo que elegía? Se fijó en unos cuantos, todos muy recientes: Cornershop, Wilco, Magnetic Fields. Vio uno de los Jayhawks e introdujo *Hollywood Town Hall* en el reproductor. El grupo de Minnesota le pareció adecuado: ni demasiado previsible, ni demasiado ruidoso, y con unas cuantas baladas discordantes.

—No está mal. Puedes quedarte —dijo Charlie, mientras salía de la cocina con un pastel de chocolate en el que había una vela encendida.

—¡Uau! ¿Qué celebramos? —preguntó Tess.

—Tu cumpleaños.

—Mi cumpleaños es en febrero.

—Septiembre, febrero, ¿qué más da? Creí que debíamos celebrarlo antes de tiempo, porque en febrero no estarás aquí. —Le acercó el pastel para que pudiera soplar la vela.

En ese momento, Tess estuvo a punto de ceder, pero algo en su interior le decía que debía estar alerta. Lo miró con atención, intentando descubrir sus intenciones. Estaba junto a ella, allí de pie, alto y atractivo, con la luz de la vela titilando en sus ojos. Tenía el hoyuelo en la mejilla y el pastel se veía diminuto en sus enormes manos.

—Vamos, ¿a qué esperas? ¡Pide un deseo!

¿La estaría tomando el pelo? Nadie en el planeta Tierra era tan encantador. Tomó aire, deseó que Charlie fuera tan perfecto como parecía y, cuando estaba a punto de apagar la vela, él soltó una carcajada.

—Has picado, ¿verdad?

Tess no pudo contener una risita.

—Pues sí —admitió. Pasó un dedo por la cobertura de chocolate—. Dime la verdad. ¿A qué viene el pastel?

—Hoy hace años que Ted Williams alcanzó un promedio de bateo de .406.

—Estás de broma.

—No —dijo Charlie, y dejó el pastel sobre la mesa—. Esta semana, en mil novecientos cuarenta y uno, Teddy «Béisbol» decidió jugar en ambos lados del juego doble de ese día y conectó seis hits en ocho turnos al bate. El tipo tenía entonces veintitrés años.

—Oh, no —se lamentó Tess—. Un fanático de los Red Sox.

—¿Tú también?

—Odio el béisbol. Es tan aburrido que lo llamo «muermobol». Se quedan ahí de pie, parados, esperando a que se completen las nueve entradas. Me va más el fútbol americano, y los Patriots son mis chicos.

—¿En serio? —preguntó Charlie, un poco incrédulo—. No imaginé que te gustaran los hombres sin cuello.

—Oh, sí, me vuelven loca, y cuanto más peludos, mejor.

En ese momento, Tess se sintió por fin aliviada. La burbuja había estallado. No estaban de acuerdo en todo, y eso le proporcionaba una extraña tranquilidad. Después de todo, Charlie no era perfecto. El fútbol contra el béisbol. Desde luego, era algo trivial, pero eso era lo de menos. Entonces se dio cuenta de que esa noche estaba tonteando. Por lo general, no solía prestar atención a lo que los hombres opinaban sobre las cosas. Pero ahí estaba ahora, lamentándose de no haber seguido los resultados de los Sox desde que muriera su padre.

Charlie le dio un trozo de pastel y Tess lo probó. Cerró los ojos y no dijo nada.

—Está bien, ¿no? —preguntó Charlie—. Se me ha echado el tiempo encima y he tenido que improvisar.

—Es comestible —respondió, paseándose el chocolate por la lengua. Le estaba tomando el pelo y lo disfrutaba. Por fin, sonrió—. En realidad, es increíble. Como todo esta noche. —Hizo una pausa, miró la Sam Adams y decidió que la cerveza había hablado por ella.

—¿Te gusta cocinar? —preguntó Charlie.

—No, me gusta comer —respondió, y saboreó lentamente otro bocado—. Hago una gelatina deliciosa y los mejores macarrones con queso del mundo, pero aparte de eso soy una negada. —Dio un tercer bocado—. Lo peor de navegar en solitario es la comida. Esos tristes paquetes de comida liofilizada... —Cuarto bocado.

—Despacio —dijo Charlie—. Solo hay un pastel.

Tess sonrió. ¿Por qué incluso el postre sabía distinto esa noche? Tal vez fuera por Charlie, un hombre que hacía que la comida supiera aún mejor.

—¿Dónde aprendiste a cocinar? ¿Te enseñó tu madre? —preguntó con cierto retintín. Si era un niño de mamá, quizá le pareciera menos perfecto.

—Sí, mi madre —respondió sin vacilar—. La llamé a Oregón para que me diera alguna idea para esta noche. ¿Y sabes qué? Le horrorizó que no te llevara a cenar fuera en nuestra primera cita. Me advirtió que era un grave error y dijo que te envenenaría con mi comida. —Guiñó un ojo—. Por suerte, no siempre le hago caso.

—No tan rápido. Creo que se me está revolviendo el estómago.

—He oído decir que el alcohol lo cura todo. ¿Otra cerveza?

—¿Intentas emborracharme?

—Por supuesto —respondió, y desapareció de nuevo en la cocina.

—Bueno, seguro que como y bebo más que tú. Acepto.

Charlie acababa de superar una nueva prueba. No le avergonzaba tener una relación cercana con su madre y además daba la impresión de que mantenían una saludable distancia entre ellos, algo que debió de ser difícil de conseguir tras el accidente.

—¿Qué hace tu madre en Oregón?

—Se mudó allí justo después del accidente —respondió desde la cocina—. No quería vivir rodeada de recuerdos. Ahora tiene una nueva vida. Está casada y tiene hijastros.

—¿Me estás diciendo que te dejó aquí solo?

—No. Fui yo quien no quiso ir con ella, así que viví con los Ingalls hasta que me gradué. Desde entonces, he estado solo.

Tess se levantó de la mesa, se acercó a un rincón oscuro de la habitación donde las paredes estaban cubiertas de mapas y encendió la lámpara. Las cartas náuticas estaban sujetas con chinchetas y mostraban los senderos y las aguas del litoral de la costa Este. Tess se fijó en los extraños círculos concéntricos dibujados en cada una de ellas. Los anillos se extendían desde Marblehead y llegaban hasta Nueva York y Canadá. Junto a los mapas, había tablas en las que se leía la hora exacta de la salida y la puesta del sol para cada día del mes.

—¿Qué indican estos mapas? —preguntó a Charlie cuando este regresó. Apoyó el índice en uno de los círculos—. Sé que tiene algo que ver con la distancia, pero no termino de entenderlos.

—Es solo un proyecto —respondió mientras le acercaba una cerveza y regresaba al otro extremo de la habitación—. Y bien, cuéntame algo más sobre tu travesía.

—¿Qué más quieres saber?

—Para empezar, el recorrido.

—De acuerdo; salgo del puerto de Boston el viernes, rumbo sur, hacia el Caribe, y en algún momento llegaré al canal de Panamá.

—Enséñamelo. —Charlie estaba de pie frente a un enorme mapa antiguo que colgaba enmarcado de la pared. Tess se acercó a él. Tenía calor, de modo que se quitó la camisa por la cabeza y la lanzó sobre el sofá. Debajo llevaba una camiseta blanca, y Tess notó que la mirada de Charlie siguió el recorrido de sus manos mientras se ajustaba el tirante del sujetador. A continuación avanzó unos pasos y se colocó a su lado.

—Cojeas —comentó Charlie, en un rápido intento por disimular.

—Es por culpa de los golpes de mi última salida en barco.

—¿Es así como te hiciste los moratones que tienes en los brazos?

—Sí, me llevé unas cuantas sacudidas.

Permanecieron de pie un buen rato, a centímetros el uno del otro, y Tess trazó su ruta por el Pacífico. Sentía el aliento de Charlie en la nuca mientras le señalaba alguno de sus lejanos destinos, como las islas Marquesas, el archipiélago Tuamotu, Tonga y Fiji. Charlie rozó su cuerpo al acercarse para ver mejor el recorrido que le mostraba por encima de Australia, cruzando el océano Índico hasta llegar a Durban, rodeando el cabo de Buena Esperanza y adentrándose en el océano Antártico, donde los vientos la empujarían de regreso a casa.

—Es un viaje muy largo para hacerlo en solitario. No creo que yo tuviera el valor suficiente.

—Es que tú eres más listo que yo.

Estaban el uno al lado del otro, contemplando el ancho mundo que Tess estaba a punto de rodear. Se frotó uno de los moratones, después se volvió hacia Charlie y se quedó mirando sus ojos de color caramelo.

—Y tú, ¿adónde sueñas con viajar, Chas? —preguntó, y se dio cuenta de que acababa de darle un apodo, pero le gustó cómo había sonado.

—Zanzíbar, Tasmania, las Galápagos. A todas partes...

—Entonces ¿por qué no lo haces?

Charlie se metió las manos en los bolsillos y suspiró.

—Tengo demasiadas responsabilidades aquí.

—Mucho trabajo y poca diversión.

Charlie no respondió. Por primera vez en la noche, se produjo un momento de tensión. A pesar de la sonrisa y el brillo de sus ojos, era evidente que ese hombre ocultaba algo. Entonces, en lo más profundo de su ser, brotó una reacción tan sorprendente que se sintió mareada. En lugar de querer huir de sus secretos, Tess deseaba acercarse a ellos.

—Vamos, ¿qué te lo impide? —insistió.

Charlie evitó su mirada, pero acto seguido esbozó una sonrisa que, sin duda, lo habría sacado de muchos apuros.

—Demos un paseo.

—¿Por el cementerio? Es medianoche.

—No es posible que alguien que piensa dar la vuelta al mundo en solitario tenga miedo de un cementerio.

Tess no estaba tan segura de ello.

—Vamos —dijo, mientras cogía su camisa y dos abrigos—. Quiero enseñarte algo.

16

Era medianoche en Waterside y una densa niebla flotaba entre los monumentos. La luna estaba oculta tras las nubes y murallas de oscuridad cercaban todos los rincones mientras Charlie guiaba a Tess sobre la hierba. Reinaba el silencio e incluso las sombras amortiguaban el ruido de sus pasos. Ángeles de mármol y ninfas de granito aparecían de la nada cada vez que la linterna de Charlie hendía la oscuridad.

Era la hora bruja y Charlie estaba hechizado. Tess lo había desequilibrado en el mejor de los sentidos. Sin duda, los nervios lo habían hecho extenderse demasiado sobre el origen del apellido St. Cloud, en Minnesota. Sí, había divagado sobre la diferencia entre los cirros y las acumulaciones de estratos. Sin embargo, había notado que Tess se divertía. Bebía una cerveza tras otra y se reía de sus chistes.

Desde el momento que la había visto bajando por West Shore Drive a las ocho en punto, Charlie había intentado memorizar cada uno de los detalles de esa tarde. El viento le alborotaba el cabello, y cuando él le tendió una mano para saludarla, Tess se puso de puntillas y le dio un beso en la mejilla.

—¿Está lista la cena? Estoy muerta de hambre.

Y debía de estarlo, porque había repetido de todo y había hecho grandes elogios de la comida. A Charlie le encantaba el modo en que parecía disfrutar de la vida, saboreándola a cada instante. Él le contó historias verdaderas, no las anécdotas manidas que solían surgir en las primeras citas. Esa noche había prescindido de la imagen que acostumbraba proyectar al mundo: la de un hombre satisfecho con su trabajo en el cementerio, despreocupado, que no tenía intención de marcharse de Marblehead. Tess hizo aflorar al auténtico Charlie, el que soñaba con liberarse de todos y todo lo que lo retenía.

Incluso sintió ganas de hablarle de los mapas que colgaban en la pared, las tablas con las salidas del sol, y contarle que aquellos círculos concéntricos gobernaban su vida. Los anillos de las cartas marcaban los límites de su mundo, pues señalaban con exactitud los puntos hasta los que podía alejarse de Waterside y regresar a tiempo para ver a Sam. Una salida a Cape Cod. Un viaje en coche hasta New Hampshire. El círculo exterior marcaba el lugar más alejado al que podía desplazarse. Más allá de esa línea, era imposible que lograra volver a casa a tiempo. Rompería la promesa y su hermano desaparecería. Tal vez fuera peligroso compartir todo eso con Tess, pero ahora, rodeados de noche, Charlie se sentía más seguro y preparado para revelar un poco más de su vida.

—Primero me emborrachas y ahora me obligas a caminar a marchas forzadas —dijo mientras ascendían con dificultad una colina—. ¿Adónde vamos?

—Confía en mí. Es un lugar especial.

Siguieron caminando y la luna al fin se asomó entre las nubes y bañó con delicadeza las lápidas en una y otra dirección.

—Cuando éramos pequeños solíamos venir aquí a escondernos —dijo Tess—. Me besé con mi primer novio detrás de ese obelisco.

—¿Quién fue el afortunado?

—Tad Baylor. Creo que estaba en tu clase.

—¿La mosca humana? —Tad había cometido un delito en tercero, cuando lo sorprendieron robando los exámenes finales de la copistería después de saltar el muro del edificio de administración y escalar hasta una ventana del cuarto piso—. Tienes un gusto excelente.

—Tenía catorce años —respondió—, y él besaba de maravilla.

Siguieron caminando por los campos. Un búho ululó desde la copa de un árbol. El aire era fresco y Charlie se abrochó el chaquetón.

—¿Cuánto tiempo llevas trabajando aquí? —preguntó Tess mientras pasaban por la parcela de los muertos en la Guerra de la Independencia.

—Trece años. Barnaby Sweetland me dio mi primer trabajo cuando aún iba al instituto. Fue el encargado del cementerio durante treinta años. ¿Te acuerdas de él? El hombre tenía una voz angelical y dirigía el coro de la iglesia de Old North. Cada día, mientras plantaba, recortaba setos o barría, lo oíamos cantar al cielo.

Charlie se arrodilló junto a una tumba y apuntó al húmedo suelo con su linterna.

—Barnaby me enseñó todo lo que sé sobre este lugar. —Agarró un puñado de tierra mojada, con su aroma inconfundible—. Probablemente llevas oliendo esto toda tu vida, cada vez que has salido a la calle un día de lluvia. Tiene su origen en una curiosa sustancia llamada geosmina. Barnaby me enseñó los nombres químicos de todas estas cosas.

Tess rompió a reír.

—¡Qué romántico! Resiste, mi pobre corazón...

Charlie sonrió. Tenía la cabeza llena de información curiosa de toda clase, pero la pregunta era inevitable: ¿era posible que una chica que se disponía a conquistar el mundo se enamorara de un tipo que vivía en un cementerio y sabía por qué la hierba y la tierra tenían ese olor peculiar?

—Por aquí —dijo Charlie, adentrándose más en la noche.

—¿Qué pasó con Barnaby? —preguntó Tess, siguiéndolo de cerca.

—Un invierno salió a dar un largo paseo durante una tormenta de nieve y no regresó. Encontré su cuerpo aquí arriba, en el Monte del Recuerdo. —Charlie dirigió la linterna a la oscuridad—. Tenía un libro de coro con una nota dentro, en la que decía que estaba harto de trabajar tan duro. Después de setenta y dos años de vida, estaba listo para pasar al otro mundo.

—¿Quieres decir que se suicidó?

—No lo creo. Solo quería pasar el resto de la eternidad cantando. Allí es donde me prometió que lo encontraría. Ya sabes, en las canciones del coro y órgano, todos los domingos.

—¿Y tenía razón? ¿Aún puedes oírlo?

—Sí —respondió Charlie—. Si presto atención, siempre lo encuentro ahí, en la música.

Habían llegado a la cima de una montaña en la que dos sauces se cernían sobre un pequeño monumento cuadrado que se alzaba sobre el puerto. Dos columnas y un par de bates de béisbol cruzados flanqueaban la entrada. Tess avanzó hacia la escalera. Charlie dirigió la linterna hacia el nombre St. Cloud grabado en el dintel.

—Tu hermano —dijo Tess.

—Sí, Sam. —Charlie recorrió la silueta de la estructura con el haz de luz—. Sepulcro, nombre. Sepultura de ambiente pulcro. —Hizo una pausa—. Es uno de los chistes de Sam.

Tess sonrió, acariciando la piedra lisa.

—¿Es todo de mármol?

—Importado de Carrara. No repararon en gastos. El conductor del camión de dieciocho ruedas que chocó contra nosotros iba como una cuba. Su compañía pagó hasta el último céntimo de todo esto. Fue un asunto de relaciones públicas. —Recorrió con la linterna una de las columnas—. Al tipo le cayeron cinco años, que al final se quedaron en tres por buena conducta. Lo más probable es que ahora esté en un bar, bebiendo como un cosaco.

—Lo siento mucho.

—No lo sientas. —Charlie negó con la cabeza—. Fue culpa mía. No debería haber llevado a Sam a Fenway Park, y jamás deberíamos haber cruzado aquel puente. Si hubiera prestado atención, podría haber evitado el accidente, ya sabes, haber esquivado el camión.

Y así, sin darse cuenta, Charlie rompió una de sus reglas fundamentales. Comenzó a hablar de Sam. Cuando charlaba con alguien, siempre eludía el tema. La gente solía sentirse incómoda y violenta. Pero Charlie notaba que Tess era diferente. Desde el mismo instante en que la conoció, supo que ella lo entendería.

Charlie se sentó en la escalera del mausoleo.

—Tenías razón en lo que dijiste esta tarde —comentó—. Sam es la razón por la que trabajo aquí. Le prometí que siempre lo cuidaría.

—¿Crees que ronda por el cementerio?

Charlie alzó la cabeza y la miró.

—Lo sé con toda seguridad.

—Dios, ojalá estuviera igual de segura con respecto a mi padre. —Tess se sentó a su lado. Charlie olió el aroma de su champú y notó su calor—. Ojalá supiera que mi padre está cerca de mí.

—¿Qué te hace pensar que no lo está? —preguntó Charlie.

—Daría algún tipo de señal, ¿no crees?

—Creo que las señales están, solo hace falta saber dónde buscarlas.

Charlie hizo un movimiento distraído con la linterna y, mientras barría la oscuridad, vio una imagen inesperada: Sam estaba colgado cabeza abajo de una rama de cicuta oriental, haciendo muecas. Charlie apagó la linterna y se levantó de un salto.

—¿Qué pasa? —preguntó Tess.

—Nada. He tenido un escalofrío. —Encendió de nuevo

la linterna, apuntó en dirección a la rama, pero Sam se había marchado.

—Estabas hablándome de Sam —dijo Tess. Charlie se fijó en sus ojos esmeralda. ¿De verdad quería oír las respuestas? Cuando estaba a punto de hablar, su visión periférica captó un movimiento. Por encima del hombro de Tess, a la luz de la recién aparecida luna, vio a Sam, correteando con Oscar.

—¿Qué es lo que más echas de menos de él? —preguntó.

—Echo de menos darle un puñetazo en la nariz cuando se portaba mal —respondió en voz alta, con la esperanza de que Sam lo oyera—. Le gustaba espiar a la gente, incluso en los momentos más inadecuados. —Charlie volvió a mirar por encima del hombro de Tess y descubrió que su hermano se había marchado—. Pero por encima de todo —continuó—, echo de menos aquella sensación al acostarme y al levantarme por las mañanas. La sensación de que todo va bien. Ya sabes, esa sensación increíble de plenitud, de tener cuanto quieres, de que no te falta nada. A veces, cuando me despierto, la siento durante un instante. Dura pocos segundos, porque entonces recuerdo lo que ocurrió y que nada volverá a ser lo mismo.

—¿Crees que algún día desaparecerá esa sensación?

—Lo dudo mucho —respondió, y, de manera increíble, se descubrió abriéndose a ella todavía más—. Hay días mejores que otros. Acabo de trabajar y voy a tomar algo al Barnacle, o juego a billar en el local de Bay State. En esos momentos siento que ha desaparecido, que soy alguien normal. Pero entonces, sin avisar, vuelve de golpe y se me mete en la cabeza. Y es cuando prefiero estar solo. Así que me encierro tras la puertas del cementerio a escuchar música, pensar y leer libros. Supongo que no puedo saber cuándo me ocurrirá. Es como el tiempo. Un día el cielo está despejado, y al siguiente llega la tormenta.

—A mí me pasa lo mismo —dijo Tess, casi en un susurro—. Pero es extraño. Esta noche es la primera vez en mu-

cho tiempo que no lo he echado tanto de menos que me duele el corazón. —Sonrió e hizo algo extraordinario. Le tomó
una mano y se la estrechó.

Un rama de cicuta se quebró a sus espaldas. Tess se volvió
con rapidez, sorprendida por el ruido. Un puñado de agujas
le aterrizó en los hombros. Miró a Charlie y arqueó una ceja.

—¿Has visto algo? ¿Qué ha sido eso?

Charlie rió.

—Si te lo dijera, no te lo creerías.

—Adelante, inténtalo.

—Tal vez haya sido tu padre.

Tess chasqueó la lengua.

—Si mi padre estuviera aquí, no iría rompiendo ramas de
árboles. Me lo haría saber abiertamente. —Se levantó—. Dime
la verdad, ¿en serio crees en esas cosas?

—Por supuesto. He visto demasiadas cosas que no tienen
explicación.

Tess rió entre dientes.

—¿Como ramas que se caen de los árboles?

—No —respondió Charlie—. Como haberte conocido.
Como la cena de esta noche.

Tess le dirigió una larga mirada. Sus ojos parecían rebo-
santes de sentimiento. Entonces, de manera abrupta, cambió
de tema.

—Charlie, dime la verdad, ¿alguna vez has visto un fantasma?

Sam estaba ahora detrás de ella, encaramado al techo del
mausoleo. Tenía los dedos en las comisuras de los labios, formando una mueca. Irritado, Charlie no respondió, pues sabía
que no existía la respuesta apropiada. Esa noche ya habían
llegado demasiado lejos y se estaban adentrando en territorio
desconocido. No quería mentir, pero tampoco quería asus-
tarla, de modo que eligió el camino más seguro.

—He oído a la mujer que grita cerca de la cala Lovis.

—¡No puede ser! ¿A la que asesinaron los piratas?

—La misma.

—¿Y crees que tu hermano y mi padre están en algún lugar, cerca de aquí?

—Tal vez. —Charlie buscó a Sam en la oscuridad y lo vio detrás de una lápida—. Pero no creo que los espíritus se queden por aquí mucho tiempo, a menos que así lo deseen. Seguro que tu padre está ya en un lugar mejor.

—¿En el cielo?

—Claro, en el cielo. O en otro lugar. Allí donde esté, hay que tener en cuenta que la muerte no es el final. En realidad es como una elevación. Como alcanzar la luna.

—¿Alcanzar la luna?

—Es difícil de explicar —respondió—. Leí en algún lugar que desde los inicios de la historia, han vivido y han muerto setenta y cinco mil millones de seres humanos, y yo creo que sus almas están ahí afuera, en algún lugar. —Alzó la vista al cielo—. Me recuerda a la canción de John Lennon, la que decía que todos brillamos en la luna, en las estrellas y el sol.

Tess permaneció en silencio durante un rato largo. Observó el claro que se abría entre las nubes. La Vía Láctea se extendía en una enorme franja.

—Me gusta oír eso, Charlie. Más que nada en este mundo, necesito saber que está ahí afuera, en algún lugar. Ya sabes, que está bien.

—Lo está —respondió Charlie—. Confía en mí. Es difícil de explicar, pero estoy seguro de ello.

—¿Es una sensación?

Charlie sonrió.

—Sí, una sensación.

Entonces Tess se volvió hacia él y dijo:

—Me alegro de que me hayas traído aquí esta noche. Significa mucho para mí.

—Para mí también.

Estaban tan juntos que Charlie creyó notar una corriente eléctrica. Había oído a gente un tanto sensiblera hablar de los campos magnéticos y todo eso, y siempre había creído que no eran más que tonterías, pero sin duda Tess tenía uno. Se inclinó hacia delante de manera apenas perceptible y observó su reacción, con la esperanza de que le diera pie a continuar. Permanecieron así, sumidos en una agradable sensación de bienestar que pareció durar una eternidad, hasta que Tess miró el reloj y dijo:

—Será mejor que me vaya.

Durante un instante, Charlie se sintió derrotado, pero entonces decidió atreverse. Tess se marchaba al cabo de unos días y quién sabía si volvería a verla. Así pues, sin decir palabra, le rodeó la cintura y la acercó a su cuerpo. Para su sorpresa, ella no opuso resistencia. Ladeó la cabeza y separó los labios. Charlie la besó con suavidad y notó que lo invadía una sensación maravillosa. Duró tan solo unos segundos, pero le causó un placer extraordinario. Una oleada de calor recorrió su cuerpo y le produjo la sensación más estimulante que hubiera experimentado jamás.

—Tad Baylor, muérete de envidia —dijo Tess cuando se separaron. A continuación agarró la linterna, dio media vuelta y comenzó a caminar hacia las enormes puertas de hierro.

Las calles estaban casi desiertas cuando Tess pasó a toda prisa por delante del Five Corners y el Rip Tide Lounge, el antro de mala muerte en el que había trabajado de camarera en los meses de vacaciones. Al otro lado de la calle, vio a un hombre fornido que avanzaba haciendo eses. Llevaba un vaso de cerveza e intentaba en vano no derramarla. Tess disminuyó la marcha. Era Minty Weeks, un pescador jubilado y uno de los mayores bebedores de la zona. Se había ganado su sobrenombre durante la gran helada del setenta y nueve, cuando lo encontraron medio desnudo, patinando sobre las aguas congeladas del puerto, con una botella de licor de menta en cada mano. Un editorial del *Marblehead Messenger* había calificado tal exhibición de desnudez como la más escandalosa desde que la actriz Tallulah Bankhead cruzara la ciudad totalmente desnuda y fuera encerrada en el armario de escopetas de aire comprimido de comisaría porque no había cárcel para mujeres.

—Eh, Minty —gritó—. ¿Necesitas ayuda para llegar a casa?

Minty gruñó, dio media vuelta y topó contra una pared de ladrillo. Apoyó la frente en el edificio, buscó a tientas la cremallera del pantalón y comenzó a aliviarse.

Tess meneó la cabeza ante aquel curioso espécimen de Marblehead.

—Pásalo bien —se despidió.

Siguió subiendo por las calles Washington y Middle, dejó atrás el Abbot Hall cuando el reloj de la torre marcaba la una, y a continuación torció por Lookout Court. Subió de un salto los tres escalones de su casa verde de estilo colonial y tiró de la puerta, que seguía abierta. Vivía en la clase de comunidad en que los vecinos se vigilaban entre sí y ninguno de ellos cerraba las puertas con llave.

—¡Hola, Bobo! —gritó—. ¿Dónde estás, chico? —Había olvidado dejar una luz encendida y le extrañó que su perro no estuviera esperándola en la puerta—. ¿Bobo?

Encendió la lámpara del salón y lo vio tumbado en el sofá. Tenía la cabeza recostada en un cojín y la miraba fijamente, pero no se movió.

—¿Qué pasa? ¿No piensas saludar a tu chica? Seguro que tienes hambre.

Entró en la cocina, encendió la luz y encontró una nota de Tink junto a la tostadora.

> Hola, jovencita,
> He sacado a pasear a Bobo y me he comido tus restos de comida. He estado tentado de probarme tu ropa, pero no es de mi talla. Lástima. Nos vemos mañana en la cena de tu madre.
> Besos,
> Yo

P.D. ¡Esta noche voy a practicar yoga con La Channing! Llámame cuando llegues a casa para comprobar que sigo vivo.

Tess se rió. Hacía años que Tink no se veía los pies. Era demasiado tarde para telefonear, así que sacó la bolsa de Eukanuba, vertió un poco de pienso en el cuenco de Bobo y lo dejó en el suelo.

—Ven aquí, chico. Hora de comer.

Bobo tenía doce años y era un poco duro de oído, pero aún le quedaba mucho por ladrar. Había sido un regalo de su padre, y lo había encontrado esperándola metido en un cesto de mimbre en el porche de entrada al regresar a casa tras su primer día en el instituto. Los chicos iban y venían, a veces incluso le rompían el corazón, pero Bobo estaba siempre a su lado.

Tess regresó al salón.

—Eh, ¿qué te pasa, chico?

El perro meneó la cabeza, soltó un ladrido adormilado y enterró el hocico entre las patas.

—Está bien, mañana te sacaré a dar un largo paseo hasta el faro. Y te prepararé beicon y huevos revueltos para desayunar. ¿Qué te parece?

Bobo resopló.

Tess se fijó en la luz parpadeante de su contestador. Tenía un mensaje. Se acercó al aparato y apretó el botón. Oyó la voz de su madre:

—Tessie, soy yo. Solo llamo para recordarte que la cena es mañana a las seis. Si llegas temprano y te apetece almorzar con un puñado de ancianas, pasa por la iglesia por la mañana. Estaría bien que todo el mundo tuviera ocasión de despedirse de ti. —Hizo una pausa y a continuación añadió—: Te quiero.

Tess subió la empinada escalera hasta el segundo piso.

—Vamos, chico. Hora de ir a dormir.

Encendió el televisor y buscó el canal del tiempo. Un periodista estaba terminando de narrar los daños causados por la espantosa tormenta. Había sacudido un grupo de atuneros que regresaban a Gloucester, hundido un remolcador cerca de Providence y se desplazaba hacia el sur, en dirección a Delaware y Maryland.

—Sí, y estuvo a punto de matarme —dijo Tess, y meneó la cabeza.

Se quitó la camisa, los vaqueros y el sujetador, y se puso su camiseta de fútbol con el número 11, la de Drew Bledsoe, y unos gruesos calcetines de lana.

Subió de un salto a su cama con dosel, apoyó la cabeza en las almohadas y supo que no lograría pegar ojo. Estaba inquieta y se sentía capaz de volar. Y todo por Charlie St. Cloud y aquel increíble beso. ¡Había sido demasiado corto, caray! Debería haberse quedado un poco más de tiempo y haberle dado algo más que un breve aperitivo, pero sabía que eso habría sido peligroso. No tenía plena confianza en sí misma en esas situaciones. Era más que probable que lo hubiera acompañado a su casa y hubiera pasado allí la noche. Por supuesto, eso no significaba que se hubiera acostado con él. No era esa clase de chica. Pero tal vez habría hecho todo lo demás.

Entonces ¿por qué había salido corriendo? Era una vieja costumbre fruto de la experiencia y del desengaño. No recordaba con exactitud cuándo, pero en algún momento de su vida había dejado incluso de imaginar que un chico pudiera hacerle perder el juicio. Había cerrado los grifos de la emoción y se le habían oxidado por falta de uso. Era mejor de ese modo. Una vez concluyó que tenía que haber alguien en este mundo de seis mil trescientos millones de habitantes que pudiera estar dispuesto a amarla para siempre. Incluso había planeado salir a navegar en su busca. Era una idea romántica pero, en el fondo, Tess sabía la verdad: pasaría cuatro meses sola en el mar y no atracaría el tiempo suficiente para establecer relaciones.

Se levantó de la cama, se puso el amplio albornoz rojo y

salió al salón. A continuación ascendió por la inclinada escalera hasta el paseo de la viuda que coronaba la casa. Era una pequeña galería acristalada que se alzaba sobre el puerto y las centelleantes luces de Boston al suroeste. Durante cientos de años, las mujeres de los marinos habían subido esos peldaños a esperar la llegada de sus maridos. Tess rió. Le encantaba dar la vuelta a las tradiciones. Muy pronto, su familia y sus amigos subirían esa escalera para buscar el mástil de su barco cuando estuviera regresando de su travesía por el mundo.

Encendió las velas que había en la cornisa. Después se acurrucó en un banco y se envolvió en una manta. Reclinó la cabeza sobre el frío cristal y se quedó mirando la marca de su aliento en la hoja de vidrio. Vio Waterside a lo lejos. Por primera vez, se fijó en una lucecita que brillaba en mitad de la oscura extensión de bosques. Sin duda era la cabaña de Charlie. Qué lugar tan mágico y extraño, rodeado de tristes recuerdos de su pérdida, y aun así tan cálido y seguro, con todos esos libros, mapas, música y comida.

Hizo un esfuerzo por no pensar en ello, pero pronto imaginó las manos de Charlie en su cintura, acercándola a él, y la excitación de sentirse cerca de su cuerpo. Quería besarlo otra vez y se sintió tentada de bajar la escalera, subirse a su bicicleta, cruzar la ciudad a toda velocidad, llamar al timbre y saltar sobre él a las puertas del cementerio. Entonces tuvo una idea mejor y cerró los ojos para imaginar las posibilidades. Faltaban tan solo unas horas para que amaneciera y a Tess la devoraba la impaciencia. El día que estaba a punto de empezar sería inolvidable.

17

Charlie estaba sentado en el muelle de la cala Waterside, apoyado contra uno de los viejos postes de madera, tomándose el
café de la mañana. Estaba cansado por haberse quedado despierto hasta tan tarde reviviendo cada uno de los detalles de
esa noche con la esperanza de que Tess estuviera haciendo lo
mismo. Bien pasada la medianoche la había acompañado a las
puertas de hierro y, muy a su pesar, se había despedido de ella.

—¿Estás segura de que no quieres que te acompañe a
casa? —había preguntado, con la esperanza de darle uno o
dos besos más.

—Segura.

—¿Y qué pasa con todos los fantasmas y duendes que ha-
bitan las calles?

—Ya soy mayorcita, y no creo que ninguno sea lo bastante tonto para meterse conmigo.

Y dicho eso, se había alejado en la oscuridad.

Cuando regresó a su cabaña, a Charlie le daba vueltas la cabeza y aún notaba un cosquilleo en los labios, así que, en lugar
de recoger la mesa, se tumbó a disfrutar de otra cerveza y del
soul de ojos azules de Dusty Springfield, rendido a la indescrip-
tible sensación que lo invadía, como de tierra congelada que comenzara a derretirse. La superficie parecía la misma, pero por
debajo todo estaba cambiando.

Y ahora, mientras volutas de humo salían de su taza y se perdían en el ambiente gris azulado de la mañana, Charlie oyó el estruendo de los cañones en el club náutico, que marcaba la salida oficial del sol. Así era como comenzaban la mayoría de los días en Marblehead. Café en el muelle. Algunos capitanes que comentaban las últimas noticias sobre las zonas de tiburones y la dirección que tomaban las lubinas estriadas. Una charla con un veterano de la Segunda Guerra Mundial sobre el viento del nordeste, siempre tan malo para la artritis.

Y después, a trabajar.

Pero los domingos eran distintos. No tenía ninguna obligación real en el cementerio, así que podía tomarse el día libre. Las puertas se abrían al público a las ocho de la mañana, pero no se celebraban entierros. Joe llegaría muy pronto en el *Horny Toad*, y saldrían disparados hacia el Driftwood para desayunar. Después pasarían el rato con los habituales del muelle que mataban el tiempo paseando por allí a la espera de que comenzara el partido de liga de fútbol.

—¡Cuidado! —gritó una voz. Charlie se volvió justo a tiempo de ver una pelota de tenis que le pasaba volando junto a la cabeza y a Oscar galopando tras ella—. Buenos días, grandullón —dijo Sam, mientras aparecía entre la neblina del muelle. Llevaba una sudadera gris y se había puesto la capucha. Un puñado de rizos alborotados le cubrían los ojos. Si bien los hermanos renovaban su promesa jugando a pelota todas las tardes, en ocasiones Sam aparecía al alba, antes de que comenzaran sus aventuras diarias.

—Buenos días —dijo Charlie.

—¿Yyyy? —preguntó Sam, dejándose caer al lado de su hermano.

—¿Y qué?

—¡No te hagas el tonto! ¿Qué tal fue el tema ayer por la noche? —Oscar había atrapado la pelota y, ya de vuelta, los miraba meneando el rabo, listo para salir corriendo de nuevo.

—No es asunto tuyo —respondió Charlie, y lanzó la pelota hacia la rocosa orilla—. Si no estuvieras muerto, te daría una buena paliza por haberme espiado.

—Oh, venga ya. Seguí las normas. Mantuve las distancias.

—Te pasaste. Jugaste con fuego y conoces las normas.

Cuando la gente comenzó a murmurar que Charlie se estaba volviendo loco porque hablaba con el fantasma de su hermano, Sam accedió a no entrometerse cuando su hermano estuviera acompañado. Sin embargo, había ocasiones en que no podía resistirse a hacer travesuras.

—Me gusta —dijo Sam—. No está mal, aunque la vuelvan loca los Patriots.

Charlie no respondió.

—Mira cómo se hace el interesante. Dime, ¿qué pasó?

—Nada.

—¿Por qué se marchó a toda prisa? La besaste y se largó. ¿Es que le mordiste la lengua, o algo así?

—Ya era tarde, supongo. Era nuestra primera cita.

—¿Crees que la asustó estar en el cementerio?

—No, no se asusta fácilmente.

—Puede que la aburrieras con tu rollo de siempre sobre las nubes.

—Muy gracioso.

Sam dio un puñetazo a un clavo que sobresalía del poste. Oscar llegó con la pelota y se sentó a descansar, aunque seguía azotando las tablas del suelo con el rabo.

—¿Qué se siente al dar un beso de verdad? —preguntó Sam. Se tumbó en el suelo al lado de su perro—. Ya sabes, un beso en toda regla.

—¿Un beso en toda regla? —Charlie sonrió a su hermano pequeño. Aunque había transcurrido mucho tiempo desde el accidente, Sam seguía siendo un niño de doce años y hacía preguntas inocentes sobre cosas que no experimentaría jamás. Podría haber pasado al siguiente nivel y haberse abierto a todo el conocimiento y sabiduría del universo, pero había decidido quedarse.

»No hay nada igual —respondió Charlie—. Y hay millones de clases distintas. Algunos son intensos y excitantes y...

—¿Húmedos?

—No puedo seguir con esto.

—Vamos, ¡quiero saberlo!

Charlie tuvo que pensar. Un beso. ¿Cómo se explicaba un beso?

—¿Te acuerdas de aquel partido de liga infantil contra los Giants?

—Claro.

—Cuéntame la historia.

Sam sonrió.

—Perdíamos cuatro a uno en la última entrada. Llegó mi turno en el plato tras dos eliminaciones, con las bases llenas y Gizzy Graves en el montículo. Fallé por mucho los dos primeros golpes. El parador en corto se burló de mí, pero golpeé la siguiente bola por encima de la valla del jardín izquierdo y anoté un *home run*.

—¿Y cómo te sentiste?

—Fue lo mejor del mundo.

—Pues eso es un beso, pero sin el bate.

Sam rió.

—Y sin Gizzy Graves.

—Eso es.

Charlie se quedó mirando a su hermano pequeño y sintió una punzada de dolor. En la teoría, Sam había entendido la idea de un beso perfecto, pero experimentarlo era algo totalmente diferente. De súbito, Charlie cayó en la cuenta de todo lo bueno y maravilloso que Sam no conocería jamás. Se perdería tantas cosas...

En ese momento, Charlie vio a una anciana bajando por la colina del cementerio y avanzando entre las tumbas. Era la señora Phipps, y Charlie se fijó en que estaba empezando a desaparecer. En ocasiones sucedía con rapidez; en otras, se tardaba días o semanas. La gente parecía dispuesta a proseguir su avance cuando se sentía preparada. La suave luz de la mañana se filtraba a través de su cuerpo. Se había desprendido del vestido negro, las medias y los zapatos puntiagudos. Ahora llevaba un vestido rosa con un gorrito a juego y botas plateadas. Tenía las facciones más suaves, la piel tersa y el pelo más oscuro. No parecía joven ni vieja, sino que daba la impresión de haber alcanzado un perfecto equilibrio entre ambos extremos. Charlie reconoció la transformación. Ese era el aspecto que la señora Phipps deseaba tener. Era un reflejo resplandeciente del pasado y el presente, además de una proyección del futuro. Era la combinación de quien había sido y quien siempre había querido ser. A todos los que cruzaban al otro lado les sucedía lo mismo.

—Buenos días —dijo la mujer, acercándose al muelle.

—Tiene un aspecto estupendo, señora Phipps —comentó Charlie—. ¿Cómo se encuentra?

—Mucho mejor. Supongo que ya ha pasado la impresión, como tú dijiste que sucedería.

Charlie hizo un gesto a su hermano para que se levantara por respeto a la señora Phipps.

—Señora Phipps, le presento a mi hermano, Sam.

—¿Qué tal estás?

—Hola —dijo Sam—. Bonito sombrero.

La mujer ladeó la cabeza.

—Lo llevaba el día en que mi querido Walter me pidió que me casara con él —dijo sonriente—. La verdad es que odiaba el viejo vestido negro que me pusieron en la funeraria. No sé por qué razón mi hija eligió ese de mi armario. No era el aspecto que quería tener al reencontrarme con mi marido.

Charlie sabía que estaba lista y ella lo confirmó.

—Solo he venido a despedirme. Ha llegado mi hora de partir. Él me está esperando. —Le tendió una reluciente mano—. Adiós, y gracias.

—Buena suerte —dijo Charlie.

—Adiós —se despidió Sam.

La señora Phipps comenzó a alejarse y cuando llegó al final del puerto ya era casi transparente. Entonces oyeron el ruido de una sirena procedente del agua. Joe se acercaba a la cala en su barco.

—¡Barco a la vista! —saludó. Llevaba una gorra de los Bruins colocada del revés, una camisa a cuadros rojos y unos vaqueros—. Que tenga un buen día.

Charlie le saludó con la mano y, dirigiéndose a su hermano, murmuró:

—Tengo que irme.

—Hasta esta tarde —dijo Sam, y tomó en brazos a Oscar.

Charlie se subió al barco y Joe empujó la palanca del acelerador rumbo al embarcadero que había al otro lado del puerto.

—¡Mírate! —exclamó Joe—. No se puede estar más feliz.

—¿De qué estás hablando?

—Andas con paso decidido. Tienes la sonrisa pegada a los labios. Dime la verdad. ¿Echaste un polvo ayer por la noche?

—Sin comentarios.

—¡Gusano! ¿Cómo se llama? —preguntó, y entonces giró el timón con fuerza, evitando por los pelos chocar contra un catamarán.

Charlie volvió el rostro hacia el viento y meneó la cabeza. Se abrochó la cremallera de su forro polar azul marino. Tess era su secreto y estaba dispuesto a guardarlo para sí tanto tiempo como le fuera posible. Lo último que necesitaba era que Joe se entrometiera o tratara de conquistarla.

—Bonito día, ¿verdad?

—Qué bonito día ni qué niño muerto. Vamos, doctor amor, ¡cuéntamelo todo! ¿Quién es ella? ¿Dónde la conociste?

—¿Hoy vas a favor o en contra de los Patriots? —preguntó Charlie.

—La verdad saldrá a la luz —respondió Joe, y encendió el

motor al ralentí para que el barco avanzara lentamente hacia el muelle. El embarcadero estaba abarrotado y Joe tuvo que maniobrar con destreza para colocarse en un espacio libre. Charlie bajó del barco, lo amarró y se dirigió al Driftwood, una pequeña casucha roja de madera con desconchones en la pared. Joe le dio alcance y cruzaron juntos la puerta mosquitera.

La mayor parte de las diminutas mesas ya estaban ocupadas por gente del lugar. Del techo colgaban arpones y redes de pesca. En la pared, un tiburón toro barnizado dirigía una mueca a una barracuda colgada encima de la puerta de la cocina, y Charlie sonrió de nuevo al ver la urna que descansaba sobre la caja registradora, y que tenía una placa dorada en la que se leía: Cenizas de clientes conflictivos.

Hoddy Snow, el capitán del puerto, estaba sentado con sus dos ayudantes detrás de la máquina de discos. Tink y un grupo de marineros ocupaban su mesa de siempre en la entrada del local. Charlie se acercó a Bony y a su pandilla y se sentó con ellos.

—¿Qué tal, chicos? —preguntó

—Novedades importantes en los registros de la policía —respondió uno de ellos—. Mira esto. Medianoche del viernes. Se oyó un gemido entre los arbustos de Rose Avenue. Un coche de la policía se acercó hasta allí, pero la investigación no aclaró nada.

—Apuesto a que eran Bony y su novia —dijo Charlie entre risas.

—Ya me gustaría —dijo Bony—, pero si alguna vez me oyes gemir entre arbustos, será mejor que llames a una ambulancia.

Charlie vio que Hoddy se levantaba en el rincón de la sala.

—¡Os pido a todos un momento de atención! —gritó con tono impaciente. Era un tipo grandote con el pelo teñido y repeinado hacia un lado, al estilo de los miembros del cuerpo encargado del cumplimiento de la ley. Llevaba un polo ajustado con su nombre y su cargo bordados en mayúsculas sobre el corazón—. Atención, por favor. —Se hizo el silencio en la sala—. Lamento interrumpir vuestro desayuno, pero tenemos una emergencia y necesitamos vuestra ayuda.

Sin duda Hoddy tenía una habilidad especial para el melodrama. Hacía unos años, había aparecido en un episodio de *Misterios sin resolver* para hablar del asesinato de la señora Atherton, cometido cincuenta y cuatro años atrás. Y cuando, no hacía tanto tiempo, Tucker Goodwin sacó un cadáver de una cesta para pescar langostas, Hoddy se pasó todo el día atendiendo a los periódicos y televisiones de Boston.

—Se trata de una situación grave —anunció.

—¿Alguien bañándose en el puerto en pelotas sin permiso? —gritó Bony.

—Cállate —ordenó Hoddy—. Acabamos de recibir una llamada de los guardacostas de Gloucester. Solicitan nuestra ayuda para iniciar un dispositivo de búsqueda. Un pescador ha encontrado un timón y un salvavidas flotando cerca de Halibut Point. Creen que es de alguien de Marblehead.

—¿De qué barco? —preguntó Charlie—. ¿Quién es el propietario?

Hoddy entornó los ojos. Se le quebró la voz durante unos segundos y su rostro adoptó una expresión de gran seriedad.

—Se trata del *Querencia*. El barco de Tess Carroll ha desaparecido.

18

Bobo corría a galope tendido, como un poseso, por la playa Devereux.

Tess, de pie sobre la fría arena, lo llamó, pero el perro no le hizo caso y siguió su carrera, adentrándose entre las olas. Desde el momento en que había abierto la puerta al amanecer, se había lanzado a la calle y había salido disparado por delante de ella. Era viejo, estaba sordo y artrítico, pero todos los domingos por la mañana salían a correr por las tranquilas calles de la ciudad, trotaban por la arena, paseaban por la lengua de tierra y siempre terminaban en el cementerio. Por lo general, Bobo siempre iba atado y avanzaba pesadamente junto a Tess, ladraba a los gatos del Blaney en Merritt Street y husmeaba en los cubos de basura de la parte trasera del Shipyard Galley. Pero ese día no fue así. Daba la impresión de que tenía mucha prisa.

Tess sintió que se levantaba el viento sobre el océano y vio que Bobo se acercaba a un pescador sentado en una silla plegable. Estaba a unos ciento cincuenta metros de distancia, pero supo que se trataba de Dubby Bartlett, con sus preciadas cañas de pescar plantadas en la arena y los sedales hundidos entre las olas. Siempre pescaba allí los domingos por la mañana mientras su mujer estaba en la iglesia, rezando por los dos.

—¡Dubby! —gritó— ¡Sujeta a Bobo! Tengo que ponerle la correa.

Dubby acarició al perro y miró a un lado y a otro de la orilla, como si esperara verla cerca.

—¡Dubby! —gritó de nuevo—. ¡Estoy aquí!

El viento soplaba con fuerza y levantaba remolinos de arena, por lo que Tess pensó que sus palabras se habrían perdido entre los torbellinos. Bobo saltó sobre él, lo acarició con el hocico, ladró y salió corriendo. Dubby se quedó mirando al perro durante un instante y a continuación devolvió la atención a sus carretes.

Tess lo persiguió mientras le gritaba que se detuviera. Se estaba enfadando con él. ¿Qué diablos le pasaba? Se comportaba como un cachorro incontrolable, haciendo cabriolas sobre la arena y corriendo sin parar.

—¡Bobo! —gritó—. ¡Vuelve aquí ahora mismo!

Pero el perro siguió galopando por el camino que terminaba en la rocosa orilla de la cala de Waterside, subió la empinada pendiente y se coló entre las verjas de la puerta trasera del cementerio.

Tess lo perdió de vista, pero supo que se dirigía a la cima de la montaña salpicada de tumbas. Vio a Midge Sumner a lo lejos paseando entre lápidas. Era una de las mejores amigas de su madre y, abrigada en su vieja parka de color violeta, se había subido a una escalera de tijera para limpiar la estatua de tamaño natural de su hermana Madge, que había fallecido de neumonía siendo solo una niña. Midge iba al cementerio todos los fines de semana a limpiar las orejas de yeso de Madge con bastoncillos de algodón y a frotarle el cuerpo con jabón de sándalo.

Midge estaba demasiado ocupada para fijarse en ella, de modo que Tess prosiguió su camino hacia la tumba de su padre, donde sabía que encontraría a Bobo, tumbado junto a la lápida.

—¡Eres un perro malo! —gritó—. Pero ¿qué mosca te ha picado? —Bobo se dio la vuelta y se rascó el lomo con la hierba—. No creas que tus encantos te librarán de la regañina. Estoy muy enfadada. ¡Te has vuelto loco!

Se sentó a su lado e hizo oídos sordos a sus aullidos.

Dirigió la mirada al puerto y se sorprendió por el resplandor maravilloso de ese día. El azul del océano parecía más intenso que nunca, y las velas de los barcos brillaban como espejos frente al sol. El atracadero del *Querencia* estaba ocupado por una preciosa goleta de cuarenta y dos metros diseñada por Dijkstra que probablemente había amarrado en el puerto para aprovisionarse en Doyle Sails. Tess inhaló el inconfundible olor a arenque utilizado como cebo en las cestas para atrapar langostas amontonadas en el muelle. Ese día, incluso su sentido del olfato se había agudizado, y el aroma a pescado le recordó a su padre regresando a casa por la noche después de haber pasado el día en el mar. Entonces oyó gritos y risas a sus espaldas. Se volvió y vio a un perro que aparecía corriendo de entre los bosques perseguido por un niño desgarbado vestido con vaqueros y una sudadera gris.

—¡No escaparás! —gritó el niño, con su gorra de los Red Sox ladeada sobre una mata de rizos oscuros.

Tess se levantó.

—Eh, chico, ¿te echo una mano? —preguntó.

El niño la vio y dejó de correr. Una expresión de sorpresa cruzó su rostro pecoso y comenzó a acercarse a ella lentamente. Su perro gruñó a Bobo, y el niño preguntó en voz baja:

—¿Muerde?

—No. Es un abuelo. Casi no le quedan dientes.

El niño soltó el guante de béisbol, se arrodilló y rascó la barriga de Bobo. Acto seguido miró a Tess con curiosidad.

—Le gusta —comentó, pero el niño no respondió. Tan solo siguió mirándola—. ¿Qué pasa? —preguntó.

—Nada.

—¿Nada? No me mirarías como lo haces si no pasara nada.

—¿Me ves?

—Claro que te veo.

—Pero eso es imposible.

Tess supuso que el niño estaba jugando.

—¿Acaso eres invisible, o algo así?

—Sí.

—¡Uau! Eso es genial. ¿Cuál es tu secreto?

Sam no respondió. El niño y su perro siguieron mirándola y Tess comenzó a ponerse un poco nerviosa. Transcurridos unos momentos que se hicieron muy largos, el niño preguntó:

—¿Cuál es tu historia? ¿Cuándo has llegado?

—Hace unos minutos —respondió Tess—. Mi padre está enterrado aquí. Igual que mis abuelos y mis bisabuelos.

—Ya entiendo —dijo Sam mientras recogía el guante y la pelota—. ¿Te encuentras bien?

—Muy bien —dijo Tess—. Oye, ¿juegas con el Marble-head?

—Es evidente que ya no. —Se produjo otro incómodo silencio. A continuación, añadió—: Tú eres Tess, ¿verdad?

—¿Cómo lo sabes?

—He oído hablar de ti.

—¿En serio?

—Sí, a Charlie.

Oscar ladró al oír su nombre.

—¿Charlie?

—Me matará si sabe que te lo he dicho. Júrame que no se lo contarás.

—Te lo juro —dijo, y sonrió.

—Llevaba mucho tiempo sin darse el lote con nadie —comentó Sam—. Creo que le gustas.

Tess se sintió un poco avergonzada.

—Bueno, él también a mí. —Las mejillas le ardían por el sonrojo—. ¿Sabes dónde puedo encontrarlo? ¿Está en casa?

—¿Sabe que estás aquí?

—No, no se lo he dicho.

—¿Qué más no le has dicho? —preguntó Sam sin apartar la mirada de Tess.

—Creo que no entiendo la pregunta.

El niño empezaba a ponerla nerviosa de nuevo. «Es culpa de los videojuegos —pensó Tess—. Echan a perder a los pobres críos.»

—¿Me harás un favor? ¿Le darás un mensaje a Charlie de mi parte?

—Claro.

—Dile que he venido a verlo.

—De acuerdo.

El niño lanzó la pelota y el perro corrió tras ella.

—Oye, Tess, ¿juegas a atrapar la pelota?

—Pues claro.

—¿Y la lanzas como una chica?

—Eso ni lo sueñes.

—Entonces vuelve esta noche. Charlie está siempre por aquí cuando se pone el sol. ¿Ves ese bosque allí enfrente? ¿El gran abeto azul?

—Sí.

—Sigue el camino al otro lado del viejo tronco.

—Y después, ¿qué?

—Nos encontrarás en el claro. Jugaremos a pelota.

—Suena divertido —dijo Tess—. Hasta luego, entonces. —Comenzó a bajar por la colina. Le gustaba la idea de jugar a lanzarse la pelota con Charlie y ese niño. De repente, se volvió y gritó—: Oye, ¿cómo te llamas?

El niño vaciló un instante antes de responder.

—Me llamo Sam. Sam St. Cloud.

III

EN EL MEDIO

19

El océano nunca se había visto tan enorme. Las espumosas crestas de las olas se perdían en el horizonte, y el langostero Down East de diez metros se escoraba entre las olas. Con una mano, Charlie se sujetó al tablero de instrumentos; con la otra, observaba a través de los prismáticos, peinando el alborotado mar. Él y Tink establecieron una ruta de búsqueda por Jeffreys Ledge, una zona no muy alejada de donde los pescadores habían encontrado los restos del *Querencia*.

Esa mañana, en el Driftwood, Charlie se había negado en redondo a creer las noticias que llegaban sobre Tess.

—No me lo creo. Es imposible —había espetado en un primer momento, y las miradas de todos los allí presentes se habían posado sobre él.

—¿Es que sabes algo que nosotros desconocemos? —preguntó Hoddy.

A Charlie le habría gustado contarles que Tess había visitado la tumba de su padre y que había cenado con él en su casa. Habría querido describirles su paseo a medianoche e incluso su primer beso. Pero, de repente, había sentido miedo. Como un reflejo inconsciente. Quizá al *Querencia* le había ocurrido algo espantoso en el mar, y quien había ido a verlo al cementerio había sido el espíritu de Tess. No era imposible y, en ese instante, Charlie supo que debía protegerse.

—Tiene que estar en algún sitio —había susurrado, tratando de disimular su confusión—. ¿No os parece?

—¿De qué estás hablando? —había preguntado Tink, dando un paso al frente—. Han encontrado el timón y un salvavidas. Llevamos más de treinta y seis horas sin noticias de ella. ¿Qué más necesitas?

Charlie se puso en pie con gran dificultad.

—¿Y su casa? ¿Alguien ha mirado allí?

—Claro —respondió Hoddy—. Y no ha habido suerte. Esta mañana, Dubby Bartlett vio a su perro corriendo por la playa sin correa. A estas horas su madre ya debería haber recibido alguna noticia, y sigue sin saber nada de ella.

Así pues, los hombres habían formado parejas para iniciar la búsqueda. Charlie iba con Tink, que había pedido prestado un potente barco langostero. Solo se conocían de haber coincidido en un par de degustaciones de cerveza y almejas en los bares de la zona, pero ambos estaban decididos a encontrar a Tess.

Durante las primeras horas, solo habían encontrado basura, como una nevera portátil en la que había unas cuantas Budweiser, y una bolsa de golf Nike sin los palos.

A mediodía habían descubierto una balsa salvavidas a medio inflar y tiznada de humo. Tink tiró de ella, la subió al barco y aclaró que pertenecía al *Querencia*. Soltó un alarido devastador y después gritó: «¡No!». Una única sílaba que, alargada, Tink convirtió en un gemido agonizante, hasta quedarse sin aliento, hasta que las lágrimas le cubrieron las mejillas y empaparon su barba desaliñada.

El barco había desaparecido. No había señales de Tess.

Los únicos seres vivos que vieron ese día en el embravecido océano fueron un grupo de ballenas jorobadas a unos doscientos metros a estribor que dispararon chorros de agua por sus fosas nasales antes de sumergirse en las profundidades.

En lo más recóndito de su mente, Charlie comenzó a dudar sobre lo que había sucedido en realidad. ¿Había visto a

Tess la noche anterior en el cementerio, o era tan solo su espíritu? Había sido testigo de la llegada y la marcha de miles de almas y reconocía los más sutiles indicios. Nunca se había equivocado. Todas ellas tenían un aura luminosa. Los ancianos dejaban de renquear. Los enfermos recuperaban las fuerzas. Al principio, su silueta se difuminaba y resplandecía con una luz tenue. Poco a poco, su aspecto iba cambiando y se convertían en aquellas personas que siempre les habría gustado ser. Y pronto, cuando estaban listas para pasar al siguiente nivel, se desvanecían como la neblina al salir el sol.

Pero Tess era diferente. Había mirado fijamente sus ojos color esmeralda. Había estado a su lado. Había oído su maravillosa risa. Incluso había sentido que comenzaba a enamorarse. No, no era posible que fuera un espíritu. No había nada diáfano en ella. Era demasiado real y sólida, estaba demasiado viva. Tenía que tratarse de un error.

Una ola impactó contra la cubierta y Charlie recibió un fuerte golpe de agua en el rostro que le alcanzó los ojos. Le escocían, pero se esforzó por mantenerlos abiertos, intentando no parpadear por miedo a no ver a Tess en el agua. Se había pasado el día rezando, pidiendo a Dios que no se llevara a una persona tan buena y extraordinaria. Para cada alarmante indicio, Charlie había encontrado una explicación optimista. Su barco no estaba en el atracadero que le correspondía, pero el océano era inmenso y Tess podía estar navegando por cualquier lugar. Los restos que habían encontrado los pescadores no indicaban forzosamente que el *Querencia* hubiera naufragado. Tal vez se hubieran caído al agua.

Sin embargo, aún quedaba por aclarar el asunto del bote salvavidas chamuscado. Charlie consultó los indicadores del panel de control. El termómetro marcaba que el mar estaba a 11 °C. Por su formación como sanitario, sabía que en agua fría la pérdida de calor corporal era treinta veces más rápida que en el aire. Sin un equipo de protección adecuado, la pérdida de conocimiento se produciría entre los treinta y los sesenta minutos posteriores a la caída, y después de entre una y tres horas, le llegaría la muerte. Pero aunque su barco hubiera volcado y se hubiera hundido, Tess tenía un equipo de supervivencia que le permitiría aguantar por lo menos setenta y dos horas a esa temperatura, lo cual les daba mucho tiempo para encontrarla.

Charlie observó que el cielo del oeste estaba salpicado de manchas violáceas y herrumbrosas. Las nubes se unían en enormes aglomeraciones. El ángulo del sol estaba bajo sobre la superficie del agua y, de súbito, Charlie cayó en la cuenta de que, por primera vez en trece años, no había pensado en Sam en todo el día. Ni siquiera una vez. El corazón comenzó a latirle con fuerza. Sintió pánico. Solo tenía una hora de luz para encontrarla... y una hora de luz para regresar a casa. Era una situación imposible.

Tess había desaparecido. Sam lo estaba esperando.

En ese preciso instante, Tink giró bruscamente el timón.

—El depósito está casi vacío. El sol está a punto de ponerse. Odio tener que volver a puerto, pero no tenemos demasiadas opciones.

Charlie asintió pero no se sintió aliviado. Llegaría muy justo de tiempo.

—¿Quieres que me ponga al timón? —preguntó, pensando que podría ir más deprisa.

—No hace falta —respondió Tink.

Charlie se dirigió a popa y se sentó. Apoyó la cabeza en las manos y cerró los ojos. Vio a Tess caminando con aire satisfecho por el sendero de grava del cementerio. La imaginó dando vueltas bajo la luz de la luna. A continuación repasó mentalmente todos los momentos que habían pasado juntos, tratando de encontrarles algún sentido.

Era posible que su belleza lo hubiera obnubilado. Tal vez la ilusión lo había distraído de las señales. O quizá Dios tuviera alguna otra razón. ¿Cómo podía haberse equivocado tanto?

Charlie se levantó y regresó a la bañera, junto a Tink. Miró el velocímetro. Quince nudos. Tim estaba sonrojado y comía sin cesar de una gigantesca bolsa de Oreos. Tenía migas oscuras pegadas en el mentón.

Charlie se volvió y observó a un cormorán que se sumergía en busca de caballas. La luz del atardecer se deslizaba por el horizonte y Charlie supo que el sol habría desaparecido a las 6.33 de la tarde.

—¿Puedes acelerar un poco? —preguntó con amabilidad.

—¿Qué problema tienes, Mario Andretti?* ¿A qué vienen esas prisas?

—Tengo que llegar cuanto antes.

Tink giró el timón cinco grados a estribor.

—¿Es que tienes algo más importante que hacer? ¿Una cita interesante? ¿Una noche en la bolera?

Charlie ni siquiera se molestó en responder. Permaneció en silencio, escuchando el rugido de las olas que chocaban contra el barco. Tras unos minutos, Tink le alargó la bolsa de Oreos. Una ofrenda en señal de paz.

—No, gracias.

—Mira, lo siento. Tengo los nervios destrozados. —Se frotó las manos con el timón. A Charlie le pareció ver lágrimas asomándose a sus ojos. Entonces Tink preguntó—: ¿De qué me has dicho que conoces a Tess?

—Nos conocimos por casualidad.

Pero Tink no le prestaba atención. Parecía sumido en sus propios miedos.

—No debería haberla dejado salir con esa tormenta —comentó.

Era extraño. Tess no le había mencionado que hubiera hecho mal tiempo.

—Haya pasado lo que haya pasado, Tess estará bien.

* Piloto estadounidense mítico, primero y único en ganar las 500 millas de Indianápolis, las 500 millas de Daytona y la Fórmula 1. *(N. del E.)*

Tink lo miró con ojos tristes.

—¿De verdad lo crees?

—Hay que creerlo.

Y eso era exactamente lo que Charlie se obligaba a hacer: creer que Tess estaba bien. Aunque, por supuesto, tras cada minuto transcurrido, con cada tramo de océano vacío, se acrecentaba el miedo de que no lo estuviera. Lo sabía todo acerca del nivel intermedio y de cómo los espíritus se separaban de sus cuerpos. Él mismo había pasado por esa experiencia antes de ser reanimado. Tenía que aceptar la posibilidad de que el alma de Tess hubiera ido al cementerio a visitar a su padre sin ser consciente de lo que le había sucedido a su propio cuerpo. La gente solía presentarse allí, sorprendida por haber sufrido un infarto o un aneurisma. En ocasiones ni siquiera comprendían que su vida había terminado y necesitaban unos días para asimilarlo. Algunos sabían enseguida qué había acabado con ellos y llegaban renegando contra Dios y contra el mundo. Esos eran los que permanecían junto a sus familiares y amigos tanto tiempo como les era posible. Y también estaban aquellos a quienes les resultaba muy fácil desprenderse de todo con rapidez y avanzar hacia el siguiente nivel.

Entonces ¿cuál era el caso de Tess? ¿Era posible que rondara las calles de Marblehead sin tener la menor idea de que era un fantasma? O, aún peor, tal vez hubiera pasado al siguiente nivel y no volviera a verla jamás.

A lo lejos, Charlie divisó la boca del puerto. El cielo era gris oscuro y el faro emitía los acostumbrados destellos verdes. Cuando pasaron frente al Club Náutico Corinthian, Rick Vickery, el capitán del puerto, se estaba preparando para arriar la bandera y disparar la salva del atardecer.

Tink guió el barco hasta el muelle y se deslizó en él con suavidad. Charlie bajó de un salto. Mientras lo amarraba, oyó los disparos.

—Tengo que irme —anunció.

—¿Seguro que te encuentras bien? —preguntó Tink—. No tienes buena cara.

—Estoy bien. Llámame si te enteras de algo.

—De acuerdo —dijo Tink.

Tras despedirse de Tink, Charlie salió disparado. Sabía que llegaría tarde. Cinco minutos, o incluso diez. Corrió por State Street, atajó por un callejón, saltó una cerca y cruzó a toda prisa el jardín de la señora Dupar. Un perro ladró desde la ventana al verlo pasar. Una furgoneta de reparto frenó en seco cuando Charlie cruzó la calle Washington.

Ya casi había anochecido en Marblehead. Las luces brillaban con luz trémula detrás de las cortinas. Volutas de humo ascendían por las chimeneas. Y Charlie corría a toda velocidad.

Por Sam. Y por la propia vida.

20

Notaba una punzada en el costado y los pulmones le dolían al torcer por la última calle al final de West Shore Drive. Cuando por fin sus manos rodearon los gruesos barrotes de hierro de las puertas del cementerio, Charlie apoyó la frente durante unos segundos contra el frío metal. A continuación metió la llave en la cerradura, la giró y, por primera vez en todo ese tiempo, la puerta no se abrió. Sintió un aguijonazo de pánico, sacó la llave, volvió a meterla y la giró de nuevo con todas sus fuerzas. Oyó un ruido metálico y entró a toda prisa. El camino principal estaba mullido y el viento le trajo el aroma de hojas quemadas.

Encontró el coche aparcado junto a la Fuente de la Juventud y arrancó en dirección al Bosque de las Sombras. Condujo por el sendero lleno de baches y se detuvo debajo de las ramas bajas del abeto azul. En esa ocasión tenía tanta prisa que ni siquiera se volvió para comprobar que no hubiera nadie detrás de él.

Alargó un brazo por debajo del asiento delantero y buscó a tientas hasta encontrar el guante que sujetaba con firmeza la pelota. A continuación saltó el viejo tronco podrido y salió corriendo hacia el bosque, subió hasta la cima de la colina, cruzó un bosquecillo de arces y bajó junto a la cascada y el lago ondeante. Una franja de cielo gris formaba la bóveda del bosque de cedros cuando Charlie apareció en el claro con su hierba perfecta de casi treinta metros a lo largo y a lo ancho. En la penumbra, solo era capaz de distinguir que el montículo, la plataforma de lanzamiento y el plato estaban vacíos.

—¡Sam! —gritó—. ¡Saaam!

Los balancines y los columpios que colgaban de la gruesa rama del sicomoro también estaban vacíos.

—¡¿Sam?!

No obtuvo respuesta. Charlie sintió que el miedo crecía en su interior, primero en el estómago y después le subió hasta el pecho. Comenzaron a latirle las sienes. Desde luego, el cansancio no ayudaba en nada. El miedo se apoderó de él.

Sabía que tenía que dejar de pensar en lo peor. Así pues, avanzó unos pasos y se sentó en los listones de madera suspendidos de cuerdas. Tomó impulso y rozó el suelo hundido con los pies. Durante un instante, vio la media luna justo encima de la punta de sus zapatos, pero al volver atrás la perdió de nuevo de vista.

—¡Sam! —gritó otra vez. Una bandada de palomas abandonaron sus nidos en los abetos y se perdieron en un horizonte cada vez más oscuro. Cuando el ruido de batir de alas se hubo alejado y reinó de nuevo el silencio, Charlie volvió a gritar.

—¡Saaam!

Y entonces, mientras su voz se iba apagando, sucedió un pequeño milagro. Charlie oyó un sonido tan débil que no sabía si lo había imaginado.

—¡Charlie!

Allí estaba Sam, con su gorra de los Sox, pantalones cortos y zapatillas altas hasta el tobillo, saliendo del bosque. Oscar llegaba brincando tras él.

—¿Dónde estabas? —preguntó Charlie, y bajó del columpio de un salto—. Estaba asustado.

—Estoy aquí. Tranquilo, todo va bien. —Sam sonrió—. ¿Quieres jugar a pelota?

—No, tengo que hablar contigo sobre algo.

Sam se acercó a la mesa con bancos adosados y se sentó.

—¿Qué pasa? ¿Qué tal te ha ido el día? —preguntó.

—Fatal —respondió Charlie.

—¿Qué ha ocurrido?

—Se trata de Tess.

Sam abrió los ojos como platos.

—Entonces ¿ya te has enterado?

Charlie sintió que se le encogía el estómago. ¿Qué sabía Sam al respecto? ¿Cómo lo sabía?

—¿La has visto? —preguntó Charlie—. ¿Ha estado hoy aquí?

—Ha venido a buscarte.

—¿La has visto?

—Sí, la he visto —respondió en voz baja, como si intentara amortiguar el golpe—. Y ella me ha visto a mí.

Charlie se quedó abatido. No podía seguir negándolo. En todos esos años en Waterside, jamás había conocido a nadie que pudiera ver a su hermano ni a ningún otro fantasma. Salem estaba lleno de personas que se hacían llamar brujas y afirmaban ser capaces de hablar con los muertos, pero Charlie nunca lo había comprobado. Médiums y videntes llegaban constantemente a Waterside con clientes desesperados que solicitaban sus servicios. Sin embargo, ninguno de ellos parecía ver a Sam correteando con Oscar sobre la hierba, o a los espíritus de sus seres queridos manifestándose en una suave brisa o lanzándoles una hoja seca otoñal sobre los hombros.

—¿Por qué no me lo dijiste ayer por la noche? —preguntó Charlie.

—No lo sabía. De verdad. No pude verla bien —respondió Sam—. ¿Te acuerdas? No dejaste que me acercara a ella.

—¿Tess ya lo sabe? —preguntó Charlie.

—No estoy seguro.

—¿Qué quieres decir con que no estás seguro?

—Creo que comienza a darse cuenta.

—¿Ya se está desvaneciendo? ¿Piensa pasar al siguiente nivel?

—No lo sé.

Charlie echó la cabeza hacia atrás y observó la oscuridad. Durante todo el día había mantenido la esperanza de que estuviera viva, pero acababa de descubrir que era un espíritu en la zona intermedia. A lo lejos, en el cielo del oeste, vio las manchas borrosas de las nubes de Magallanes, cada una de ellas con doscientos mil millones de estrellas como el Sol, y de repente se sintió insignificante y desesperado.

Sam estaba sentado a su lado, pero, por vez primera, con eso no bastaba. Charlie sabía que quería algo más. Necesitaba más. Se pasó las manos por el pelo y se preguntó si Sam sabía lo que estaba pensando.

—Todo saldrá bien, grandullón —dijo Sam con suavidad.

—¿Cómo puedes estar seguro?

—No te preocupes. Tess vendrá aquí esta noche.

21

El que había comenzado siendo el día más raro de su vida, pronto se había convertido también en el más aterrador. Había empezado con ese dolor de cabeza que se negaba a desaparecer y había terminado con absoluta desesperación, junto a la tumba de su padre.

Después de conocer a Sam St. Cloud en el cementerio, Tess había pasado el día en un pesado estado de confusión. El niño era el hermano de Charlie, pero estaba muerto, había fallecido hacía trece años en aquel terrible accidente. ¿Cómo era posible que hubiera mantenido una conversación con él? Tal vez fuera verdad lo que decía la gente: «Pasa demasiado tiempo entre tumbas y terminarás viendo fantasmas». ¿Era el chico una aparición o ella había tenido una alucinación?

Por otro lado, cabía la posibilidad de que no fuera Sam St. Cloud. Quizá fuera un gamberro que había querido gastarle una broma pesada. Necesitaba volver a ver a Charlie con urgencia para hacerle preguntas sobre su hermano.

Cuando el sol se levantó sobre la ciudad y los marineros comenzaron a regresar al puerto, Tess paseó a Bobo de vuelta a casa en Lookout Court. Nadie la saludó por la calle, ni siquiera su vieja amiga Tabby Glass, que corría por la otra acera detrás de un cochecito en el que llevaba a su hija recién nacida.

—¿Quieres un poco de pienso? —preguntó Tess cuando por fin llegaron a casa, pero Bobo se dejó caer en la escalera de la entrada.

—Muy bien, haz lo que quieras —dijo Tess—. Yo me marcho a revisar el *Querencia*.

Bajó corriendo el empinado tramo de escalera que recorría la colina de su calle. Paseó por la zona de los muelles. Los colores de los cascos y las velas le parecieron más subidos. El olor a sal en el ambiente era más intenso. La sartén del Driftwood desprendía más humo que nunca.

Caminó por el puerto, se detuvo en seco frente a su atracadero y en ese instante supo que algo marchaba mal. El *Querencia* no estaba allí. Tink no se lo habría llevado sin su permiso. Se sintió un poco mareada y la cabeza comenzó a darle vueltas. Se arrodilló para no perder el equilibrio y se sujetó con una mano a un listón desgastado. Pensó que tal vez estuviera enferma, se asomó al agua y se miró. Fijó la vista y soltó un grito ahogado.

No vio su reflejo.

Tan solo el cielo y las nubes la miraban desde abajo. No había silueta de su cabeza o de su cuerpo recortada contra el azul del agua. Ni siquiera una pequeña sombra. En ese momento, se quedó petrificada. Al fin lo comprendió.

No estaba allí.

Su mente repasó a gran velocidad los desconcertantes hechos del último día. Su abuela no la había mirado cuando la había visitado en la residencia. Bobo no hacía caso de sus órdenes. Dubby Bartlett no la había saludado en la playa. Nadie había reconocido su presencia porque nadie la había visto.

Nadie salvo Charlie St. Cloud y su hermano Sam, fallecido trece años atrás.

¿Qué diablos estaba ocurriendo?

Se incorporó de un salto y dio media vuelta. Se llevó las manos a la cintura y después a la cabeza. Se frotó los vaqueros. Jugueteó con uno de los botones de su camisa. Todo estaba normal, como siempre. Y, sin embargo, no era así.

Llamó a los ancianos que estaban sentados debajo del árbol —Bony, Chumm, Iggy y Dipper—, pero los hombres siguieron charlando y el terror se apoderó de ella. Debía de haber sucedido algo espantoso. Intentó recordar el barco y la tormenta. Se vio volcando y a continuación luchando para regresar a cubierta mientras el *Querencia* volvía a enderezarse. Pero ¿y después, qué? ¿Había conseguido regresar al puerto? Sus recuerdos se volvían borrosos. Se concentró pero no logró recordar nada.

¿Cuándo había muerto?

La pregunta parecía imposible. Tess sintió que el terror y la confusión se apoderaban de ella. Necesitaba desesperadamente un ancla de salvación. Entonces se dio cuenta de que tenía que hacer una única cosa: encontrar a Charlie. Si alguien podía explicarle qué estaba pasando, ese era él. Pero ¿y si había cambiado algo y ahora tampoco él podía verla? ¿Y si se había vuelto invisible también para él?

Con una terrible inquietud, Tess lo buscó por el inmenso cementerio pero no lo encontró en ningún sitio. Al fin, se dejó caer sobre la tumba de su padre, bajo el arce japonés. Si aquello era la muerte, pensó, entonces su padre acudiría a su encuentro. O tal vez estuviera esperándola en otro lugar. ¿Adónde se suponía que debía ir? ¿Qué tenía que hacer? ¿Habría un mostrador de información en aquel lugar? ¿Un tablón de anuncios? No tenía la menor idea.

Tess rompió a llorar y no paró hasta que, exhausta, se quedó dormida. Sin embargo, no tardó en despertarse, jadeando de miedo al pensar que tal vez no volviera a ver a Charlie. El cielo estaba casi a oscuras y Tess se levantó de la hierba y recordó las instrucciones de Sam: tenía que encontrar el abeto azul del bosque y el camino que había al otro lado del viejo tronco. Se estremeció. El bosque le había provocado tal escalofrío la noche anterior... ¿Podría hacerlo sola? Para su sorpresa, esa noche el bosque estaba silencioso y en calma. Siguió el sendero hasta llegar a la cascada y después se abrió camino a través del bosquecillo de cipreses. De repente oyó voces a lo lejos y el aullido de un perro. Cuando llegó al claro, vio a Charlie sentado en un banco.

El mero hecho de verlo le levantó el ánimo. Al menos podía estar segura de que esa parte de su vida era real. Solo quería oírle decir que todo era una grave confusión. Quería besarlo y empezar en el punto exacto donde lo habían dejado la noche anterior.

Mientras se acercaba a él, rezaba para que Charlie aún pudiera verla, y cuando él se levantó y le sonrió, Tess sintió un profundo alivio. Ya no estaba sola.

—Gracias a Dios que has venido. Temía no volver a verte —dijo Charlie con su profunda voz.

Tess estaba increíblemente hermosa. Llevaba el pelo suelto y le caía alborotado sobre los hombros. Sus ojos rebosaban sentimientos. Charlie se acercó a ella para saludarla con un abrazo. Abrió los brazos pero Tess se detuvo antes de llegar hasta él.

—¿Dónde estabas? —preguntó—. Te he buscado por todas partes.

—Yo también te he buscado —respondió Charlie—. Creo que ya conoces a mi hermano.

—Hola, Sam —dijo Tess. A Charlie le parecieron las dos palabras más tiernas del mundo. Jamás había imaginado que oiría a una mujer saludar a su hermano de ese modo.

—Hola. Lástima que hayas llegado tan tarde. Está demasiado oscuro para jugar a la pelota. —Sam se volvió hacia Charlie—. ¡Dice que no lanza como una chica! ¿Tú te lo crees?

—Ahora no es el momento —dijo Charlie. Miró a Tess. Seguía allí de pie, frente a él, con una apariencia tan real como la de cualquiera. No había la más mínima señal de que se estuviera desvaneciendo. Y aun así, en sus adentros, Charlie sabía que lo estaba haciendo. Se preguntó hasta qué punto Tess comprendía la situación. Decidió empezar con una pregunta sencilla—: ¿Cómo estás?

—Estaba bien hasta que me asomé al agua y no vi mi reflejo —respondió—. Ahora estoy desconcertada. Cuéntame qué está pasando, Charlie.

Era evidente que no sabía lo que había ocurrido, por lo que tendría que ser él quien le diera la noticia.

—Vamos, ya soy mayorcita. Puedo aceptarlo.

Tess intentaba mostrarse valiente, pero el temblor en su voz la delató. Charlie había visto lo mismo en otros espíritus que pasaban por Waterside. Le dolía que tuviera que pasar por todo eso: la confusión, el miedo, la tristeza.

—No sé por dónde empezar.

—¿Qué te parece si empiezas por el principio?

—Está bien —convino Charlie—. El *Querencia* lleva cuarenta y ocho horas desaparecido. Todo el mundo está preocupadísimo. Ha salido toda una flota a buscarte.

—¿Cuarenta y ocho horas desaparecido? —Tess dio una patada en el suelo—. Vaya, es mucho tiempo...

—Un pescador encontró un trozo de tu casco en Halibut Point. Tink y yo encontramos tu bote salvavidas en la bahía Sandy.

—¿Dónde?

—En la bahía Sandy, cerca de Rockport.

—Qué raro. En ningún momento me acerqué a Rockport. Debió de ser cosa del viento y de la corriente.

Tess se dirigió al columpio y se sentó en los tablones de madera.

—¿Recuerdas qué pasó? —preguntó Sam.

—En realidad, no.

Charlie la observó con atención. No había pasado por alto ninguna señal evidente. No mostraba ningún indicio. Su silueta no se estaba difuminando. No la rodeaba un brillo celestial. Estaba como siempre, radiante como de costumbre. Tess levantó las piernas y comenzó a columpiarse.

—Tienes que intentar recordar —dijo Charlie—. Tenemos que saber dónde estabas cuando sucedió.

Tess bajó del columpio de un salto.

—Mira, sé perfectamente qué ha pasado. Me sorprendió una tormenta de fuerza diez y pasé toda la noche cabeza abajo en el agua. Me estaba congelando. Una maldita botella de aliño de ensaladas se rompió en la cocina. Apestó todo el barco. Aún noto el olor.

—Y después, ¿qué?

—Lo siguiente que recuerdo es que estaba visitando la tumba de mi padre.

—¿Recuerdas haber llegado al puerto?

—La verdad es que no.

—¿Sabes cómo llegaste al cementerio?

—No, Chas. Todo está muy borroso.

—No pasa nada. A veces, cuando sucede de repente, ni siquiera sabes qué está pasando. Se tarda un poco en asumirlo.

Charlie la observó con detenimiento, sopesando el impacto de sus palabras.

Al principio pareció aturdida, pero enseguida preguntó:

—Cielo santo, ¿qué pasará conmigo?

—Dentro de nada te sentirás mejor —respondió Charlie con voz entrecortada—, y te darás cuenta de que vuelves a casa, al lugar donde debes estar.

—¿A casa? ¿De qué estás hablando? Mi casa está en Lookout Court, con Bobo. Mi casa está con mi madre y mis amigos. —Sus ojos esmeralda estaban empañados de lágrimas. Se las secó y trató de forzar una sonrisa, pero le salió un tanto torcida. A continuación añadió—: E incluso había empezado a pensar que mi casa podía estar a tu lado.

22

Tess no era una navegante supersticiosa. No le importaba si alguien de su tripulación decía «cerdo», una palabra temida por la mayoría de los marinos a causa de una oscura creencia según la cual los cerdos, de algún modo, ven el viento, y la sola mención de su nombre basta para provocar un vendaval. Incluso se atrevía a silbar mientras trabajaba —otro de los tabús en el mar— y jamás tuvo problemas para hacerse a la mar en viernes, que durante siglos ha augurado mala suerte. A menudo subía al barco con el pie izquierdo, e insistió para que el *Querencia* se pintara de azul, un color relacionado con la tragedia en el mar.

Ahora, por increíble que pareciera, se preguntaba si no había sido estúpida al desafiar tantas veces a la suerte. Había subido flores a bordo, pese a que los marineros le habían advertido que debían reservarse para los entierros. Siempre volvía la vista hacia el puerto después de zarpar, lo que suponía otra infracción del código.

Sí, se había saltado las normas mil veces o más, y no podía evitar pensar que tal vez hubiera tenido la culpa de lo que le había sucedido.

La noche caía sobre el bosque. La luna estaba en lo alto del cielo, ya habían salido las estrellas y Tess se había sentado con Charlie y Sam a la mesa del claro. Intentaba mantener la calma. Pensamientos desquiciados y aleatorios le inundaban la mente. No quería sincerarse delante de ellos. Pero, poco a poco, fue asumiendo la realidad de su situación.

La vida se había terminado.

Se tocó el bulto que tenía en la cabeza y, de repente, comenzó a ver destellos de lo que había sucedido la noche de la tormenta. Las imágenes la asaltaban fragmentadas. Aún no había completado la escena, pero veía la acometida de las olas y el mundo fundiéndose en negro.

En el fondo, Tess vislumbraba qué significaba la muerte...

Jamás recorrería el mundo en solitario.

Jamás navegaría por el estrecho de Malaca ni por el mar de Sulú.

Jamás vería su nombre en el Salón de la Fama de Providence.

Jamás caminaría hasta el altar de la iglesia de Old North.

Jamás iría de luna de miel a España, no correría frente a los toros en Pamplona, ni los vería desde su soleado asiento en una plaza de Sevilla.

Jamás sentiría el milagro de una nueva vida dando pataditas en su vientre.

Jamás enseñaría a su hija a orzar o a izar una vela.

Y lo peor de todo, porque era lo que más la angustiaba, jamás conocería el amor auténtico y duradero.

Intentó parar. Nunca antes había hecho una lista de esa clase, pero ahora no podía dejar de añadir frases.

Jamás volvería a comer el rosbif de Mino. Jamás jugaría otro partido de fútbol con las chicas el día de Acción de Gracias. Esos eran sus rituales, las rutinas que hacían que se sintiera viva y conectada a su mundo. Sin todo ello, ¿cómo estaría?

Perdida.

Y además, estaba ese maravilloso hombre que había entrado en su vida. Jamás llegaría a conocer a Charlie St. Cloud, que había aparecido de la nada para desaparecer al instante. ¿Por qué había vuelto a verlo? Dios debía de tener sus razones.

Intentó concentrarse en lo que Charlie y Sam decían cuando le describían la otra vida y le hablaban del camino que tenía por delante. Hacían que sonara como la transición más natural del mundo. Después de un rato escuchando, Tess interrumpió a Charlie.

—Necesito entender cómo funciona. ¿Cómo es posible que veas a Sam? —Vaciló durante unos segundos—. ¿Y por qué me ves a mí?

—Cuando Sam y yo tuvimos el accidente —comenzó Charlie—, yo también crucé al otro lado. Fue la clásica experiencia cercana a la muerte, y cuando las descargas eléctricas me reanimaron, tuve la suerte de conservar este don. Y veo a la gente que está en el medio, en el limbo entre la vida y la muerte.

—¿Es ahí donde estoy ahora?

—Eso creo, pero tú me confundiste un poco. No tienes el aspecto de la mayoría de los espíritus.

—Me lo tomaré como un cumplido —dijo Tess—. ¿Qué me dices del hecho de que pueda tocar? ¿Cómo es posible que nos besáramos ayer por la noche? ¿Cómo puedo abrir puertas, cambiarme de ropa y darle de comer a Bobo?

Charlie sonrió.

—Ahora mismo, tienes un pie en cada mundo. Estás aquí pero no lo estás. Estás, literalmente, en el medio. —Charlie alargó un brazo y le tomó la mano—. La gente que muere de manera repentina o que se resiste a irse puede tener una presencia física muy fuerte. Son personas capaces de lanzar pelotas de béisbol, beber cerveza o tirar de la cadena. Son ellas las que hacen que las luces parpadeen y haya ruidos por la noche.

—¿Por qué no he visto a ninguna de esas personas?

—Porque Sam es el único que está por aquí —respondió—. La señora Phipps, del instituto, ha pasado al siguiente nivel esta mañana. Y llevo un tiempo sin ver a un bombero llamado Florio.

—Dios es quien decide cuándo vives y cuándo mueres —añadió Sam—. Pero cuando estás aquí, en el medio, tú también tienes elección. Puedes quedarte todo el tiempo que quieras, como hago yo. O puedes pasar enseguida al siguiente nivel. Tú eliges.

—No te preocupes —dijo Charlie—. Él estará allí, esperándote, pero aún no has cruzado al otro lado.

—Creí que esto era el otro lado.

—Es lo que cree todo el mundo —dijo Sam—. Ven a John Edward* por la tele. Leen libros sobre el más allá. Todos te dicen que cuando mueres ves una luz y pasas a la otra vida. Punto final. —Sonrió y añadió con un susurro—: De hecho, es un poco más complicado. —Acto seguido se levantó y comenzó a señalar a izquierda y derecha—. Hay un montón de niveles y de lugares en este lado. —Trazó un círculo en el aire—. Imagina que esta es la tierra de los vivos. Marblehead está justo aquí, en medio de todo. Tu madre, tus amigos, Bobo. —A continuación trazó otro círculo alrededor del primero—. Nosotros estamos aquí. Un nivel más allá. Es el nivel intermedio.

—Piensa en esto como en un apeadero entre la vida y la muerte —dijo Charlie—. Es como una parada de descanso en la carretera. Yo mismo pasé aquí diez minutos antes de que el sanitario me devolviera a la vida.

—No lo entiendo. Si es una parada de descanso, ¿qué hace todavía aquí Sam?

Los hermanos se miraron. Sam se encogió de hombros y estaba a punto de responder cuando Charlie se adelantó.

—Hicimos una promesa.

—¿Qué clase de promesa? —Se produjo un largo silencio durante el cual ninguno de los dos respondió—. Muy bien, no me lo digáis. Pero ¿tengo razón, Sam? ¿Puedes quedarte aquí todo el tiempo que quieras?

—Sí.

—¿Puedo quedarme también yo?

—Te estás precipitando —dijo Charlie.

* Famoso médium estadounidense. *(N. del E.)*

—Es verdad. Ya habrá tiempo para hablar de eso. Ahora mismo, tienes muchas cosas que aprender.

—Adelante —dijo Charlie—. Enséñale cómo funciona.

—Será un placer. —Sam alzó la vista al cielo, dibujó un pequeño círculo con las manos y de repente el viento susurró entre los árboles. Una cascada de hojas cayó en espiral sobre ellos—. No está mal, ¿verdad?

—¿Has hecho tú eso? —preguntó Tess.

—Está chupado. Podemos inflar tus velas. Podemos acariciarte la cara. —Sam agitó una mano con delicadeza y el pelo de Charlie se alborotó.

—No tenía la menor idea —comentó Tess.

—Y también podemos entrar en los sueños —dijo Sam.

—¿Qué es eso?

—Podemos introducirnos en los sueños de la gente y viajar allí adónde los lleve su inconsciente. Y podemos decirles cosas.

—Quieres decir que cuando sueño con mi padre...

—Eso es —interrumpió Charlie—. Estén en el nivel que estén, los espíritus pueden participar en los sueños, incluso después de haber cruzado al otro lado.

—¿Estás seguro?

—No se puede estar seguro de nada, pero al parecer así es como funciona.

Tess negó con la cabeza. Era demasiado para ella; apenas podía respirar. Estaba atónita. Había soñado con su padre casi todas las noches durante un año después de su muerte. Siempre había creído que las imágenes demostraban lo mucho que lo echaba de menos. Y ahora, ¿eso? ¿Sería verdad que su padre la visitaba mientras dormía? Ya no sabía qué creer. Y en ese momento, una chispa de ira se prendió en su corazón. De una cosa estaba segura: no quería pasarse la eternidad haciendo que soplara el viento o paseándose por los sueños de la gente. Quería recuperar su vida. Quería navegar. Quería vivir. Quería amar.

De súbito se hizo el silencio en el claro. La brisa dejó de

soplar. Y Tess formuló la pregunta que le parecía más importante que cualquier otra:

—¿Y qué pasa si no quiero cruzar al otro lado? —Acercó una mano a Charlie—. ¿Y si quiero quedarme aquí contigo?

—No hay prisa —respondió Charlie—. Tienes todo el tiempo del mundo.

Sam se levantó y se acercó a Tess. La tomó de la mano y tiró de ella.

—Venga, Tess. Vamos.

—¿Adónde?

—Te enseñaré el lugar. Solo para que te orientes. No será mucho tiempo.

Tess no sabía qué hacer. No quería ir a ningún sitio. Tan solo deseaba aferrarse a ese momento y a ese lugar por miedo a que no volviera a ser el mismo. Entonces oyó la voz tranquilizadora de Charlie.

—No tengas miedo. Cuando hayas terminado, puedes venir a mi cabaña.

Tess miró sus ojos color caramelo sin dar crédito a su desgracia. Sabía que sonaba cursi, pero había esperado toda la vida para encontrar a alguien como él, y lo había tenido delante todo ese tiempo. Había decidido dar la vuelta al mundo para encontrar a su alma gemela, y la tenía allí mismo, en Waterside.

Notó que Sam tiraba de ella.

—Vamos —dijo, y Tess se vio adentrándose en el Bosque de las Sombras en compañía de un niño y su perro, ambos muertos. No le entraba en la cabeza. Cuando había avanzado unos pasos se volvió y vio la silueta de Charlie recortada bajo la luz de la luna.

—Prométeme que seguirás aquí cuando vuelva —gritó Tess.

—Te lo prometo —respondió Charlie.

Sam la miró con sus ojos grandes y maravillosos.

—No te preocupes, Tess —dijo—. Siempre cumple sus promesas.

23

Tess era una voladora nata. Aunque, en realidad, «volar» no era la palabra adecuada. No tenía nada que ver con la imagen de Superman, con los brazos extendidos y la capa ondeando al viento. Se llamaba viaje espiritual, explicó Sam, y estaba controlado por la mente. Bastaba con imaginar las posibilidades para correr, nadar, sumergirse o deslizarse a través de cualquier dimensión. Era casi como navegar por internet. Un clic aquí, un clic allá. Solo tenías que pensar en un lugar, y allí estabas.

Para Tess, aquello era como el deporte extremo por excelencia, sin límites en cuanto a distancia o velocidad. Nunca había creído en los hechos sobrenaturales, pero muy pronto se encontró planeando sobre la ciudad, trazando círculos alrededor de la veleta dorada que coronaba Abbot Hall y saliendo como una flecha en dirección al puerto para contemplar los barcos.

—Es mucho mejor que la PlayStation, ¿no crees? —comentó Sam mientras se materializaban en lo alto del faro de Marblehead.

—Es alucinante —respondió Tess mientras veía cómo la atravesaba el poderoso rayo de luz verde.

Próxima parada: sesión golfa de domingo por la noche en la playa Devereux, donde deportivos y camionetas con los cristales empañados se amontonaban en el aparcamiento.

—Charlie dice que besar a una chica es como jugar a béisbol pero sin el bate —dijo Sam.

—Diría que es más bien como el fútbol americano, pero sin las hombreras —corrigió Tess entre risas—. ¿Alguna vez has besado a una chica?

—No —respondió Sam—. Lo intenté una vez, pero Stacie Bing me dio un golpe en la nariz y perdí el conocimiento. Desperté en el despacho del director.

—¿De verdad?

—Te lo juro.

—¿Y qué me dices de ahora? Ya sabes, en este mundo intermedio. ¿Hay alguien de tu edad?

—La verdad es que no. No aparecen muchas niñas de mi edad, y cuando lo hacen, tienen mucha prisa por cruzar al otro lado. —Sam se encogió de hombros—. ¿Adónde quieres ir ahora?

Tess lo pensó durante unos segundos.

—¿Vamos a casa de mi madre?

—Muy bien, tú me guías.

Y de repente, se encontraron cerca del estanque Black Joe, en Gingerbread Hill. Ese era el terreno sagrado de su juventud. En ese charco de agua, nueve generaciones de Carroll se habían bañado en verano y patinado en invierno. Era también el hogar de un grupo de tortugas caimán y garzas azuladas.

Tess observó la extensión de césped ondeante por el que, de pequeña, había correteado entre los aspersores. El hogar familiar, una preciosa residencia de estilo colonial con dos chimeneas de ladrillo, se alzaba como una casita de muñecas por encima del estanque. Con su tejado de tejas, revestimiento exterior de madera y ventanas de guillotina, apenas había cambiado desde que sus antepasados la construyeran allá en 1795. En el piso inferior, las luces del salón estaban encendidas, y en la ventana del segundo piso, Tess vio una cara greñuda. Era Bobo, que miraba con ojos inexpresivos el trozo de hierba donde ella esperaba de pie. Estaba sentado en su silla, esperando a que Tess regresara a casa.

Un coche subió por la rampa de la entrada y Tess se fijó en un atasco de vehículos cerca de su casa.

—Me pregunto a quién han venido a ver —dijo Tess.

—Son tus amigos.

—Dios mío. ¿Qué hacen aquí?

—Supongo que te querían mucho.

De nuevo, Tess se sintió desconsolada.

—Vamos, echemos un vistazo —dijo a continuación.

—¿Estás segura? —preguntó Sam.

—Claro.

—Puede ser un rollazo.

Tess identificó la mayoría de los coches, entre ellos el Subaru rojo del padre Polkinghorne, y dudó. La última vez que había ido a su casa había sido cuando murió su padre. El recuerdo de su visita la noche en que su padre sufrió el infarto le trajo a la mente multitud de imágenes de esa primera semana sin él: los amigos que llegaban sin cesar, las cazuelas con comida que les dejaban con discreción junto a la puerta de entrada y las llamadas telefónicas. La segunda semana fue distinta: solo recibieron la visita de unos cuantos amigos, dejaron de recibir comida y el teléfono permaneció en un silencio casi absoluto. Fue entonces cuando su madre se dio cuenta de que se había quedado sola en el mundo. ¿Sería lo bastante fuerte para pasar por todo aquello otra vez?

Reanudó la marcha con decisión y en veinte pasos se plantó en su casa. La puerta lateral que daba a la pequeña habitación de la entrada estaba abierta. Las botas de paseo, de pesca y caza de su padre formaban una fila ordenada en el suelo. Hacía dos años que había muerto, pero su madre las dejaba allí porque le servían de consuelo.

Grace estaba en la cocina, removiendo la sopa de pescado. Tenía el rostro serio, los ojos rojos, y vestía una blusa azul y una falda marrón que no eran suyas. Llevaba el pelo recogido de una forma que sugería que se lo había rociado con laca y se lo había atado justo antes de que llegaran sus invitados. Las semanas que siguieron al entierro de su marido, siempre tuvo ese aspecto. Cuando Tess trató de convencerla de que debía cuidar su aspecto, ella le respondió que tenía suficiente con intentar mantenerse cuerda, y que la ropa le importaba un pimiento.

Tess se acercó a ella y se detuvo a su lado. Se moría de ganas de abrazarla, pero cuando estaba a punto de hacerlo, Sam se interpuso entre las dos.

—Lo siento, pero no deberías.

—¿Por qué no?

—Los asusta demasiado.

—¿Qué quieres decir? Solo quiero abrazarla.

—Créeme, una de dos: o les da un susto de muerte, o no es suficiente y desean más. En cualquier caso, solo empeora las cosas. Por eso nunca los toco.

—Pero ¿no saben que somos nosotros? ¿No lo sienten?

—No, no pueden saberlo. Creen que tienen alucinaciones y acaban bebiendo demasiado o tomando Valiums.

—Pero parece tan disgustada...

—Nadie te impedirá que hagas lo que quieres hacer. Puedes abrazarla o besarla pero, con el tiempo, te darás cuenta de que hay formas mucho mejores de hacerle saber que estás aquí.

—¿Me las enseñarás?

—Claro, pero seguro que las descubres tú sola.

Tess retrocedió unos pasos y observó a Grace mientras terminaba de preparar la sopa. Sobre la encimera había algunos de los últimos ingredientes necesarios. Era la receta de la bisabuela Carroll, con abadejo, tocino, cebolla, puerros, zanahoria y medio litro de nata. Habían discutido una y mil veces sobre la cantidad letal de grasa del último ingrediente. Durante años, Grace había intentado cocinar platos más sanos, sobre todo por George, y a menudo escatimaba la nata. A Tess le parecía un sacrilegio. La llamaba «sopa sana», y ocupaba, junto con la Coca-Cola light, la cerveza baja en calorías y las dietas bajas en grasas, los primeros puestos en su lista de cosas que más detestaba. Cualesquiera que fueran las consecuencias, Tess estaba segura de que los momentos señalados bien se merecían un atracón de calorías y colesterol.

Tess oyó que se abría la puerta de la cocina. Era el padre Polkinghorne, que había mostrado un interés inusual por Grace desde la muerte de su marido. Como siempre, llevaba las prendas de más salida en la venta por catálogo: un jersey a cuadros azules, pantalones de pana de color marrón y mocasines cosidos a mano.

—Trabaja demasiado —dijo—. ¿Está segura de que no quiere que la ayude? Tengo muy buena mano para la cocina.

—Puede sacar los platos al salón.

Cuando Grace sacaba los cuencos de la vitrina, Tess vio clara su oportunidad. Corrió a los fogones, comprobó que nadie estuviera mirando y vertió el medio litro de nata en la olla. Después, la costumbre hizo que tirara el cartón vacío en el cubo que había junto a la puerta, pero impactó contra el borde y cayó al suelo.

Grace se volvió como una exhalación. Vio el cartón en el suelo y se acercó. Se agachó, lo recogió y meneó la cabeza.

—Debo de estar perdiendo la razón —murmuró mientras lo lanzaba a la basura.

De vuelta en los fogones, removió la sopa y se llevó la cuchara de madera a los labios. Deliciosa. Se acercó al frigorífico, sacó otro cartón de nata y vació la mitad en la sopa. Le dio otro par de vueltas, levantó la olla con las manoplas del horno y salió al comedor.

Tess y Sam la siguieron. El salón estaba lleno de amigos. Las damas de la Sociedad Benéfica para las Mujeres se habían acomodado en un rincón, mientras que Bony y los chicos del puerto bebían sidra en el otro. Fraffie Chapman y Myrtle Sweet, de la Comisión del Distrito Histórico, husmeaban en la entrada y examinaban los detalles arquitectónicos. *Las cuatro estaciones* sonaba con suavidad en el equipo de música, la televisión parpadeaba en silencio, y Bella Hopper, La Mujer que Escucha, esperaba paciente que alguien se decidiera a hablar.

Tess se paseó por la habitación y escuchó conversaciones que no le sorprendieron. Esos momentos siempre eran violentos e incómodos, y la gente solía hacer los comentarios más rocambolescos. Fraffie y Myrtle refunfuñaban sobre la alfombra de pelo largo —históricamente inaceptable— que cubría la escalera de la entrada. Myrna Doliber, la directora de la funeraria de repeinada melena negra, se había acomodado en el sofá con unos amigos y acababa de soltar otra de sus supersticiones: «Si tres personas se toman una fotografía juntas, la de en medio será siempre la primera en morir».

Entonces, con una voz monótona y forzada, Grace llamó a todo el mundo al comedor:

—Id pasando —gritó, de pie junto al aparador, mientras servía con paciencia la sopa en los cuencos.

Cuando hubo terminado, el padre Polkinghorne comenzó una oración:

—Te damos gracias, Señor, por la comida, cuando son tantos los que pasan hambre, por la bebida, cuando hay otros que tienen sed, por los amigos, cuando otros están solos. Y que la luz del Señor envuelva a nuestra querida Tess allí donde esté. Que el amor de Dios la abrace, que la fuerza de Dios la proteja, y que la presencia de Dios la vigile. Allí donde esté, Dios está con ella. Y tal vez nos la devuelva sana y salva.

—Amén.

Desde un rincón, Tess los observó mientras devoraban la sopa de su madre. A continuación llegaron los habituales elogios, y Grace no pudo contener una sonrisa.

—Vaya, ¡qué cremosa! —comentó Todd Tucker, el cortador de velas favorito de Tess—. ¿Ha echado la vaca entera?

—¿Sabías que los primeros pobladores de Marblehead,

en mil seiscientos veintinueve, hacían la sopa de pescado con bacalao joven? —comentó Fraffie, a nadie en particular.

Grace sonrió con educación. Era evidente que se esforzaba por mantener la compostura. Apretaba los labios y los ojos. Tras varias alabanzas más acerca de la sopa, Grace se desmoronó. Su frágil sonrisa se desdibujó y los ojos se le llenaron de lágrimas que se secó con un rápido movimiento de la mano.

Tess se moría de ganas de hacer algo, pero Sam le puso una mano en el hombro.

—No lo hagas. Antes o después tendrá que pasar por esto. No hay otra forma.

Entonces sonó el timbre y Grace corrió a la puerta, donde se encontró con la voluminosa silueta de Tink. Se agachó para darle un fuerte abrazo y la siguió hasta el salón. Los allí presentes guardaron silencio para escuchar las últimas noticias sobre la búsqueda.

—Ya ha regresado el último barco —comenzó—. Han encontrado más restos y basura. Puede que sea de algún barco pesquero. O puede que sea del *Querencia*.

—¿Aún no hay rastro de ella? —preguntó Bony—. ¿Ninguna señal de radio? ¿Ninguna bengala?

—De momento, nada. Pero mañana, con la primera luz del día, volveremos a salir y la encontraremos.

—¿Por qué esperar a mañana? —preguntó Grace—. ¿Por qué no salir ahora mismo?

—No serviría de nada. Está muy nublado y no hay luna. No veríamos un carajo.

—¿Cuánto tiempo crees que podrá resistir? —preguntó Grace.

—Tú la conoces mejor que nadie —respondió Tink—. Es una luchadora. No se rendirá antes de que la encontremos.

Tess miró con desesperación a Sam. Esa pobre gente se estaba aferrando a una falsa esperanza. Entonces el padre Polkinghorne se levantó del sofá, se alisó los pantalones y preguntó:

—¿Rezamos juntos otra oración?

—No —respondió Grace en un tono categórico—. Ya está bien de oraciones, por favor.

Caminó hasta la ventana, se secó los ojos y clavó la mirada en la lejanía.

Tess se acercó a ella. ¿Cómo no iba a calmarla que la tocara? Muy despacio, con cuidado, apoyó una mano en el hombro de su madre. Grace arqueó la espalda, se estremeció, se volvió a toda prisa y, con pánico en los ojos, corrió a reunirse con sus invitados.

—He sentido un escalofrío espantoso —dijo al padre Polkinghorne—. Como cuando murió George. Estaba segura de que la casa estaba encantada.

La tristeza se apoderó de Tess.

—No puedo seguir aquí —dijo a Sam—. Tengo que irme. Ahora mismo.

Salió corriendo bajo el cielo negro. Quería correr tanto y tan rápido como le fuera posible. No se había sentido tan impotente en toda su vida. No podía hacer nada por su madre. No podía hacer nada por sí misma.

Si al menos su padre estuviera vivo... En ese momento la asaltó un pensamiento aterrador: ¿Y si él había pasado por el mismo infierno y se había visto obligado a verlas sufrir? ¿Se había sentado en su silla durante aquellas angustiosas cenas en silencio? ¿Acaso los muertos sufrían con nosotros? ¿Sentían nuestro dolor?

A Tess siempre le habían dicho que iban a un lugar mejor donde los abrazaba la luz, que estaban con los ángeles. Pero ¿y si no era eso lo que sucedía en realidad? ¿Y si la pérdida era tan desgarradora para los muertos como para los vivos? ¿Y si el dolor no desaparecía nunca?

Tess bajó hasta el estanque y se dejó caer en una roca. Sam se sentó a su lado y, durante un rato largo, permanecieron en silencio.

—¿Siempre me sentiré así? —preguntó Tess al fin.

—No —respondió Sam—. Al principio estás bastante mal, pero eso cambia, ya lo verás.

—¿Cuál fue tu peor momento?

Sam lanzó una piedra al agua.

—Justo después del accidente. Charlie y yo estábamos juntos. Pasé mucho miedo. Charlie acababa de prometerme que siempre estaría conmigo y entonces, de repente, empezó a desaparecer. Me quedé solo en un lugar extraño que resultó ser el cementerio. —Se le quebró la voz—. Hasta más tarde no supimos qué había pasado. Estábamos juntos en este estadio intermedio, pero entonces el sanitario lo reanimó y me quedé solo. —Lanzó otra piedra. Plop—. Creí que no volvería a verlo. Estaba convencido de que era el final.

—¿Qué pasó después?

—Todo salió bien. Seguimos viéndonos cada día y jugamos al béisbol.

—Pero no es lo mismo.

—No. No es lo mismo. Pero hicimos una promesa.

—¿Y qué pasaría si tú...?

—¿Si yo rompiera la promesa? Imposible. Eso no va a pasar —respondió Sam, y dio una patada a la roca.

—Lo siento —se disculpó Tess—. Seguro que formáis un buen equipo.

Tess lo observó durante unos instantes y sintió una tristeza aún mayor. ¿Cuántos niños como él habría ahí afuera, en el éter, aferrándose a hermanos mayores que seguían vivos? ¿Cuántos maridos estarían flotando entre la vida y la muerte, anclados a sus esposas, aún en aquel lado? ¿Y cuántos millones y millones de personas habría en el mundo como Charlie, incapaces de separarse de sus seres queridos cuando ya habían desaparecido?

Permanecieron en silencio un rato más, escuchando el canto de las ranas toro. A lo lejos, rugió el motor de un barco. La noche era tan de verdad como lo había sido siempre. Tess oyó ruidos en el césped y se volvió para ver marcharse a los invitados. Después se apagaron las luces en la cocina y en el salón. A través de la ventana, vio la silueta de su madre subiendo por la escalera. La vio acercarse a la ventana de su habitación, acariciar a Bobo detrás de las orejas, mirar al exterior durante unos segundos, y al fin correr las cortinas.

Tess dobló las piernas y se agarró las rodillas. Ahora se sentía como una mota insignificante en el universo. Estaba perdida y tenía la apremiante necesidad de que la consolara la única persona que podía ayudarla a soportar esa noche solitaria.

24

Había cartas de navegación desplegadas por todas partes. Como también informes del Servicio de Meteorología y de la Administración Nacional Oceánica y Atmosférica. Provisto de regla y calculadora, Charlie intentaba decidir por dónde iniciar la búsqueda al amanecer. No le importaba que el superordenador de los guardacostas hubiera examinado los datos sobre las mareas, corrientes y temperatura del agua y hubiera concluido que las posibilidades de que Tess siguiera viva eran entre pocas y ninguna. En realidad, Charlie admitía que no había esperanzas, especialmente desde que el espíritu de Tess había aparecido en el cementerio. Sin embargo, seguía negándose a aceptarlo y solo de pensarlo le dolía el corazón, de modo que continuaba aferrándose a que existiera alguna otra explicación a los increíbles acontecimientos de las últimas veinticuatro horas.

Conocía muchas historias de milagros en el mar; marineros que habían sobrevivido durante días, semanas e incluso meses en botes salvavidas o agarrados a los restos del barco. ¡Caray!, el *Hornblower* había naufragado el verano anterior en Stellwagen Bank y cincuenta y cinco horas más tarde rescataron al patrón y a su familia, agarrados al borde del barco, manteniéndose a flote gracias a sus chalecos salvavidas, y atados entre sí con una manguera verde de cubierta. De acuerdo, allí el agua no estaba tan fría, pero Tess tenía un traje de supervivencia diseñado para resistir a temperaturas bajo cero. En teoría, lo llevaría puesto cuando su barco se hundió, de modo que podría seguir viva.

Los troncos de la chimenea habían quedado reducidos a ascuas. El reloj del aparato de vídeo indicaba que era casi medianoche. ¿Cómo era posible que se hubiera hecho tan tarde? Hasta entonces no había oído el azote de las ramas contra la ventana, pero de repente el ruido se volvió más intenso. Era extraño. El cementerio había estado en silencio toda la noche. Charlie se levantó, se alisó la camiseta, se ató el cordón del pantalón de chándal gris y se ajustó uno de los calcetines rojos de lana. A continuación se acercó a la puerta, la abrió y miró al exterior.

El corazón le dio un vuelco. Tess estaba de pie entre las sombras.

—Vaya, me alegro de verte —dijo mientras la tomaba de la mano y la hacía entrar en su casa. Tess le dedicó una mirada de profunda tristeza.

—Creo que me está pasando algo malo —dijo—. Ni siquiera he podido llamar a la puerta. Lo he intentado pero no he hecho ruido, así que he tenido que hacer que el viento agitara las ramas de los árboles.

Charlie se puso tenso. Tess estaba perdiendo su conexión física con el mundo. Era el primer indicio de que estaba desapareciendo, pero Charlie se resistía a creerlo. Cada una de sus facciones seguía tan perfecta como Dios las había hecho, y él no era capaz de detectar la más mínima señal de que Tess fuera un espíritu. La mayoría de los fantasmas tenían un brillo peculiar en los ojos y la piel luminosa. Sam brillaba cuando recibía la luz de un modo determinado y, en ocasiones, cuando se movía con rapidez, los límites de su cuerpo se volvían borrosos. En cambio, Tess estaba completa, con cada uno de sus ángulos y sus curvas. Se quedó de pie en mitad del salón en penumbra, observando el revoltijo de mapas e informes sobre el tiempo. Charlie se acercó a ella por detrás y le puso las manos en los hombros. Ella se estremeció, dio media vuelta y lo miró a los ojos. Era evidente que estaba asustada. Charlie trató de estrecharla entre sus brazos, pero ella se lo impidió.

—Ojalá pudiéramos, pero Sam dice que va en contra de las reglas.

—¿Sam? Ese diablillo...

—Dice que es arriesgado.

—Pues estoy dispuesto a asumir el riesgo.

La rodeó con las manos y la acercó a su cuerpo. La estrechó y notó que era blanda allí donde debía serlo. Estaba con él, entre sus brazos. Y no había lugar a dudas: Tess era real.

Cuando se soltaron, ella se acercó al voluminoso sofá de piel, se dejó caer en el centro y se cubrió con los cojines.

—¡Es que no puedo creer que me esté sucediendo esto! ¡No puedo!

—Cuéntame qué has hecho esta noche —dijo Charlie, y se sentó con cuidado a su lado.

—He ido a casa de mi madre con Sam —respondió—. No he podido aguantarlo. Era demasiado triste. No puedo creerme que esté haciendo pasar por esto otra vez a mi madre. —Se puso un cojín en el regazo—. El loco de mi amigo Tink cree que mañana me rescatará. Que Dios lo bendiga. Mi pobre madre se aferra a esa esperanza —dijo, y lanzó el cojín al suelo.

Charlie le pasó un brazo por el hombro y notó que no dejaba de temblar. Eso era difícil de explicar. Tess era un espíritu y, aun así, allí estaba, temblando entre sus brazos.

—¿Y tú? —preguntó—. ¿Dónde has estado esta noche?

—Bajé al puerto para ver qué estaba pasando. —Le acarició el pelo y los hombros—. Los guardacostas dicen que el *Querencia* se incendió. Han recogido trozos calcinados por los alrededores de Cape Ann. Creen que es imposible que hayas sobrevivido.

—¿Tú también lo crees? —preguntó Tess.

—No —respondió, intentando convencerse a sí mismo—. No lo creeré hasta que encontremos tu cuerpo.

Tess miró la leña encendida.

—Un incendio... —susurró. Pareció perderse en algún lugar durante un buen rato, pero entonces, de repente, un destello iluminó su mirada y exclamó—: Dios mío, Charlie. Creo que recuerdo lo que pasó...

Hacía una eternidad que el barco estaba boca abajo. En la cabina estaba oscuro como boca de lobo y las barreras contra inundaciones flotaban a su alrededor. Estaba empapada de combustible, ácido de batería y aliño para ensalada. El agua entraba con fuerza, pero no era capaz de determinar la cantidad ni a qué velocidad. Y, lo más aterrador, el barco no dejaba de hacer unos ruidos espantosos. El *Querencia* agonizaba. Tess rezaba para que su padre la rescatara de aquel suplicio. Era demasiado orgullosa para activar la radiobaliza o pedir ayuda por radio. No lo haría hasta que no le quedara otro remedio.

Entonces, de manera milagrosa, el barco se enderezó.

«Gracias, papá, dondequiera que estés...»

Tess temió que el barco se hubiera desarbolado al volcar. Se arrastró a través de la cocina, apartando cacharros y demás bártulos para abrirse paso. Se abrochó el traje, se colocó la máscara y subió por la escalera del tambucho. Cuando llegó a lo alto, se detuvo un momento a escuchar. Oía la fuerza de la tormenta, pero era necesario que comprobara el estado de las jarcias. Aguantó la respiración y abrió la escotilla.

La presión cambió al instante y Tess recibió el impacto de una fuerte ráfaga de viento acompañada de un golpe de mar. Se amarró a toda prisa a la línea de vida y salió a cubierta. El cielo y el mar se habían fundido en una gigantesca pared blanca y Tess tuvo la impresión de estar volando.

No estaba segura de poder mantener el equilibrio con

aquel vendaval, de modo que permaneció agachada mientras examinaba los daños que había sufrido su barco.

No cabía duda, el mástil había caído como un árbol derribado y en su lugar había tan solo un tocón astilloso de fibra de carbono. Los restos del palo, sujeto a la driza, se agitaban y golpeaban la embarcación como un ariete con cada sacudida de las olas. Tess sabía que tenía que soltarlos de inmediato o atravesarían el casco y el barco zozobraría.

El *Querencia* cabeceaba con violencia. Tess corrió al armario de la cabina y arrancó las tenazas de su soporte. Tuvo que hacer uso de todas sus fuerzas para cercenar el obenque y cortar la driza principal, dos foques y el *spinnaker*. Al instante, una ola gigantesca arrastró los restos del palo.

A continuación se agachó en el puente de mando y comprobó los controles.

¡Maldición!

El piloto automático estaba apagado. ¿Cuándo habría ocurrido? Con toda probabilidad, cuando se quedó sin electricidad. Apretó el botón para conectarlo de nuevo, pero seguía apagado. Lo intentó con el de seguridad. Tampoco funcionaba. No tenía alternativa: tendría que ponerse al timón y salir ella sola del apuro. Pero ¿dónde diablos estaba? Echó un vistazo a la brújula e intentó orientarse. Norte. Sur. Este...

Antes de que pudiera terminar, una ola alcanzó la cubierta trasera y empujó a Tess contra el timón. Se quedó sin aire y se inclinó hacia delante tratando de recuperar el aliento. Un ruido atronador procedente de lo más alto hizo que se incorporara de inmediato. Alzó la vista al cielo y vio un destello brillante y a continuación una maraña de relámpagos zigzagueantes que se extendió por todo el cielo formando una red. Incluso en plena vorágine, Tess admiró su belleza. Sin embargo, también sabía que el pararrayos había salido volando con el mástil, y con él su única protección.

Retrocedió hasta el tablero de instrumentos y trató de calcular su posición. Llevaba varias horas navegando sin rumbo.

Era difícil saber hacia dónde la habían arrastrado el viento y la corriente, pero estimaba que estaba en algún lugar entre...

Tess no terminó aquel pensamiento. El barco se elevó sobre el mar y Tess salió disparada hacia los guardamancebos. Patinó a lo largo de cubierta, chocó contra el candelero de acero inoxidable y sintió que el arnés de seguridad se le clavaba en las costillas. Quedó tendida de espaldas en el suelo, mirando fijamente la oscuridad.

Le dolía el costado y se preguntó cuánto tiempo aguantaría el barco tantas sacudidas. Se puso en pie, avanzó penosamente hasta el camarote y echó un vistazo en su interior. El agua ya se había tragado la litera y ascendía con rapidez.

La situación parecía casi irreal, pero en ese instante se dio cuenta de que debía abandonar el barco. Cualquier buen marinero sabía que había que esperar hasta el último momento y no subir a un bote salvavidas a menos que se hiciera para salir de un barco que estaba naufragando. De hecho, a lo largo de los años eran muchos los marineros que habían muerto por abandonar un barco que aún podía mantenerse a flote y saltar a un bote neumático que terminaría engullido por las olas. Tess tiró de la cuerda que estaba amarrada en la parte de atrás del puente de mando, el cilindro de anhídrido carbónico silbó y el bote comenzó a inflarse.

Solo tenía dos opciones: correr a la parte de abajo y activar la señal de socorro, o quedarse en cubierta y ponerse en contacto con los guardacostas a través del canal dieciséis, la frecuencia de emergencia. La radio del puente de mando era más rápida y, aunque parecía increíble, no había sufrido daños. Tess buscó el micrófono.

Antes de que pudiera decir «Mayday», sin que ningún trueno advirtiera de su presencia, un rayo alcanzó la cubierta del *Querencia*. Tess sintió la onda de calor de una explosión, después vio fuego a estribor, donde estaba el depósito de gasolina. Aun en plena tormenta, las llamas se alzaban varios metros en el aire.

De repente, el barco escoró violentamente a estribor, Tess perdió el equilibrio y sintió que toda la fuerza de su cuerpo impactaba contra el guardamancebos. Durante un instante, se quedó colgando cabeza abajo por encima del travesaño. A continuación notó que se rompía el cable de seguridad y que el arnés dejaba de tirar de su cuerpo. Ya no había nada que la mantuviera a bordo y comenzó a deslizarse por el embravecido océano.

En ese instante, arrastrada por las olas, se volvió a mirar su querido barco, y esas eran las últimas imágenes que recordaba: el *Querencia* envuelto en llamas y la blancura del mar y el cielo a su alrededor.

25

—¿Dejarías a Sam?

La pregunta de Tess se quedó suspendida sobre el resplandor de la chimenea. Tal vez estuvieran negando los hechos, o quizá se sintieran arrastrados el uno por el otro, pero habían abandonado el triste tema del naufragio y ahora soñaban en voz alta sobre cómo sería su vida juntos.

—¿Dejarías el cementerio? —dijo con el rostro hundido en el cuello de Charlie—. Quiero decir, ¿darías la vuelta al mundo conmigo? —Tess no podía creerse que preguntara aquello, pero ya no quería viajar sola. Quería estar con él.

—No me has visto en un barco —respondió Charlie—. Ten cuidado con lo que deseas.

—No bromees. Hablo en serio. —A continuación le hizo otra pregunta que le pareció demasiado directa—: ¿Piensas quedarte aquí para siempre con Sam?

Charlie le acarició el pelo.

—¿Te acuerdas de ese libro sobre el toreo del que te hablé? —Tess asintió—. Hay un pase que se llama «al alimón», en el que dos toreros desafían a un toro mientras sujetan los extremos de un mismo capote. Es un lance suicida a menos que lo hagan en perfecta armonía. Hay quien dice que solo dos hermanos conocen lo suficiente los pensamientos y los movimientos del otro para conseguirlo.

—Tú y Sam.

—No podría vivir sin él.

Charlie la besó con dulzura en la frente y Tess se sintió lo bastante segura para preguntar de nuevo:

—¿Y qué hay de nosotros? ¿Qué pasará conmigo y contigo?

Charlie la acercó más a su cuerpo.

—«Confía en tu corazón, si los mares se incendian...» —susurró, citando el poema que Tess había leído en el entierro de su padre.

—«Y vive por amor, aunque las estrellas avancen hacia atrás» —respondió ella.

—Eso es lo que quiero hacer con el tiempo que tengamos. —La besó suavemente en la mejilla y a continuación murmuró—: Ven conmigo.

Charlie se deslizó por el sofá y se levantó.

Tess se dio cuenta de que le hacía señas para que lo siguiera, pero no sabía qué hacer. Sobre la mesa de centro aún ardía una vela. El fuego de la chimenea se había apagado. La habitación estaba en silencio.

—Ven arriba conmigo —dijo Charlie—. No muerdo.

—No podemos —respondió Tess con tono otra vez triste—. Es imposible. Ni siquiera he podido llamar a lá puerta. En realidad, no estoy aquí.

—¿Notas esto? —preguntó antes de inclinarse y besarla en la comisura de un ojo.

—Claro que sí.

—¿Y esto? —preguntó de nuevo mientras le pasaba la mano por los hombros y la bajaba hasta el pecho.

—Sí.

—Aún estás en medio. Todavía no has cruzado al otro lado. Todo es posible.

—Muy hábil —comentó Tess—. ¿Es así como te llevas a la cama a los espíritus? —preguntó, y le dio un codazo en las costillas.

Charlie levantó la vela de la mesa y cruzó el salón.

—Por aquí —indicó.

Tess lo siguió a través de la oscuridad, por una escalera empinada y a lo largo de un pequeño pasillo hasta llegar a su habitación. Era pequeña y acogedora, con el techo abovedado y vigas a la vista. Una enorme cama artesanal ocupaba casi todo el espacio. Charlie dejó la vela sobre la mesita de noche.

En la penumbra, Tess pudo ver que Charlie se quitaba la camiseta y se metía en la cama. Por debajo de su pecho y estómago musculosos, los pantalones bajos de cintura le daban un aspecto muy provocativo. Una parte de Tess deseaba jugar a hacerse la dura y obligarlo a desplegar sus encantos. Era una respuesta automática tras años de experiencia y desengaños. Sin embargo, ese no era el momento de juegos. Era ahora o nunca.

—Dime la verdad —comenzó Tess—. ¿Has hecho algo así antes?

—¿Te refieres a acostarme con un espíritu en la segunda cita? —respondió, mostrándole su maravilloso hoyuelo.

—No te pases de listo, colega.

Tess se quitó el pasador y el pelo le cayó sobre los hombros. Comenzó a desabrocharse la camisa. Y entonces lo vio. El contorno de sus manos era más difuso. Tenía la piel más tenue. Incluso el contacto de la ropa le parecía diferente. Todo era menos sólido. Tardó un momento en asimilarlo, pero enseguida lo entendió.

Estaba comenzando a desaparecer.

La idea la llenó del terror más absoluto. Era, realmente, el final. Muy pronto se desvanecería por completo. No tenía sentido. Sam le había prometido que ella decidiría el momento. Y Tess había tomado una decisión: todavía no quería marcharse. Quería quedarse justo allí, con Charlie.

—Oye, ¿por qué tardas tanto? —preguntó Charlie.

—Tranquilo, muchacho.

No sabía qué hacer, pero allí estaba Charlie, esperándola

con los brazos abiertos. Así pues, terminó de desabrocharse los últimos botones de la camisa y se quitó los zapatos. Se lanzó sobre la cama y apagó la vela. No quería que la viera de ese modo. No quería que supiera que ya estaba ocurriendo.

A continuación se tumbó sobre él y sintió el calor de su cuerpo. Sus dedos se tocaron, Charlie le rodeó la cintura y las manos de ella le recorrieron el cuello. El beso fue largo, de conexión profunda, como una historia conocida de la que se sabe el principio, el nudo y el desenlace. Ambos se quedaron sin aliento, y después Charlie le besó la frente, la cara y los hombros.

Ahora las manos de Tess acariciaban el pecho de Charlie y sus dedos recorrían las suaves arrugas de lo que parecían cicatrices.

—¿Qué son estas marcas? —preguntó Tess.

—Las quemaduras de cuando el sanitario me reanimó.

Tess besó cada una con dulzura y a continuación siguió hacia abajo, deslizando los labios por el estómago y las caderas de Charlie; le desató los pantalones y se los quitó. Lo envolvió en un abrazo de gran calor y energía, y Tess hizo un nuevo descubrimiento: Charlie era el hombre más perfecto que hubiera tocado jamás.

No quería soltarlo, pero él le dio la vuelta y la tumbó de espaldas sobre la cama, le desabrochó los vaqueros y con un hábil movimiento, le levantó las piernas y se los quitó. Tenía una fuerza impresionante y muchísima intuición.

Charlie la manejaba como si fuera ingrávida, y Tess comenzó a tranquilizarse. Después de un beso prolongado, sus cuerpos se fundieron en un movimiento lento y suave, y sintió que Charlie la llenaba por completo. Por primera vez, Tess se dejó llevar y perdió la noción de dónde terminaba su cuerpo y empezaba el de él.

Cuando hubieron acabado, se quedaron abrazados con todas sus fuerzas. Tess tenía miedo de soltarlo. Se estaba aferrando al amor y a la vida. Charlie se recuperó muy pronto y enseguida retomaron el ritmo. En esa ocasión, Tess se sumió en un estado sublime que no había conocido ni siquiera en sus años más jóvenes y salvajes. Con chispas en cada sinapsis, energía en cada célula de su cuerpo, la sensación fue casi irreal, como el gozo con el que siempre había soñado y ya casi se había resignado a no sentir jamás.

Más tarde, con la cabeza de Charlie apoyada en su estómago, Tess sintió que se le llenaban los ojos de lágrimas que no logró contener.

—Por favor, no llores —le rogó Charlie.

—No puedo evitarlo. Quiero quedarme aquí contigo. No quiero marcharme.

—No te preocupes. No hay ninguna prisa.

Pero, en la habitación en penumbra, no había visto sus formas evanescentes. Tess le pasó la mano por el pelo y acarició su sinuosa espalda. Tiró de él hacia arriba una vez más. No quería desperdiciar ni un solo segundo. No había tiempo para dormir ni descansar pues, en lo más profundo de su alma, sabía que solo tenían esa noche.

«No hay ninguna prisa...»

«Hay que ver cómo nos mentimos», pensó Charlie mientras le besaba la nuca y recorría los músculos de su cuello, y bajaba por los hombros hasta llegar a los pechos. Le cubrió uno y luego el otro. Los sintió cálidos en las manos, y también en la boca.

Tess estaba allí —arqueándose y retorciéndose bajo su cuerpo—, pero sabía que ese éxtasis sería fugaz, y eso solo hacía que su deseo fuera aún más voraz. Le pasó la lengua por las costillas, le lamió el estómago y los costados, maravillado por sus curvas y rincones más ocultos. Le besó las protuberantes caderas, después los muslos, y Tess se retorció entre risas.

—No es justo —susurró ella.

—Todo es justo —respondió él.

Al principio, cuando ella se había tumbado en la cama y se habían abrazado, ambos lo habían sentido como un experimento misterioso. ¿Podrían llegar a sentirse, a hacer el amor? ¿Acaso era posible? Con desconfianza y cierta indecisión, habían unido sus cuerpos, como campos de fuerza, una ráfaga de fricción y energía, boca contra boca, mano contra mano.

Ahora, esta vez, mientras Charlie se deslizaba de nuevo en su interior, se unieron sin esfuerzo. La resistencia había desaparecido, al igual que la distancia. Sus cuerpos se fundieron de manera inesperada, y la sensación fue excitante y conmovedora.

Y así, dejando a un lado la imposibilidad de su unión, Charlie siguió empujando, una y otra vez, hasta que Tess desapareció por completo.

26

Los vientos alisios los mecían con suavidad en la hamaca. La bandera ondeaba en lo alto del mástil del *Catalina 400*. Habían echado el ancla en algún lugar de los cayos cercanos a la costa de Belice. Tess bebía de un coco acurrucada junto a Charlie. Le ofreció la pajita y él tomó un sorbo del dulce líquido, y después la besó en los labios y en el cuello. Aún olía a loción solar, a mar, y a ese aroma tan inconfundiblemente suyo.

Ahora estaba sobre él, moviéndose con brío, cubriéndolo de caricias. Seguían balanceándose y la hamaca se bamboleaba; el coco salió volando, chocó contra la cubierta y cayó al océano. Aún encima de él, Tess continuaba tirando, empujando, bailando al ritmo de una música interior.

Al principio fue rápido, pero pronto se tornó más lento. Cesó el balanceo de la hamaca. Sus rostros estaban juntos. Tess tenía la boca abierta. Mechones de cabello cubrían el pecho de Charlie. Ella tenía la respiración acelerada y emitía unos jadeos que parecían gemidos. Entonces Tess comenzó a moverse con mayor intensidad y se abrazó con fuerza al cuerpo de él. Sus caderas empujaban con más vigor. Lo agarró de la nuca.

—Te quiero —dijo Tess, con el sol y el cielo reflejados en sus ojos.

Justo cuando Charlie estaba a punto de declararle su

amor, oyó un ruido metálico. Levantó la cabeza y recorrió el barco con la mirada. Una bandera de Estados Unidos se agitaba en la popa. Estaban solos, pero volvieron a oír ese ruido, como si alguien estuviera golpeando una olla.

—¿Qué ha sido eso? —preguntó Charlie, pero Tess no respondió. Ahora tenía la mirada perdida. De repente, pareció encontrarse muy lejos de allí. Charlie intentó identificar el ruido. Entonces oyó una voz masculina.

—¡St. Cloud! ¡Charlie! ¿Hola?

Las palabras lo despertaron de su sueño. Abrió los ojos y rodó en la cama. Buscó a Tess a su lado.

Pero ella había desaparecido.

—¡¿Tess?!

Sintió una punzada en el corazón, se levantó de la cama de un salto y corrió a la ventana. Fuera, un manto plateado de lluvia cubría el cementerio. El jaleo debía de ser cosa de Tink, haciendo sonar la campana del poste. Un siglo atrás, el clamor era la manera más rápida de reunir a los sepultureros cuando llegaba un ataúd en un barco procedente de la costa norte.

—¡Está bien! ¡Para ya! —gruñó—. ¡Enseguida bajo!

Se volvió para coger la ropa de la silla. Y allí estaba.

Una nota sobre la almohada.

Mientras la desdoblaba, se le aceleró el pulso.

Mi querido Charlie,

Mientras escribo esta nota, apenas me veo las manos y me cuesta sostener el bolígrafo. Sé que cuando abras los ojos por la mañana ya no me verás. Por eso tengo que marcharme antes de que despiertes.

Siento irme sin despedirme, pero así es más fácil. No quiero que me veas pasar por esto... Solo deseo que recuerdes el tiempo que hemos pasado juntos.

Tenía esperanzas de quedarme más tiempo. Podríamos haber hecho tantas cosas... Me gustaría que hubiéramos cocinado más platos, que hubiéramos ido a algún partido —de los Patriots, por supuesto—, o incluso navegado juntos por el mundo. Pero jamás olvidaré cómo hiciste que abriera mi corazón y me sintiera más viva de lo que jamás habría creído posible.

Sam me dijo que yo decidía cuándo marcharme. Al parecer, no es así. Quería quedarme a tu lado, pero no es posible.

Odio tener que irme, pero tengo esperanzas sobre mi próxima etapa. No tengo miedo. ¿Sabes una cosa? Creo que estábamos destinados a conocernos. Me dijiste que todo ocurre por algún motivo, y aunque ahora para mí es un misterio, sé que no siempre será así.

Algún día estaremos juntos. Lo creo con toda mi alma. Hasta entonces, quiero que vayas detrás de tus sueños. Quiero que confíes en tu corazón. Quiero que vivas por amor. Y cuando estés listo, ven a buscarme. Estaré esperándote.

Con todo mi amor,

Tess

Charlie sintió un entumecimiento que se le extendió desde la punta de los dedos, por los brazos y a través de todo el cuerpo. Maldición. ¿En qué momento se había quedado dormido? ¿Cómo podía haberla dejado marchar?

Se vistió a toda prisa, dobló la nota y se la guardó en el bolsillo de la camisa. Tink seguía haciendo sonar la campana en el puerto. Charlie bajó la escalera y salió de su casa como una exhalación. Ni siquiera se detuvo a coger un abrigo. Atravesó corriendo las parcelas de hierba, esquivando estatuas y pisando charcos. Cuando llegó al puerto, Tink estaba que echaba humo.

—¡Joder, llevo esperándote veinte minutos! —gritó—. ¿Por qué has tardado tanto?

—Lo siento —respondió Charlie. La lluvia era fría, y abrigado tan solo con la camiseta, no dejaba de temblar.

—¿Estás listo? ¿Te has olvidado el abrigo?

—Ya es tarde —dijo Charlie.

—¿Tarde? ¿Para qué? Tú eres el único que ha llegado tarde.

—Ya no tiene ningún sentido —añadió, mientras gotas de lluvia le rodaban por la cara y los brazos.

—¿De qué estás hablando?

—Tess se ha ido.

—¿Es que Hoddy te ha telefoneado? Ayer por la noche eras tú quien decía que no podíamos rendirnos.

—Ya lo sé —admitió, secándose la lluvia de la cara—. Pero estaba equivocado.

—¿De qué diablos estás hablando?

—No la encontrarás ahí afuera. Ya no está.

—Maldita sea, St. Cloud, te has vuelto loco. —Tink encendió el motor—. Vete a la mierda. Me voy sin ti. Y muchas gracias por haberme hecho perder el tiempo.

Tink se alejó del muelle y siguió maldiciendo mientras se adentraba en el canal.

Charlie permaneció inmóvil, empapado por la lluvia. Se quedó mirando el barco de Tink mientras desaparecía entre la bruma. Sintió que, muy despacio, comenzaba a armarse de valor. Las fortificaciones emocionales se levantaban. Las defensas y los contrafuertes volvían a su sitio. Y, tal como había hecho durante los últimos trece años, se forzó a olvidarse del dolor.

Era lunes por la mañana. Empezaba la semana. Sus trabajadores llegarían pronto. Había tumbas que cavar. Arbustos que recortar. Lápidas que colocar. Y, al término de ese día, su hermano pequeño lo estaría esperando.

Nada había cambiado. Todo había cambiado.

27

Era un día deprimente, incluso para un entierro. Abraham Bailey, uno de los hombres más ricos de la ciudad, había muerto mientras dormía, y Charlie, abrigado contra el viento, estaba en la loma de la parte este, preparando su tumba. El bueno de Abc había llegado a los ciento un años. Según los cálculos macabros de los trabajadores del cementerio, eso significaba que el ataúd sería más ligero y, por tanto, el trabajo más fácil. Los centenarios no solían pesar demasiado.

Charlie se encogió de hombros al pensar en ello. Ese era el tipo de datos lúgubres que tendría que tener en cuenta el resto de sus días. Junto con las puertas de hierro y los muros de piedra, eran las tristes realidades que encerraba el cementerio, como el frío que flotaba en el ambiente. Charlie temía los meses gélidos que estaban por llegar, puesto que el cementerio era el lugar más frío de todo el condado. En verano, el mármol y el granito acumulaban el calor y hacían subir la temperatura, pero con la llegada del invierno, la lluvia y la nieve, las piedras retenían el frío y creaban un ambiente aún más helado.

Charlie realizó los pesados movimientos de memoria. Cavó el hoyo con veintiséis paladas justas de la excavadora. Cubrió la montaña de tierra con césped artificial. Instaló el descensor.

Con cada acción, recuerdos fragmentados estallaban en

su mente: los ojos de Tess, su risa, sus piernas. En la parte baja de la colina estaba el lago donde la había visto por primera vez. «¡Basta! Presta atención a tu trabajo —se ordenó—. Instala la carpa. Saca las sillas. Coloca las ofrendas florales.»

En el fondo, Charlie se sentía algo mareado, como si hubiera perdido el equilibrio o el ritmo. Su mundo de obeliscos y mausoleos parecía inestable y tuvo que apoyarse en la pala. Echó un vistazo al agujero de tierra y barro que había cavado. No era su trabajo más cuidadoso. Las paredes no estaban del todo niveladas, pero solo él sabía qué aspecto debían tener. Apartó algunos grumos de tierra suelta y alisó la superficie que rodeaba la fosa.

A continuación, sacó la podadera del coche. Había llegado el momento de domar algunos de los arbustos salvajes que tanto enfurecían a Fraffie Chapman y a la Comisión del Distrito Histórico. El viejo Charlie habría desoído sus quejas durante uno o dos años más, pero al nuevo Charlie todo le daba igual. No tenía sentido retrasarlo. Empezaría el trabajo antes del funeral del señor Bailey y después pediría a sus trabajadores que lo terminaran por él. Comenzó por las ramas más bajas de los arbustos, arrancó algunas hojas secas, los recortó unos centímetros por la parte superior y arregló los lados.

Entonces se detuvo.

Su voluntad se había hecho pedazos. Su fortaleza se había esfumado. Había perdido el ánimo.

La grabación de campanas de la Capilla de la Paz empezó a sonar. Charlie escuchó. Y recordó. Se vio paseando bajo la luna. Haciendo el amor a la luz de la vela. Las imágenes se sucedían y se mezclaban con la oscuridad de su mente y se desdibujaban en una masa gris como las nubes que cubrían el cielo. Durante trece años, se había habituado al dolor y a la dureza del trabajo en ese lugar, pero ¿podría seguir cavando y cortando el césped durante cuarenta años más? ¿De verdad quería pasarse la vida allí, para terminar enterrado cerca de su hermano con una desbrozadora de bronce a modo de monumento funerario? ¿Cómo podía seguir fingiendo que la vida era soportable sin Tess?

Entonces se fijó en un hombre corpulento que subía pesadamente por la colina, esquivando las tumbas. La luz de la tarde se filtraba a través de su cuerpo. Llevaba el cabello repeinado con fijador, pero el contorno de su uniforme de bombero estaba difuminado. Era Florio Ferrente, el bombero, y estaba desapareciendo.

—Saludos.

—Hola. Llevaba días sin verlo.

—He estado muy ocupado intentando cuidar de mi mujer y de mi hijo —respondió Florio.

Charlie apoyó la podadera en una estatua.

—¿Qué tal lo llevan?

—Bastante mal. Ha sido muy duro. Francesca no consigue dormir y el bebé no deja de llorar.

—Lo siento mucho.

—Tengo una pregunta para ti, Charlie. —Florio parecía veinte años más joven y diez kilos más ligero. Estaba listo para seguir su camino—. Necesito saberlo, Charlie. ¿Cuánto tiempo dura? Me refiero al dolor. Cuando Francesca sufre, también sufro yo. Es como si estuviéramos conectados.

—Lo están —respondió Charlie—, y durará hasta que usted y su familia se suelten. —Hizo una pausa—. Algunas personas lo consiguen antes que otras.

—¿Y qué me dices de ti? —preguntó Florio. Tenía la mirada seria—. ¿Crees que lo tienes todo resuelto?

—Supongo que sí. ¿Por qué?

—Por nada.

Florio miró a Charlie de arriba abajo, después se puso el sombrero y se lo ajustó. La luz se filtraba a través de él.

—¿Qué quiere decir? —preguntó Charlie.

—He pensado mucho —comenzó—. Durante toda mi vida fui a misa y leí el Eclesiastés. Ya sabes, el libro donde se dice que todas las cosas tienen su momento y que todo lo que se hace bajo el cielo tiene su tiempo. Tiempo de llorar y tiempo de reír, de amar y de odiar, de buscar y de renunciar. —Hizo una pausa—. Confía en mí, Charlie, la Biblia se equivoca. En la vida de un hombre, no hay un momento para todo. No todo tiene su tiempo. —Se le llenaron los ojos de lágrimas y se las secó con una mano temblorosa—. ¿Te acuerdas de las últimas palabras de mi entierro? El padre Shattuck dijo: «Descanse en paz». ¡Qué estupidez! No quiero descansar. Quiero vivir. —Meneó la cabeza—. Pero no habrá un tiempo para eso. ¿Entiendes lo que quiero decirte?

—Sí, lo entiendo.

Florio miró la extensión de césped cubierta de granito.

—Será mejor que me vaya.

—¿Está seguro de que no quiere quedarse?

—Sí —respondió Florio—. No pierdas de vista a mi familia, ¿de acuerdo? Vigila a Francesca y al niño.

—Se lo prometo.

Se dieron la mano y Florio tiró de él para abrazarlo. Hacía años que no lo abrazaba un hombre de ese tamaño. Cuando se soltaron, Charlie se fijó en el brillo de un amuleto de oro que colgaba del cuello de Florio y reconoció la figura grabada de Judas, patrón de los imposibles, con un ancla y un remo en las manos.

Florio lo agarró del brazo.

—Recuerda, Dios te eligió por una razón.

Acto seguido dio media vuelta y comenzó a alejarse; era una mole reluciente que desapareció entre los monumentos.

—¿Estás seguro de esto? —preguntó Joe *El Ateo* mientras introducía su ficha de trabajo en la máquina—. Son solo las tres de la tarde.

El resto de los muchachos hacían fila detrás de él en el jardín de servicio para fichar. Charlie los había convocado para anunciarles que podían tomarse el resto del día libre.

—¿Te molesta volver pronto a casa? —preguntó Charlie—. Estoy seguro de que podría encargarte alguna tarea.

—No. Está bien. Es solo que hoy seré el primero en llegar al Rip Tide. ¿Quieres venir?

—No, gracias —respondió Charlie.

—¿Estás bien, Chucky? —preguntó Joe—. No tienes muy buena cara.

—No me pasa nada. Hasta mañana.

Charlie sabía que no estaba disimulando bien su sufrimiento. No era propio de él dar el trabajo por terminado tan pronto un lunes, el día más movido de toda la semana. Por norma general, los lunes la gente solía morir de ataques al corazón. Los problemas coronarios solían llegar tras un fin de semana intenso, o por el estrés laboral de la semana que acababa de empezar. A primera hora de la tarde, las funerarias comenzaban a solicitar entierros. Era algo que sucedía en todos los cementerios del mundo.

Pero ese día Charlie dio el trabajo por terminado. No le importaba si las hojas de pedidos se quedaban sin rellenar ni que el boj y los tejos formaran una maraña.

Así pues, cuando el último de sus empleados hubo fichado al salir, Charlie condujo el coche hasta la cabaña junto al bosque. Fue directo a su sillón y se desplomó en él con media botella de Jack Daniel's. Se quedó mirando la pared que tenía delante, llena de los mapas y círculos que definían su vida.

Esa tarde el sol se pondría a las 6.29.

Tomó un trago y se sirvió otro. Eso tampoco era propio de él. Apenas bebía y, desde luego, nunca bebía solo. Pero quería que el dolor desapareciera. Apuró la segunda copa y se sirvió una tercera. Muy pronto su mente comenzó a nadar y a retorcerse entre pensamientos descabellados.

Estaba harto de cortar el césped. Estaba harto de cavar tumbas. La dicha de amar a Tess y la euforia de los últimos días habían hecho que se diera cuenta de lo mucho que había sacrificado y de las ocasiones que había desaprovechado a lo largo de los años. Era como si Sam no hubiera sido el único que había muerto en aquel accidente. Charlie también había perdido su vida.

Pensó en Sam y en su promesa. Al principio, su habilidad le había parecido el mayor de los dones. Pero ahora lo entendía. Tanto él como su hermano pequeño estaban atrapados en las sombras. Eran reflejo el uno del otro, se aferraban el uno al otro, se sujetaban entre sí para evitar descubrir qué les esperaba al otro lado de las enormes puertas de hierro.

Esa noche marcaba el final. No pensaba seguir esperando la puesta de sol para jugar a pelota con un espíritu al que adoraba. No pensaba seguir viviendo dentro de los límites de los círculos en el mapa. Y, sobre todo, no pensaba seguir solo.

Florio tenía razón. Le habían concedido una segunda oportunidad. Y la había desaprovechado.

Al principio, había atisbado la solución. Algo parecido le había pasado por la cabeza trece años atrás, cuando Sam había muerto. En aquel momento había desterrado la respuesta a los rincones más ocultos de su mente, que era donde consideraba que debía permanecer. Sin embargo, ahora la idea hacía una nueva y espectacular aparición. Y esa vez le parecía casi irresistible.

«Ven a buscarme», había escrito Tess en su nota. La respuesta estaba allí mismo, en la carta. Si no podían estar juntos en la tierra, ¿por qué no se reunía con ella en algún otro lugar? ¿Por qué no abandonaba este mundo para pasar al siguiente? Sería rápido. Pondría fin a todo el dolor. Y, lo más importante de todo, Tess y él estarían juntos para siempre. Además, podría llevarse a Sam al siguiente nivel y así seguir cumpliendo su promesa.

Tomó otro trago de whisky y sintió una quemazón en la garganta. ¿Era tan descabellado? ¿Acaso alguien lo echaría de menos allí? No. Su madre vivía en la otra punta del país con su nueva familia. Con toda probabilidad, ni siquiera advertiría que había desaparecido.

¿A qué estaba esperando?

Se levantó y se acercó a los mapas. Los arrancó de las paredes. Allí adonde se dirigía no los necesitaba. Ahora la habitación giraba a toda velocidad. Alargó un brazo para sujetarse a la lámpara, pero perdió el equilibrio y cayó con un ruido sordo. Se golpeó la cabeza contra el suelo de madera. Aturdido, se quedó allí tirado durante unos minutos y trató de apaciguar su descontrolada cabeza. Ni siquiera se acordaba de lo que había pensado hacía un momento. Veía borroso y las sienes le latían con fuerza.

Entonces, la idea volvió a su mente. Era la solución perfecta a sus problemas y solo había que responder a una pregunta:

¿Cómo se quitaría la vida?

28

Ven a buscarme...

Cuando Charlie despertó, vio las palabras justo delante de sus ojos, en la nota de Tess. Le dolía todo el cuerpo y tenía un espantoso sabor a alcohol en la boca. Rayos de luz centelleante entraban en ángulo por las ventanas. La sombría lluvia había cesado. Miró alrededor y vio el desorden en el suelo: mapas arrugados, tablas de puesta de sol rasgadas, la botella vacía de Jack Daniel's.

Se sentó y se frotó la cabeza. ¿Qué hora era? Miró el reloj que había sobre la chimenea. Las 5.35 de la tarde. Vaya, había estado inconsciente durante casi una hora. Lo último que recordaba era haberlo arrancado todo de la pared. Después debía de haberse desmayado.

En la semiinconsciencia, el resquicio de un sueño, seductoramente incompleto, se paseó por su mente. Estaba en el mar, durante una tormenta. Las olas eran altas y constantes. Estaba en un bote de los guardacostas. Y eso era todo. El resto quedaba fuera de su alcance. Intentó verlo con claridad, pero la memoria le fallaba. El whisky lo volvía todo borroso.

Recogió los pedazos de papel del suelo. Como si fuera un rompecabezas sencillo, recompuso las tres piezas de la carta de navegación que cubría la zona de la costa norte desde la isla Deer y Nahant alrededor del cabo hasta la isla Plum y Newburyport. A continuación unió los fragmentos que se extendían de la playa de Hampton hasta el cabo Elizabeth, la isla Boon y el cabo Porpoise incluidos.

Miró alrededor y descubrió, para su sorpresa, que un mapa había sobrevivido al ataque y estaba extendido a un lado, iluminado por un rayo de sol que bañaba las islas de Shoals. Una corriente de aire le acercó la hoja y Charlie se preguntó si sería cosa de Tess, que intentaba indicarle el camino. Recogió el mapa y lo estudió desde todos los ángulos. Mostraba el área comprendida entre Provincetown y la isla Mt. Desert, en Maine, y la zona desde Cape Ann hasta llegar a la bahía de Bigelow. Estudió los contornos del litoral y paseó el dedo sobre las pequeñas islas que se encontraban a unos ocho kilómetros de la costa.

Notó una subida de adrenalina y la resaca desapareció al instante. Su cabeza iba a mil por hora. ¿Había dejado Tess el mapa allí para que él lo viera? ¿Era un mensaje? ¿O tan solo la locura de un borracho?

Estrechó el mapa contra el pecho. De pequeño, había navegado hasta el último centímetro de las aguas que bañaban esa costa escarpada. Había explorado los nueve afloramientos rocosos de las islas de Shoals y había subido a lo alto del viejo faro de isla de White. Sabía dónde las aguas eran poco profundas y dónde se escondían los arrecifes cuando subía la marea, puesto que había salido a pescar por allí innumerables veces y había vuelto a casa con kilos de caballa y anjova.

«Ven a buscarme...»

Esas deshabitadas islas de la costa de New Hampshire y Maine no estaban en la zona de búsqueda de los guardacostas. De hecho, los primeros restos del barco habían sido rescatados a dieciocho millas náuticas al sur de Halibut Point, y el bote salvavidas había aparecido flotando aún más lejos.

Era increíble. Habían estado buscándola en el lugar erróneo.

¿Cómo podía haberse equivocado? ¡Qué idiota había

sido! Tess lo estaba esperando y él había desperdiciado todo un día.

Charlie se puso en pie de un salto y corrió al teléfono. Primero llamaría a Hoddy Show, y después alertaría a los guardacostas. Dios santo, tenían que hacerle caso. Tal vez no fuera demasiado tarde. Marcó los números y La-Dee-Da descolgó el auricular.

—Oficina del capitán del puerto, ¿en qué puedo ayudarle?

—Soy Charlie St. Cloud. Necesito hablar con Hoddy. Es urgente.

—Espere un momento, por favor.

—No puedo esperar...

Oyó el hilo musical. Mierda. No había tiempo que perder. Tenían que salir a buscarla de inmediato. Entonces planeó qué decir: tenía motivos para creer que Tess seguía allí. Su espíritu le había dejado una nota. Le estaba pidiendo que fueran a buscarla.

A continuación le llegó la voz áspera de Hoddy.

—¿Hola? ¿Qué es tan urgente, St. Cloud?

Charlie colgó el auricular. En realidad, era una ridiculez. Hoddy pensaría que había perdido el juicio, y tal vez fuera verdad. Una hora antes, había estado pensando en quitarse la vida.

Lo invadió una oleada de desesperación. Se acercó a la ventana. El sol comenzaba a ponerse por el cielo del oeste. No podía perderse su encuentro con Sam. Pero ¿qué debía hacer con Tess?

Estaba hiperventilando y la cabeza le daba vueltas. «Respira hondo —se dijo—. Piensa, Charlie, piensa.» Tenía que existir la manera de estar con los dos.

Entonces recordó la voz bronca de Florio: «Dios tenía una razón para salvarte. Tenía un propósito». Y «no te preocupes, hijo. A veces tardamos un tiempo en entender las cosas. Pero oirás la llamada. Cuando llegue el momento, lo sabrás. Y entonces, te sentirás liberado».

Quizá ese fuera su momento. Tal vez esa fuera la llamada. En ese instante, todo se volvió claro. Charlie supo exactamente qué debía hacer. Así que cogió el abrigo, salió corriendo y cruzó el cementerio como una exhalación.

IV

VIENTO REAL

29

La proa del *Horny Toad* se deslizaba entre las olas. Charlie
estaba en la torre del barco de pesca deportiva de ocho metros, dirigiéndolo hacia el ocaso. Los motores diesel gemelos
rendían a su máxima potencia y, en el puente de mando, Tink
rebotaba de un lado a otro, con la barriga bamboleante y el
pelo hecho una maraña y alborotado por el viento. Debajo,
en la cubierta posterior, Joe *El Ateo* tiritaba y estaba más so-
brio de lo que le habría gustado.

Cuando Charlie lo encontró por fin en el Rip Tide, estaba tambaleándose en un taburete, apurando el que debía de
ser su cuarto vaso de Jim Beam, y contando una historia a
nadie en particular. Eran las cinco y media y el lugar estaba
a rebosar de asiduos a la hora feliz: hombres de la ciudad
que acababan de salir del trabajo y pescadores recién llegados del mar.

—¡Charlie! —había gritado alguien—. Ven aquí, St. Cloud
—había dicho otro.

Charlie había sentido que lo sujetaban del hombro y tira-
ban de él hacia un banco en el que los chicos de la junta de Sa-
nidad compartían una jarra. Con un codazo, Charlie logró
zafarse y se abrió camino hasta la barra. Agarró el taburete de
Joe y le dio la vuelta.

—Necesito un favor —había dicho Charlie.

—¡Camarero! Otra ronda para mi amigo... —gritó Joe. Tenía los ojos inyectados en sangre y arrastraba las palabras.

—Necesito el *Horny Toad*.

Joe se había tambaleado y había gritado a los otros trabajadores del cementerio, al fondo del local:

—¡Eh, chicos! El jefe quiere mi...

Charlie lo había agarrado por el cuello de la camisa.

—No tengo tiempo para esto. Dime dónde está tu barco. Te lo devolveré mañana por la mañana.

—¿Vas a pasar fuera la noche y no me invitas a ir contigo?

—Dame las llaves. Si le pasa algo, te prometo que lo pagaré.

—¿Adónde vas? Quiero saberlo.

—Joe, por favor.

—La respuesta es no —había dicho, cruzando los tatuados brazos.

A Charlie se le cayó el alma a los pies. No tenía tiempo ni opciones. ¿Quién más iba a dejarle un barco a motor? En ese momento perdió el control; tiró de él con fuerza y sus rostros quedaron tan cerca que Charlie olió el bourbon y el tabaco. La sala se quedó en silencio.

—¡Maldita sea, voy a llevarme tu barco!

—¿Maldita sea? —bufó Joe—. ¿Con quién crees que estás hablando? No me vengas con tonterías, ¿quieres? —Nadie se movió. Los rostros de los dos estaban a centímetros de distancia. Entonces Joe rompió a reír—. Vamos, St. Cloud, salgamos de aquí. A dondequiera que vayas, yo voy contigo.

Joe había soltado el vaso en el mostrador, se había bajado del taburete y avanzaba a trompicones hacia la puerta. De camino al barco, Charlie había cogido su equipo para el mal tiempo de la parte trasera de su Rambler, mientras Joe rebuscaba en su Subaru y desenterraba una bolsa gigantesca de Doritos y una botella de medio litro de Old Crow.

En el puerto, Tink estaba atando las amarras con desánimo tras un día de búsqueda baldía. Lo único que había encontrado —fragmentos derretidos de fibra de vidrio y cojines carbonizados— eran un mal presagio de que el incendio del *Querencia* había destruido el casco.

—Tenías razón —había dicho Tink—. Es demasiado tarde.

—No, estaba equivocado —había respondido Charlie—. No lo es. Tess sigue allí afuera. Nos está esperando.

—¿Qué coño dices? ¿Me estás tomando el pelo? —Su rostro rebosaba ira—. No me jodas, St. Cloud. No estoy de humor.

—Hablo en serio, Tink. Creo que sé dónde está. Ven con nosotros. ¿Qué tienes que perder?

—La razón, pero probablemente ya la haya perdido...

Tink sacó la nevera y la bolsa de lona y entró de un salto en el *Horny Toad*.

Ahora, Charlie dirigía la proa a cincuenta y cinco grados, rumbo a la boya del mar de Gloucester. Avanzaban a veinticinco nudos, y si el viento seguía detrás de ellos, podrían alcanzar los treinta cuando se acercaran a la punta de Cape Ann. Charlie calculó que, a esa velocidad, tardarían una hora en llegar.

Y entonces ¿qué? Charlie sabía que había luna menguante y que la espesa masa de nubes enturbiaría el más mínimo resplandor. Pero no le importaba. Confiaba en su foco de luz a larga distancia y en las bengalas.

A estribor, un ruidoso transatlántico rumbo a la puesta de sol vibraba con la música y los gritos de la fiesta que tenía lugar en su cubierta superior. Cuando el *Horny Toad* pasó junto a él, dos juerguistas apoyados en la barandilla levantaron sus botellas de cerveza a modo de brindis silencioso.

Pronto dejaron atrás el tráfico de la costa, y Charlie empujó al máximo la palanca de aceleración.

—¿A qué viene tanta prisa? —preguntó Joe, aún medio atontado, mientras subía por la escalera—. ¿No creerás en serio que vas a encontrar a esa chica? —comentó, y le dio hipo—.

De hecho, te apuesto cincuenta de los grandes a que cavaremos la tumba de esa chica esta misma semana.

Charlie montó en cólera.

—¡Cierra la boca, borracho! —ordenó. No debería haberse llevado a Joe, pero era el precio que tenía que pagar para poder utilizar su barco, uno de los más rápidos del puerto.

—¡Vaya! Lo que me faltaba por oír —gritó Joe al cabo de un rato—. Tú tenías algo con esa chica, ¿verdad, Charlie?

—Déjalo ya, Joe. Por favor.

Charlie miró a Tink, consultó la brújula y dirigió el barco a los cuarenta y cuatro grados, hacia la boya de Cape Ann. Joe eructó, hizo un gesto de desprecio con la mano y se quedó refunfuñando. Charlie volvió la cabeza y vio las chimeneas de la PG&E* en Salem perdiéndose a lo lejos, entre la bruma. Una bandada de gaviotas argénteas seguía su estela. Después miró el reloj.

Increíble. Ya eran las 6.20 de la tarde. Se volvió hacia Tink y le dijo:

—¿Puedes ponerte al timón un momento?

—Claro.

Tink se acercó a él y lo sujetó con ambas manos. Charlie bajó por la escalera y se dirigió a popa. Se quedó allí un buen rato, mirando fijamente hacia el oeste. El agua y el mar se fundían en la penumbra, un pedazo de color gris contra el cielo. El sol ya había descendido por debajo del horizonte.

Charlie sintió que los ojos se le llenaban de lágrimas.

Era la primera vez en trece años que no jugaría al béisbol con Sam. Pensó en el campo escondido, donde el plato y el montículo seguirían tan vacíos como él se sentía en ese momento. Imaginó a su hermano pequeño allí, aguardando a solas en el columpio de madera. Solo esperaba que Sam lo entendiera...

* Pacific Gas & Electric, compañía administradora de gas y electricidad, que tiene una central térmica en Salem. (N. del E.)

La vista que se abría ante sus ojos estaba cambiando de color, como diapositivas en una pantalla. En el horizonte, gruesas pinceladas de color púrpura se mezclaban con franjas de azul y blanco. Intentó recrearse en la magnificencia del momento. Durante todos esos años, solo había visto desaparecer el sol entre los árboles del bosque. Recordó el álamo y los chopos negros recortados contra la luz, como los listones de una ventana o los barrotes de una celda. Ese era su marco de referencia, su única perspectiva del paso del día a la noche.

Ahora el mundo entero se abría ante sus ojos y Charlie contuvo el aliento ante la extraordinaria belleza que lo rodeaba. Respiró el aire húmedo y salado. Oyó los gritos de las gaviotas. Petreles y golondrinas de mar volaban cerca del agua. Y el cielo se disolvió una vez más en bandas de azul y gris, hasta volverse del todo negro.

Era de noche.

—Adiós, Sam —susurró.

El viento era frío, y la oscuridad engulló su despedida. A continuación subió por la escalera y regresó al puente de mando. Un poco más adelante, el cielo estaba tachonado de estrellas y Charlie tenía una única certeza. Tess estaba allí afuera, esperándolo, y no la defraudaría.

30

Estaban justo en medio de las islas de Shoals, entre Smutty-nose y las Star. Charlie alargó el brazo hacia el reflector y lo encendió. El haz de luz se deslizó por la oscuridad y rebotó en el agua. Lo hizo girar trazando un extenso círculo. Un pez volador pasó rozando la superficie.

Comenzaba una larga de noche de búsqueda desesperada.

Tink y él se turnaban al timón, recorriendo la extensión de agua, peinando el vacío con la luz, gritando hasta quedarse roncos. Joe se despertó sobre las tres de la mañana y gobernó el barco durante una hora mientras Charlie y Tink seguían buscando. Con cada barrido del reflector, con cada segundo que pasaba, crecía el desaliento. ¿Acaso se había equivocado al interpretar las pistas? ¿Sería todo producto de su dolor?

—Dame una señal, Tess —rogó—. Muéstrame el camino.

Solo había silencio.

A las 6.43, cuando amaneció, el este comenzó a encenderse con franjas naranja y amarillas. Sin embargo, para Charlie, la llegada del nuevo día solo significaba lo peor. Lo había arriesgado todo y había perdido. Sam habría desaparecido. Solo le quedaba su trabajo en el cementerio, cortando el césped y enterrando a los muertos. Había cambiado algo por nada, y solo él tenía la culpa.

Le dolía la espalda de hacer guardia. Le rugía el estómago

por falta de comida. Le dolía la cabeza tras una noche gritando a la oscuridad. ¿Qué más podía hacer? Buscó una señal por parte de Sam y se preguntó si su hermano pequeño estaría bien.

Entonces oyó a Joe, que resoplaba y gruñía mientras subía por la escalera.

—Lo siento. Debo de haberme quedado dormido. ¿Ha habido suerte?

—No.

—Bueno, has hecho todo lo que has podido —dijo, apartando a Charlie y poniéndose al timón—. Soy el capitán de este barco y digo que volvamos a casa.

—Dentro de nada tendremos luz —objetó Charlie—. Puede que ayer por la noche no la viéramos. —Se volvió hacia Tink—: Y tú, ¿qué dices? ¿Dónde deberíamos buscar ahora?

—Acéptalo, Charlie —intervino Joe—. Sé que tenías que hacerlo, pero Tess nos ha dejado.

—¡No! ¡Está viva! —Charlie estaba enloquecido. Su mente desesperada buscó ejemplos—: Hubo un marinero que pasó nueve días inconsciente en el mar de Bering, ¿te acuerdas de él? Salió en las noticias. Un ballenero japonés lo recogió y sobrevivió.

—Ajá —respondió Joe, que ya había dado media vuelta.

—El agua fría ralentiza el metabolismo —añadió Charlie, que apenas reconocía su voz—. Es el reflejo de inmersión de los mamíferos. El cuerpo sabe cómo paralizar todas las funciones salvo las vitales. —Era lo único a lo que podía aferrarse—. ¿Te acuerdas de esos escaladores que subieron el Everest hace unos años? Estaban a más de ocho mil metros de altura, en la zona de la muerte. Se perdieron, se quedaron congelados y entraron en coma. Pero lograron sobrevivir.

—¿Es que te has vuelto loco? —preguntó Joe—. Tuvieron suerte, eso es todo.

—No fue suerte. Fue un milagro.

—¿Cuántas veces tengo que decirte que los milagros no existen?

Joe empujó la palanca del acelerador y el barco salió disparado hacia casa. Charlie supo que se había terminado. Anonadado, bajó la escalera hasta la popa, donde se desplomó en uno de los bancos y ahogó sus pensamientos en el zumbido del motor.

Mientras observaba la estela que dejaban atrás, el sol ascendió hasta lo alto del cielo, bañando el océano con su suave resplandor. Pero Charlie sintió un doloroso frío en su interior. Le temblaban los dedos, sentía escalofríos, y se preguntó si alguna vez volvería a entrar en calor.

31

Sam era viento.

Sopló sobre el Atlántico, rozando las crestas de las olas, deleitándose en una sensación maravillosa. Liberado de la zona intermedia, la extensión de su nuevo campo de juego era impresionante e infinita: el universo, con sus cuarenta mil millones de galaxias y todas las otras dimensiones más allá de la conciencia o la imaginación. El descanso eterno por fin le había traído la libertad. Libre de las restricciones de su promesa, había pasado al siguiente nivel, donde podía adoptar cualquier forma.

Sam era ahora un espíritu libre.

Pero aún le quedaba algo que hacer en la tierra. Cruzó la proa del *Horny Toad* y se paseó junto a su hermano, tratando de captar su atención, aunque en vano. Otra vuelta alrededor del barco y otra suave ráfaga que agitó la bandera de Estados Unidos en el mástil alborotó el pelo de Charlie y se coló por debajo de su chaqueta, pero, de nuevo, sin resultado. A continuación pulsó las cuerdas tensoras del barco, lo cual produjo un sonido agudo e inquietante, pero Charlie no oyó ni una sola nota.

La noche anterior, Sam se había enfadado con Charlie, pues se había sentido traicionado por su precipitada salida del cementerio. Al atardecer, había dado vueltas por el Bosque de las Sombras, esperando durante horas y horas. Había sentido el dolor de la soledad cuando la luz violeta se difuminó en el cielo y su escondite se quedó a oscuras. El enfado comenzó a crecer en él cuando se dio cuenta de que su hermano mayor lo había plantado por una chica, rompiendo así su promesa.

Entonces lo asaltó una idea asombrosa. Hasta ese momento nunca había pensado en seguir su camino. La vida en esa zona intermedia —haciendo diabluras en Marblehead y jugando a béisbol al atardecer— siempre había sido lo bastante buena para él y para Oscar. Pero Charlie sabía más que él. «Confía en mí», solía decir; y si su hermano mayor estaba dispuesto a arriesgarlo todo y a aventurarse a salir al mundo, tal vez él debería hacer lo mismo.

Y así, sin trompetas ni fanfarria —sin un rayo de luz cegadora ni coro de ángeles—, había pasado al siguiente nivel. La transición había sido suave y fluida, como el lanzamiento de una bola rápida.

Su abuelo «papá de papá» estaba allí para recibirlo, junto con Barnaby Sweetland, el antiguo encargado de Waterside, y Florio Ferrente, quien le dio un fuerte abrazo y se disculpó profusamente por no haberle salvado la vida. «Aquellos a quienes aman los dioses, mueren jóvenes», había dicho. «*Muor giovane coluiche al cielo è caro.*»

De ese momento en adelante, todo había cambiado para Sam. Desaparecieron las preocupaciones propias de un chico de doce años, como besar a las chicas o jugar con videojuegos. Se esfumó el dolor y la pena por una adolescencia robada. En lugar de todo eso, lo invadió la sabiduría que dan los años, el conocimiento y la experiencia que no había adquirido al perder la vida tan joven. Con esa nueva perspectiva, más que nunca, Sam deseaba consolar a su hermano y asegurarse de que todo le fuera bien.

Así pues, volvió a cambiar de forma y se convirtió en uno de los gigantescos nimbos que se habían formado encima del barco. Si Charlie se hubiera molestado en levantar la vista, habría reconocido la cara de su hermano entre las ondulaciones y rizos de una nube.

Sam se daba cuenta de que Charlie estaba sumido en el dolor. ¿Cómo podía hacer que cambiara de rumbo? ¿A través de Joe y de Tink? No, ellos también estaban absortos en sus pensamientos: Joe fantaseaba con gastarse el dinero a lo loco si le tocaba la lotería, y Tink intentaba decidir qué diría a la madre de Tess. Los tres eran almas tristes, pensó Sam.

De algún modo, como fuera, Sam tenía que conseguir que Charlie reparara en él. Así pues, hizo acopio de todas sus fuerzas y volvió a metamorfosearse.

De repente, un viento del nordeste le alborotó el flequillo, que le rozó los ojos y después volvió a levantarse hacia atrás. De manera abrupta, cambió de rumbo, y convertido en un viento del suroeste, empujó las olas en una nueva dirección. Las gaviotas comenzaron a graznar. Sumido en sus pensamientos, Charlie no prestó atención hasta que una refrescante salpicadura de espuma del mar lo golpeó en la cara.

Con los ojos entrecerrados por el escozor, observó que el mar estaba agitado y que el viento soplaba con fuerza. Se puso en pie y subió por la escalera a toda velocidad hasta la torre, donde Joe se esforzaba por mantener el rumbo y Tink estudiaba las cartas náuticas.

—¿Necesitáis ayuda? —ofreció Charlie con impaciencia.

—Claro —respondió Joe—, ¿por qué no gobiernas un rato mientras echo una meada?

—De acuerdo.

Charlie agarró el timón y clavó la mirada en las blancas crestas de las olas y en sus salpicaduras al tiempo que redirigía el rumbo del barco ante el mínimo cambio en la dirección del viento. Muy pronto, a lo lejos comenzó a formarse una silueta irregular y pequeña, que apareció envuelta en una bruma gris. ¿Qué era? ¿Un barco? ¿Una isla?

De súbito lo vio claro.

Era un afloramiento bajo el agua. Charlie ojeó las cartas. Cuatrocientos metros al sudeste de la isla de Duck estaba Mingo Rock. A través de los prismáticos, observó sus pendientes erosionadas y su superficie salpicada de algas y guano. El barco daba botes, y Charlie tuvo que hacer un esfuerzo para no perder de vista el peñasco. Durante un instante, antes de escorar contra una ola, creyó ver una mota de color. Con obstinación, volvió a mirar a través de los prismáticos.

Entonces vio algo verdaderamente extraordinario: una mota naranja, el color inconfundible de los trajes de supervivencia. El corazón le dio un vuelco.

—¡Mira! —gritó, y pasó los prismáticos a Tink.

—No es posible —respondió Tink.

—Virgen santísima —exclamó Joe, que acababa de regresar.

Charlie empujó la palanca del acelerador al máximo y, mientras el barco rugía en dirección al peñasco, tres palabras le vinieron a los labios: «No te rindas...».

Los ensordecedores rotores del helicóptero Jayhawk de los guardacostas bañaban de viento y agua Mingo Rock. Un socorrista se deslizó por la soga sentado en un arnés y aterrizó en el saliente donde Charlie mecía la cabeza de Tess, que iba apoyada en su regazo y cubierta con su chaqueta para que no se mojara. Aún llevaba el traje de supervivencia e iba amarrada con una cuerda a un contenedor hermético de aluminio. Una lancha provisional, pensó Charlie: era probable que hubiera flotado sobre él hasta que encontró ese peñasco y de algún modo consiguió arrastrarse hasta él.

La euforia se desvaneció de inmediato cuando comprobó el estado en que se encontraba. Tenía la piel azulada. Sus pupilas eran del tamaño de cabezas de alfiler. Presentaba una contusión en la parte posterior de la cabeza. No tenía pulso.

Había llegado demasiado tarde.

Cuando el socorrista abrió el equipo de emergencia, Charlie se asustó. El hombre no malgastó ni una palabra; se limitó a hacer su trabajo con rapidez y eficacia. En ese árido lugar, gris y frío, Charlie se fijó en los ojos azules y las mejillas sonrosadas del hombre. Conocía bien a los tipos como él. Se había formado con ellos como sanitario. Los llamaban «airedales», una raza de elite. Charlie siempre había soñado con formar parte de ese grupo y hacer frente a peligros para salvar vidas.

—Tiene hipotermia —dijo Charlie—. Llevo veinte minutos con la reanimación cardiopulmonar.

—Muy bien. Continuaremos a partir de aquí.

Con destreza y cuidado, empezó a cortar la cuerda atada a Tess, y Charlie se quedó admirado de su habilidad. Cualquier movimiento brusco de los brazos o piernas de un paciente con hipotermia severa podría inundarle el corazón de sangre venosa fría de las extremidades y provocar un paro cardíaco.

A continuación, el socorrista comunicó por radio al helicóptero que ya había terminado y enseguida le lanzaron una camilla rígida de salvamento.

—¿Adónde la lleváis? —preguntó Charlie, rezando para que respondiera que a un hospital, y no a la funeraria.

—Al servicio de urgencias del North Shore. Tienen el mejor equipo de la zona para tratar la hipotermia.

Charlie observó al socorrista mientras colocaba a Tess en la camilla y le ataba el arnés. Enganchó su cinturón a la soga, levantó los pulgares a su compañero encargado de subirlos, y pronto comenzaron a alzarse sobre el peñasco. Charlie se quedó mirando la estela que dejaba la hélice ensordecedora mientras la cesta ascendía balanceándose y por fin entraba en el helicóptero. Acto seguido, el Jayhawk se inclinó y se alejó por el oeste.

Las olas rompían contra el peñasco y las salpicaduras le

irritaban los ojos. Observó el helicóptero blanco y naranja perderse en la distancia y notó que se le nublaba la vista. Estaba solo en una roca del Atlántico, pero ahora tenía una pizca de esperanza. Entrelazó las manos congeladas, cerró los ojos y rezó a san Judas.

32

Charlie odiaba los servicios de emergencias. No era ver a esas personas enfermas e inquietas lo que le molestaba. Se sentía incómodo por lo que no podía ver pero siempre percibía. Su don jamás se había manifestado fuera del cementerio, pero sabía que en el hospital había espíritus que rondaban cerca de sus familiares o paseaban por los largos pasillos. En el mundo de los vivos, la sala de urgencias era el apeadero, el equivalente en la tierra a la zona intermedia.

¿Estaría el espíritu de Tess allí en ese momento?, se preguntó mientras esperaba sentado en una dura silla de formica y escuchaba el burbujeo de la pecera que tenía enfrente. ¿Estaría flotando en la neblina fluorescente de la sala de espera? Charlie cerró los ojos para descansar, pero su cabeza no dejaba de dar vueltas. Había pasado las dos últimas horas en una carrera frenética y desesperada por encontrar a Tess y averiguar su estado de salud. Los médicos aún no habían salido del quirófano y sus amigos del servicio de enfermería tampoco sabían nada. Tink estaba sentado en el otro extremo de la sala. Sus gruesos dedos no dejaban de teclear en su pequeño móvil; estaba marcando los número de teléfono de gente de Marblehead, avisándoles de que Tess estaba en el hospital.

Charlie intentó tranquilizarse, pero en su cabeza seguía dando vueltas a la regla de tres, que había aprendido cuando se formó como sanitario. En situaciones desesperadas, la gente puede vivir tres minutos sin oxígeno, tres horas sin calor, tres días sin agua, tres semanas sin comida. De modo que Tess aún tenía una oportunidad de salir adelante.

También sabía que los pacientes con hipotermia severa solían parecer muertos. Repasó las principales señales: el corazón se ralentizaba, los reflejos desaparecían, los cuerpos se ponían rígidos, no se detectaba el pulso, las pupilas estaban arreactivas. Los médicos lo llamaban estado de muerte aparente o hibernación, el estadio fisiológico entre la vida y la muerte. Y por eso los médicos de urgencias no desahuciaban a un paciente con síntomas de congelación hasta haber intentado calentarle el cuerpo, la sangre y los pulmones. «Nadie está muerto si no está caliente y muerto», solían decir.

En el mejor de los casos, podía considerarse que Tess estaba aún en la zona intermedia y podía volver a la vida, igual que Florio había logrado resucitar a Charlie en la ambulancia. El primer paso era proporcionarle oxígeno a una temperatura de 41 °C. Sin duda, los socorristas de los guardacostas le habían hecho inhalar aire caliente para estabilizarle la temperatura del corazón, los pulmones y el cerebro. A continuación, le habrían aplicado almohadillas térmicas en la cabeza, el cuello, el tronco y las ingles para aumentar su temperatura interna. Después le habrían administrado fluidos calientes por vía intravenosa para tratar la deshidratación severa.

Una vez en el hospital, habría comenzado la delicada tarea de calentarle el cuerpo para evitar el daño celular, infundiéndole una solución salina en el estómago, vejiga y pulmones o utilizando una máquina corazón-pulmón que le extrajera la sangre del cuerpo y la calentara, para que después una bomba volviera a introducírsela.

Pero ¿por qué tardaban tanto en salir del quirófano? Tal vez no tuviera solo hipotermia. Quizá la lesión en la cabeza fuera más grave de lo que él imaginaba. Los pensamientos de Charlie se vieron interrumpidos cuando la puerta giratoria dio una vuelta y un vagabundo entró en la sala tambaleándose. Tenía la camiseta ensangrentada, por lo que Charlie dedujo que le habrían disparado o apuñalado en el hombro.

En ese momento las puertas volvieron a girar y Charlie vio a la madre de Tess. La reconoció al instante por su rostro ovalado y la forma de la nariz. Charlie se levantó de un brinco.

—Señora Carroll, siento mucho no haber encontrado antes a Tess.

La mujer meneó la cabeza.

—Dios te bendiga por haberla encontrado —dijo, y alargó una mano para agarrarlo del brazo—. Por favor, llámame Grace.

—Yo soy Charlie. Charlie St. Cloud.

—St. Cloud. Eres un ángel caído del cielo —dijo. Tink se acercó a ella y la rodeó con un brazo.

—¿Le han dicho algo los médicos sobre su estado? —preguntó Charlie.

—No. Llegué diez minutos después de que el helicóptero hubiera aterrizado y los guardacostas no me dijeron nada. —Miró a Charlie a los ojos—. ¿Cómo estaba cuando la encontraste? ¿Estaba herida? ¿Te dijo algo?

En ese instante, Charlie se dio cuenta de que Grace no sospechaba la gravedad de la situación. De repente, sintió que regresaba a Mingo Rock, con Tess inerte entre sus brazos. Había pronunciado su nombre una y otra vez, le había rogado que despertara. Le había dicho que en Marblehead todos esperaban su regreso. Pero ella no lo había oído. Estaba muerta. Ni un leve parpadeo, ni un temblor en los labios, ni un movimiento de la mano.

—Estoy segura de que Tessie aún sigue con la idea de salir a navegar alrededor del mundo esta semana —comentó Grace con una sonrisa forzada.

Antes de que Charlie pudiera responder, las puertas de la sala de emergencias se abrieron y apareció una enfermera. Era

Sonia Banerji, una vieja amiga del instituto. Llevaba un uniforme azul claro y la negra melena recogida en una larga trenza.

—¿Señora Carroll? Acompáñeme, por favor. Los médicos la están esperando dentro.

—Oh, estupendo —exclamó Grace.

Charlie, sin embargo, estaba totalmente destrozado. Sintió que se le encogía el estómago. A lo largo de los años había aprendido a leer las señales que se daban en urgencias. En primer lugar, los médicos siempre salían a dar las buenas noticias, pero enviaban a las enfermeras a llamar a los familiares cuando las cosas habían salido mal. En segundo lugar, los familiares pasaban a ver a los enfermos cuando todo iba bien. Se reunían con los médicos a puerta cerrada cuando las noticias eran malas.

—¿Cómo está Tess? —preguntó Grace—. Dímelo, por favor.

—Por aquí, por favor —dijo Sonia—. Los médicos tienen toda la información.

Grace se volvió hacia Charlie.

—Vamos, ven conmigo. Tú también, Tink. No pienso entrar ahí sola.

Los tres cruzaron la puerta de urgencias y Sonia los condujo a una sala de consultas.

Dos doctoras jóvenes los estaban esperando. La primera comenzó con las presentaciones y las cortesías de rigor. Charlie la observó con atención en busca de pistas. Su rostro expresaba compasión, pero tenía tensos los músculos del cuello. Los miraba de hito en hito, pero la mirada parecía lejana. Charlie reconoció el patrón. La mujer intentaba distanciarse. Siempre era así. Los doctores y los sanitarios no podían implicarse emocionalmente.

La otra doctora profundizó en los hechos. Hablaba con voz entrecortada.

—Tess ha sufrido un traumatismo craneal grave y una hipotermia severa. Su estado es de extrema gravedad. No es capaz de respirar por sí misma. Ahora mismo está conectada a un respirador.

Grace se llevó una mano a la boca.

—Les puedo asegurar que no sufre —dijo la doctora—. Está en un coma profundo. No responde a ningún estímulo. Medimos todos los parámetros con la escala Glasgow. Quince es el valor normal. Tess está en un nivel cinco. Es una situación muy grave.

Grace temblaba y Tink la rodeó con un brazo.

—¿Qué va a pasar? —preguntó Tink—. ¿Despertará?

—Nadie conoce la respuesta a esa pregunta —dijo la doctora—. Está en manos de Dios. Lo único que podemos hacer es esperar.

—¿Esperar a qué? —preguntó Grace—. ¿Es que no pueden hacer nada?

—Es una mujer muy fuerte y sana —comenzó la doctora—, y es extraordinario que haya sobrevivido durante tanto tiempo. Pero el traumatismo craneal era grave y estuvo expuesta a los elementos durante mucho tiempo. —La doctora hizo una pausa y miró a su colega—. En teoría, existe una posibilidad de que sus heridas sanen por sí solas. La literatura médica recoge casos de pacientes en coma que no tienen explicación. Pero creemos que es importante ser realistas —dijo, y en voz baja, añadió—: Las probabilidades de recuperación son remotas.

Mientras asimilaban esas palabras, se produjo un largo silencio. Charlie sintió que el suelo se hundía bajo sus pies. Entonces la doctora dijo:

—Si quieren verla unos minutos, ahora es un buen momento.

33

—Dimito.

Era una palabra que Charlie jamás imaginó que pronunciaría, pero le sorprendió lo fácil que le resultó hacerlo. Estaba en el arcén de la avenida A, el carril de asfalto que dividía Waterside. Elihu Sweet, el director del cementerio, había estado dando vueltas por el recinto en su Lincoln Continental y se había detenido a ese lado de la calle. Desde su amplio asiento delantero, miraba a Charlie a través de la ventanilla abierta.

—¿Estás seguro de que no quieres reconsiderar tu decisión? —preguntó.

—Estoy seguro.

—¿Qué me dices de un aumento del cuatro por ciento? Creo que podría conseguir que el ayuntamiento lo aceptara sin problemas.

—No es por el dinero —respondió Charlie.

—¿Y con una semana más de vacaciones? Seguro que también podría arreglarlo.

—No, gracias. Ha llegado el momento de que me marche.

Elihu frunció el entrecejo.

—Tal vez cambies de opinión —dijo mientras se quitaba con cuidado el guante de látex y sacaba una diminuta mano por la ventanilla—. Siempre tendrás un lugar si decides volver.

Tras el efusivo apretón de manos sin protección, Charlie sonrió.

—Espero que pase mucho tiempo antes de que me traigan aquí.

Acto seguido subió a su coche y se alejó por el camino, deteniéndose de vez en cuando para ajustar el cabezal de un aspersor o para recortar las ramas de un seto piramidal. Las flores le parecían más radiantes; las inscripciones, incluso las de las lápidas más antiguas, se leían con mayor nitidez, como si alguien hubiera encendido la luz.

Era viernes, el día de la semana que dedicaba a trabajar en los monumentos. Los chicos estaban en el campo, limpiando y arreglando lápidas. En Waterside eran 52.434, y las había de todas formas y tamaños. Mármol de Italia. Granito de Vermont. Literalmente, millones y millones de dólares invertidos en piedra y recuerdos. Charlie esperaba que algún día también lo recordaran a él. Por haber sido un buen hermano. Por haber encontrado a Tess. Por haber hecho algo con su vida.

Había decidido que su último día fuera como cualquier otro, de modo que realizó todas las tareas, hizo las rondas y se reunió con sus compañeros para despedirse de ellos. Joe *El Ateo* lo abrazó con fuerza y le confesó que se estaba replanteando su relación con Dios. También le dijo que el *Horny Toad* estaría disponible las veinticuatro horas del día para rescatar a cualquier damisela en peligro. Cerca de la fuente, Charlie se encontró con Bella Hopper, La Mujer que Escucha.

—Todo el mundo habla de lo que hiciste —dijo—. Ya sabes, salir ahí afuera y encontrar a Tess. No te rendiste en ningún momento. Es increíble. Eres el nuevo héroe de la ciudad.

—Gracias, Bella, pero no hay para tanto.

—Deberíamos hablar de eso algún día. Cuando te apetezca, estoy a tu entera disposición. Además, con tarifa de amigos y familiares.

Charlie recorrió el recinto una última vez, satisfecho por lo sereno y arreglado que estaba el cementerio. Después, de vuelta en la cabaña, metió las pocas cosas de valor que poseía en una bolsa de lona, guardó sus libros y cintas preferidas en otra, dobló las camisas azules de Waterside y las dejó en la cómoda, secó algunos platos y sacó la basura. Dejaría los muebles que había heredado de Barnaby Sweetland para el próximo inquilino. Descolgó las llaves del gancho, dejó las bolsas en el escalón de entrada y cerró la puerta. A continuación metió su equipaje en el coche y se dirigió al norte.

Tomó las curvas de memoria, derecha, izquierda, medio círculo alrededor del lago, y desde allí condujo hacia el pequeño mausoleo de la colina, protegido por dos sauces. Las motas del mármol resplandecían, y el par de bates de béisbol tallados le daban un aire señorial. El liquen había crecido alrededor del nombre cincelado en el dintel:

St. Cloud

Charlie bajó del coche, sacó una llave maestra de aspecto antiguo de la guantera y abrió la puerta. En la penumbra, se sentó sobre el pequeño sarcófago y balanceó las piernas. Jugó a atrapar la bola en el guante. Entonces, sonrió al ángel azul de la vidriera de colores y los dejó en la suave superficie de mármol de Carrara. Justo donde debían estar.

El sol se estaba poniendo y Charlie supo que había llegado la hora de irse. Cerró el mausoleo y se quedó mirando el puerto a sus pies. Dios, cuánto echaría de menos a Sam y sus diabluras. En ese momento se levantó viento, los árboles del bosque comenzaron a temblar y cayó una cascada de hojas de roble cobrizas que revolotearon frente a Charlie y después salieron volando.

Sam estaba allí, Charlie lo supo enseguida. Su hermano estaba siempre a su alrededor, en el aire, el cielo, el atardecer y las hojas. Los juegos de infancia estarían mejor en el recuerdo. Pero no pudo resistirse. En su último día en Waterside, había un lugar al que no podía dejar de ir.

34

El campo de juego estaba en silencio. No había pájaros escandalosos, ni ardillas enloquecidas, ni espíritus a la deriva. Eran las 6.51 de la tarde.

Charlie paseó del montículo hasta el plato y volvió sobre sus pasos. Quería recordar cada centímetro del lugar: el bosquecillo de cedros, el columpio, el banco. ¿Dónde estaría Sam?, se preguntó. Qué no daría por que su hermano pequeño se acercara hasta allí para despedirse de él.

Charlie se empapó del entorno nemoroso, memorizando el color de las hojas y los ángulos de la luz. Sabía que nunca regresaría a ese reino crepuscular y que pronto el mismo claro desaparecería. El bosque invadiría el campo de béisbol y nadie sospecharía que alguna vez hubiera estado allí.

Tal pensamiento le llenó los ojos de lágrimas. Ese había sido el lugar más importante del mundo para él, pero había tomado una decisión y ahora había otro sitio en el que debía estar. Respiró hondo, inhalando la húmeda fragancia del otoño, y estaba a punto de marcharse cuando se sorprendió al ver a un joven caminando sobre el césped. Al principio se preguntó quién podía haber descubierto su escondite secreto. En trece años, nadie se había adentrado en ese santuario.

El intruso era alto, medía por lo menos un metro noventa y tenía los hombros anchos y robustos. Su rostro era largo y estrecho, tenía el pelo rizado y el brillo de sus ojos resultaba inconfundible.

Charlie se quedó boquiabierto.

Era Sam.

—Hola, grandullón —dijo con una sonrisa.

Charlie no podía hablar. La gorra de los Sox, los pantalones cortos y las zapatillas hasta el tobillo habían desaparecido. Llevaba una cazadora, vaqueros y botas.

—¡Mírate! —exclamó Charlie.

—¿Qué pasa?

—Estás hecho un hombre.

—Sí —respondió Sam—, por fin soy un hombre y puedo hacer lo que quiera.

Ahora estaban cara a cara y Charlie se dio cuenta de que su hermano resplandecía como un holograma con distintas superficies luminosas. Sam era un reflejo del pasado y del presente, y una proyección del futuro: todo lo que había sido y todo lo que deseaba ser.

Charlie rodeó con los brazos la silueta evanescente de su hermano y se asombró al descubrir que no se podían tocar. Sus manos no sintieron nada. Sam ya no estaba en la zona intermedia. Ahora era éter, pero Charlie aún podía notar su calor y la fuerza de la conexión.

—Cruzaste al otro lado —dijo.

—Así es.

—¿Y cómo fue?

—No tuvo nada que ver con lo que nosotros imaginábamos, Charlie. Fue alucinante. Ya lo verás.

—¿Y cómo has vuelto aquí? No tenía ni idea de que se podía volver.

—Hay muchas cosas que no entiendes —respondió Sam—. Pero no te preocupes. Es así como debe ser.

Se adentraron en el bosque, se sentaron en el tronco que había junto al estanque en que los siluros y las percas se escondían de la gran garza azul y hablaron de los últimos días.

—¿Estás enfadado porque rompí la promesa? —preguntó Charlie.

—No —respondió Sam—. Había llegado el momento de hacerlo. Nos estábamos reteniendo el uno al otro.

En ese instante, Charlie se dio cuenta de todo lo que había perdido en esos trece años. Nunca habían tenido una conversación adulta. Sam no había crecido y su relación se había quedado congelada en el tiempo.

Charlie deseó poder rodear el hombro de su hermano con el brazo.

—Eras tú, el otro día por la mañana, en el agua, ¿verdad? Ya sabes, el que me salpicó y levantó el viento.

—¡Tardaste bastante en darte cuenta!

—¿Qué puedo decir? Negligencia en primer grado. Me declaro culpable.

—Negligencia, nombre —dijo Sam con una sonrisa—. *Negligé* que una chica se olvida que lleva puesto cuando sale a trabajar por la mañana con diligencia.

Soltó una carcajada y se golpeó la rodilla con la mano, y Charlie se rió. Después estudió el contorno translúcido de su hermano, que tanto había crecido, pero que seguía siendo el mismo.

—Solo me arrepiento de una cosa. Siento haberme aferrado a ti durante tanto tiempo —admitió Charlie, y se secó las lágrimas de los ojos.

—No pasa nada. Yo me aferré a ti tanto como tú a mí.

Se produjo un largo silencio y después Charlie preguntó:

—¿Crees que volveremos a jugar a béisbol alguna vez?

—Por supuesto —respondió Sam—. Volveremos a estar juntos en un abrir y cerrar de ojos. Y entonces tendremos toda la eternidad por delante.

—Prométeme que no me abandonarás —le pidió Charlie.

—Te lo prometo.

—¿Me lo juras? —preguntó, sorprendido al descubrirse repitiendo la misma conversación que habían mantenido tantos años atrás. Sin embargo, en esa ocasión era Sam quien reconfortaba a Charlie.

—Te lo juro —respondió su hermano pequeño.

—¿Por lo que más quieras?

—Sí —dijo Sam—. Te quiero.

—Yo también te quiero.

Los dos hermanos se pusieron en pie. Sam se acercó al alerce de un extremo del estanque. De una rama baja colgaba una cuerda gruesa con nudos.

—¿Un último empujón? —sugirió.

Charlie dio un grito, empujó a su hermano y Sam comenzó a balancearse por encima del agua.

—Adiós, grandullón —gritó, mientras se soltaba y salía volando por los aires. Encogió el cuerpo y dio una voltereta hacia delante con giro completo. No había rastro de los brazos y piernas debiluchas, y Charlie se sintió afortunado por haberlo visto de nuevo en todo su esplendor.

A continuación, Sam desapareció, se desvaneció, y el claro quedó sumido en el más absoluto silencio salvo por el silbido cadencioso de la cuerda y el revoloteo de las hojas de roble cobrizas en el viento.

35

La última hora de cierre, el último vistazo alrededor para recoger a un anciano con un traje de mil rayas en el Valle de la Serenidad.

—Buenas noches —dijo Charlie.

Palmer Guidry tenía el pelo canoso y ondulado, y mientras vertía la última gota de la regadera roja, en su viejo radiocasete sonaba música de Brahms.

—Oh, vaya, ¡hola, Charles!

—Es hora de cerrar. ¿Quiere que lo lleve?

—Sí, gracias. Muy amable de tu parte.

El señor Guidry dobló el trapo del polvo, apagó el radiocasete y echó un último vistazo a las flores de color carmín que crecían en una planta alta.

—Las malvarrosas eran las flores preferidas de Betty.

—Creo que me lo dijo una vez.

—¿Te he contado alguna vez que Betty llenó el jardín trasero de malvas de color rosa? ¡Llegaron a medir más de dos metros!

—Vaya, ¿en serio?

Se metió en el coche y escondió la regadera debajo de las piernas.

—Buenas noches, Betty. Que tengas dulces sueños, mi amor. Volveré pronto. ¿Quieres venir a casa a cenar? Te prepararé uno de los platos favoritos de Betty. El mejor pastel de carne de este mundo de Dios.

—Sí —respondió Charlie—. Me gustaría. A decir verdad, me encantaría.

El señor Guidry vaciló unos instantes. Incluso con Alzheimer, sabía que algo era distinto. Algo había cambiado. Algo maravilloso. Le brillaron los ojos y su rostro mostró un leve gesto de reconocimiento.

—¿No tienes que ir a algún sitio? ¿No es eso lo que siempre dices? —preguntó, y se produjo otro pequeño milagro, uno de esos misteriosos momentos de claridad en un mundo confuso.

—Ya no —respondió Charlie—. Lo seguiré hasta su casa. Pero no conduzca demasiado deprisa.

—Vivo en Cow Corners con Guernsey y Jersey —dijo el señor Guidry—. Es la vieja casa gris de las contraventanas verdes.

—Entendido.

Charlie empujó las pesadas puertas de hierro por última vez y sonrió al oír el chirrido de siempre. Alguien se ocuparía de echar aceite en esas gigantescas bisagras. Se quedó de pie, al otro lado de la puerta, y miró entre las rejas de metal la extensión del cementerio, donde los sauces se inclinaban hacia el lago, la fuente estaba en silencio y no se oía ni un alma.

Soltó las barras de hierro, se volvió y metió las dos bolsas de lona en el asiento trasero de su Rambler. El señor Guidry arrancó por West Shore Drive en su Buick y Charlie lo siguió por la calle que bordeaba el cementerio. Miró por la ventanilla y dijo adiós con la mano a las hileras de estatuas, las hectáreas de césped, y a su mundo dentro de otro mundo. Y Charlie St. Cloud, el estimado antiguo encargado del cementerio Waterside, jamás volvió la vista atrás.

36

Marblehead bullía con la alegría propia de la semana del día de Acción de Gracias. El aire fresco esparcía el agradable aroma de leños encendidos. Los barcos, que habían entrado en estado de hibernación, se amontonaban en los fríos muelles y soñaban con la llegada del buen tiempo. Los centelleantes adornos navideños hacían su alegre aparición. Alrededor del parque de bomberos número dos de Franklin Street, la vida era particularmente agradable. No había habido un incendio importante desde el de School Street.

Charlie estaba en el parque, con su uniforme de sanitario, donde vivía hasta que encontrara un lugar al que mudarse. Ese viernes absolutamente tranquilo, cuando el reloj de la sala de recreo marcó las seis —la hora del cambio de turno—, Charlie sacó el abrigo de la taquilla y salió en dirección a su Rambler. Tras unos cuantos giros de la llave, consiguió que el viejo coche cobrara vida. Sin duda ya casi le había llegado la hora de ir al desguace, pero aún rendía bien y, en ocasiones, Charlie conducía todo el día hasta bien entrada la noche, solo para sentirlo deslizarse a toda velocidad sobre la carretera.

Esa noche Charlie solo tenía un lugar al que ir. Condujo por Pleasant Street, torció por la MA-114 en dirección a Salem, y al cabo de pocos minutos entró en el aparcamiento del Centro Médico de North Shore. Cruzó el vestíbulo, saludó a las enfermeras del área de ingreso y se dirigió a la habitación 172. Llamó a la puerta con suavidad y entró.

Tess estaba sola y dormida en su coma. Le habían retirado las vendas y el respirador artificial y estaba pálida, pero al menos ya respiraba por sí misma. Tenía las manos cruzadas sobre el pecho y parecía estar del todo en paz. Charlie había memorizado hasta el último detalle de su rostro ovalado, sus pálidos labios y las largas pestañas. Era muy extraño. Había recorrido hasta el último centímetro de su cuerpo aquella noche en la cabaña y, sin embargo, tenía la impresión de que no conocía su físico.

A lo largo de ocho semanas, Charlie había leído toda clase de libros y artículos sobre daño cerebral. La recuperación más completa y mejor documentada de un coma se había prolongado durante dos años y medio, pero Charlie había descubierto casos aún más increíbles, como el de la mujer de Albuquerque que había despertado de un sueño de dieciséis años el día de Navidad y había pedido ir de compras al centro comercial, o el de un tendero de Toronto de cincuenta y tres años que había entrado en coma y al cabo de treinta años se había despertado preguntando: «¿Qué dan por la tele?».

Esos eran ejemplos extremos, pero Charlie sabía que algo milagroso podía sucederle también a Tess y, en cierto modo, ya había ocurrido. Dios había escuchado sus plegarias. Tess no había desaparecido del cementerio porque estuviera a punto de pasar a otra esfera. Lo había hecho porque estaba intentando regresar a esta vida.

Charlie había pasado muchas horas junto a su cama, en esa habitación que Grace y sus amigos habían convertido en un lugar acogedor. Había plantas del invernadero Kipps's y tarjetas que le deseaban una pronta mejoría de parte de la clase de ciencias de la señorita Paternina. Colgado encima de su cama, un póster firmado por Tom Brady, el mariscal de campo de los Patriots y héroe de la Super Bowl, en el que se leía: «Espero que te recuperes pronto». Fotografías de su padre pescando en su barco langostero y del *Querencia* en varias competiciones se amontonaban en la mesita de noche.

—Ha sido un fin de semana importante para tus chicos —comentó Charlie, sentado a su lado. Se sacó la página de deportes del *Boston Globe* de la chaqueta del abrigo y leyó los titulares—. Al parecer los Jets planean ponérselo difícil a vuestros apoyadores con un nuevo ala cerrada.

Ese era ahora el ritual de Charlie, pero tenía cuidado de no caer en su antiguo hábito de vivir sometido a una rutina. A veces visitaba a Tess por la mañana. En ocasiones pasaba por allí después del trabajo. Había semanas en que faltaba algunos días, y otras en que siempre acudía a su cita.

Quería estar allí para ella, pero también deseaba vivir su vida. Había reservado un billete para ir al noroeste del Pacífico a visitar a su madre el día de Año Nuevo. Y estaba planeando un viaje de aventura por África y Asia para el año próximo.

En cada una de sus visitas, Charlie siempre daba a Tess las últimas noticias. Ese día compartió con ella el maravilloso nuevo escándalo de la ciudad. Habían sorprendido al padre Polkinghorne desnudo, bañándose en el muelle del club náutico con dos —sí, con dos— de sus feligresas: Sherry Trench y Gena Carruthers.

Charlie creía que Tess escuchaba cada palabra de cada historia. Intentaba que fueran ingeniosas y divertidas. Estaba dispuesto a seducirla, aunque estuviera dormida. A veces la imaginaba echando la cabeza hacia atrás al reír. Otras la veía quejándose porque él se enrollaba demasiado.

Cuando se cansaba de hablar, se acercaba a la ventana a contemplar la puesta de sol.

—Hace una noche preciosa. Tendrías que verla —dijo. Aún sentía cierta inquietud por no estar en el bosque. Pero entonces vio salir la luna y supo que Sam seguía allí afuera.

Ya había oscurecido. El hospital estaba en silencio. Había llegado la hora de marcharse.

—Buenas noches, Tess. No sabes cuánto te echo de menos.

—La besó en la mejilla y, estaba a punto de cruzar la puerta, cuando recordó que se le había olvidado contarle algo—: Esta noche ceno con Tink —dijo, mientras volvía a su lado—. Iremos al Barnacle. Tendrías que haberme avisado de lo mucho que come ese tipo. No hay bastantes almejas en el océano para satisfacer su apetito. —Alargó una mano y le apartó el flequillo.

Y entonces Charlie advirtió un pestañeo y vio abrirse sus increíbles ojos color esmeralda, y se preguntó si lo estaría imaginando.

37

La niebla barría el suelo, amortiguando los sonidos del mundo. No veía a nadie alrededor. Podría haber estado en cualquier sitio, en cualquier momento. No importaba. Charlie se había ido, su padre no había ido a recibirla y se encontraba completamente sola.

Desde el momento en que salió del cementerio, había estado en ese lugar. Era como el profundo océano en una noche sin luna. El cielo era un manto de oscuridad con estrellas conocidas que le servían de orientación. A lo lejos, formas vagas como nubes de tormenta parecían desplazarse lentamente. A veces oía voces a su alrededor, que luego cesaban.

Había intentado pedir ayuda, pero no había obtenido respuesta. Quería abrirse paso entre la penumbra, pero no era capaz de moverse. Así pues, había esperado, atenta al momento oportuno, para dar el siguiente paso.

Había llegado la hora.

Al principio, cuando la oscuridad comenzó lentamente a dar paso a luz, todo era borroso. Su mente, la habitación y el hombre que la miraba desde arriba.

—Tess —repetía una y otra vez—. Tess, ¿me oyes? —Por supuesto que lo oía. Quería formar palabras a modo de respuesta, pero no podía emitir sonidos. Qué extraño. Lo intentó de nuevo, pero tenía la boca y la garganta resecas.

Cuando al fin encontró su voz, salió áspera y apenas audible:

—Tess —dijo—. Tess.

—¡Sí, Tess! —exclamó el hombre. Estaba entusiasmado.

—Sí, Tess —repitió ella.

—¡Has vuelto! ¡Dios mío, has vuelto!

—Has vuelto —dijo Tess. Sabía que no hacía más que repetir sus palabras, pero no podía hacer otra cosa.

—¿Cómo te encuentras? ¿Te duele algo?

En realidad, no sentía nada. Tenía el cuerpo entumecido y la cabeza nublada. Paseó la vista por la habitación.

—¿Dónde? —comenzó con vacilación—. ¿Dónde estoy? —No estaba mal, se dijo. «¿Dónde estoy?», una frase completa. Sonrió ligeramente y sintió tirante la piel de las mejillas.

—Estás en el hospital. En el North Shore de Salem.

No logró retener sus palabras.

—¿Dónde? —repitió.

—En el hospital. Tuviste un accidente. Estabas herida, pero ahora todo está bien.

Hospital. Accidente. Herida.

—¿Qué accidente? —preguntó.

—En el mar, mientras navegabas —respondió—. Tu barco se incendió en una tormenta. ¿Te acuerdas?

Incendio. Tormenta. No recordaba nada.

—Barco —dijo—. ¿Qué pasó?

—Quedó destrozado. Lo siento, pero el *Querencia* se incendió y se hundió.

Querencia. Le gustaba el sonido de la palabra, y la cadencia de las sílabas le trajo a la memoria fragmentos de significado.

—*Querencia*. Lugar seguro.

—¡Sí! —exclamó el hombre—. Eso es. Significa lugar seguro.

Tess intentaba concentrarse. Nuevos pensamientos tomaban forma en su cabeza.

—Agua. Tengo sed.

El hombre corrió al lavamanos y le llenó un vaso. Con cuidado, se lo acercó a los labios y Tess tomó un sorbo, haciendo girar el líquido fresco por el interior de la boca. Entornó los ojos y dirigió la mirada hacia la ventana, donde las ramas de un árbol se agitaban por el viento.

—Ventana.

—Sí, ventana.

—Ábrela, por favor.

El hombre corrió hasta ella, descorrió el pasador y la empujó hacia arriba.

—Ya está.

Una maravillosa brisa se coló en la habitación y Tess cerró los ojos mientras el aire le alborotaba el pelo y la calmaba. Agua y viento. Sí, ambos le encantaban.

El hombre se acercó al teléfono.

—Voy a llamar a tu madre, ¿de acuerdo?

—De acuerdo. Mamá.

El hombre marcó los números y empezó a hablar a toda velocidad. Tess no era capaz de seguir lo que decía. Cuando colgó el auricular, le preguntó:

—¿Quién eres? ¿Médico?

—Soy yo, Charlie. ¿Te acuerdas?

No se acordaba. Sus recuerdos se habían borrado.

—Tess, por favor, intenta recordar. Soy yo, Charlie.

Tess meneó la cabeza.

—Lo siento, pero no me acuerdo...

Entonces vio que al hombre se le saltaban las lágrimas. ¿Por qué estaba llorando?

—¿Qué pasa? —preguntó.

—No pasa nada. Es solo que me hace muy feliz verte.

Tess sonrió y en esa ocasión no sintió la piel tan tirante.

—¿Cómo te llamas?

—Charlie St. Cloud.

Charlie St. Cloud. Tess arrugó la nariz. Ahora todo fluía con mayor rapidez. En su cabeza se abrían archivos.

—St. Cloud. No es un apellido de Marblehead.

—Tienes razón. Es de Minnesota. Es una larga historia.

—Me gustan las historias.

Y entonces Charlie se sentó a su lado y le explicó que su apellido procedía de una ciudad a orillas del río Mississippi en la que había crecido su madre. El primer St. Cloud fue un príncipe francés del siglo XVI que renunció al mundo para servir a Dios después de que un tío malvado asesinara a sus hermanos.

A Tess le gustaba el timbre profundo de su voz. Le recordaba a alguien, pero no lograba saber a quién. Cuando Charlie terminó de contarle la historia, Tess alargó un brazo y le tocó la mano. La sintió cálida y fuerte.

—Los Patriots tienen un partido importante este fin de semana. Te encanta el fútbol americano, ¿lo recuerdas?

Tess estudió ese amable rostro con un hoyuelo en la mejilla. Había algo distinto en ese hombre.

—Cuéntame otra historia, Charlie.

—Tantas como quieras —respondió, y comenzó a hablar de navegar por el mundo, a lugares lejanos como las islas Marquesas, el archipiélago Tuamotu, Tonga y Fiji.

Con cada palabra se sentía más confortada, de modo que se recostó en las almohadas y se deleitó en el color caramelo de los ojos de Charlie. Muy despacio, se fue tranquilizando, y se preguntó desde cuándo sabía que podía escuchar a ese hombre durante horas.

Era pasada la medianoche.

Los médicos habían terminado de examinar a Tess y, lo más increíble, habían determinado que sus funciones físicas y cognitivas estaban intactas, y que era probable que con el tiempo recuperara la memoria.

Un escritor y fotógrafo del *Reporter* había acudido a toda prisa al hospital para hacer preguntas y tomar fotografías para una edición especial del periódico. Tink y los muchachos del taller de velas habían desfilado por su habitación con palabras de aliento y noticias sobre la empresa. Exhausta pero rebosante de felicidad, Grace se quedaba a dormir en una cama plegable en la habitación contigua a la de Tess.

Ahora todo estaba en calma.

Desvelado, en la sala de espera, Charlie observaba la pecera con tetras neón que se deslizaban como flechas de un lado a otro. Aunque se sentía agradecido por que Tess hubiera despertado, había una pregunta que acudía una y otra vez a su cabeza: ¿se acordaría de él?

De su primer beso...

De la noche que pasaron el uno en los brazos del otro...

Esa noche, rodeada de familiares y amigos, Charlie había observado el modo en que iba recordando de manera paulatina la lucha del *Querencia* contra la tormenta. Incluso había empezado a planear su próxima travesía alrededor del mundo y había calculado que necesitaría un año para preparar el nuevo barco y entrenar lo suficiente. Cada vez que miraba a Charlie, en el otro extremo de la habitación, le sonreía, aunque parecía no saber quién era ni por qué estaba allí.

No era de extrañar.

Las puertas de la sala de espera se abrieron y una enfermera se acercó a él.

—Pregunta por ti, Charlie —dijo en voz baja.

—¿Cómo?

—Quiere verte.

Recorrió la distancia que lo separaba de la habitación en poco más de cinco pasos. Para su sorpresa, encontró a Tess sentada; su rostro estaba iluminado con suavidad por la luz de la noche.

—Me alegro de que sigas aquí —dijo Tess.

—Me alegro de que tú también —respondió Charlie.

Tess lo miró con gran atención durante un rato.

—Así que tú eres quien me encontró —comentó al fin.

—Podría decirse que sí.

—¿Cuando ya todos se habían rendido?

—Más o menos.

—Necesito saber algo. Es importante.

—Sí, lo confieso. Soy un forofo de los Red Sox —dijo con una sonrisa.

Tess echó la cabeza hacia atrás y soltó una carcajada.

—Puedo perdonártelo, pero hay otra cosa que no logro recordar.

—¿Qué cosa?

—Cómo nos conocimos.

—Si te lo cuento, no me creerás.

—Inténtalo. Cuéntame nuestra historia.

—Bueno, empieza en el cementerio Waterside, donde una valiente y hermosa fabricante de velas se queja al encargado por alteración de la paz. —Charlie sonrió—. El encantador muchacho intenta hacerle entender la importancia de su programa de control de gansos, pero la joven navegante, poco convencida, se echa a reír.

Y así, Charlie le describió con dulzura su primer encuentro, desde la cena a la luz de la vela con pastel en honor a Ted Williams, hasta el paseo a medianoche entre los sauces y la charla en un mausoleo de mármol. Leyó en sus ojos que recordaba cada detalle y Charlie recobró la esperanza. Se había liberado del pasado y había recuperado su vida. Y ahora, para colmo de bendiciones, Tess y él empezaban de nuevo.

Epílogo

Creo en los milagros, y ahora sabes por qué.

Estoy en una pendiente inclinada en el cementerio Waterside, un lugar que Charlie amaba y al que dio forma con sus propias manos. Las gaviotas vuelan en grupo. Las puertas de hierro están abiertas. Una niña cuelga cabeza abajo de un roble. Un anciano melenudo deja un puñado de malvarrosas sobre la tumba de su esposa.

Este es el mundo que conoces. Es el que ves cuando pasas por delante del cementerio de tu ciudad. Es el mundo real y tranquilizador. Pero aquí hay otro mundo. Hablo del que tú y Charlie aún no podéis ver, el nivel que sigue a la zona intermedia. Es un lugar llamado cielo, paraíso o nirvana —en realidad son lo mismo—, y es a donde llegué cuando crucé al otro lado. Es donde la señora Ruth Phipps puede volver a estrechar la mano de su amado Walter. Donde Barnaby Sweetland, el antiguo encargado de Waterside, canta con los ángeles. Y, por supuesto, donde Sam y Oscar exploran el universo.

Desde este mirador, ahora lo veo todo. Mi voz y mis pensamientos son viento, y los envío hacia Charlie. Está con Tess en el centro médico North Shore, donde cada día se recupera un poco más.

Sí, es una habilidad de los que estamos en este lado: lo vemos, lo oímos y lo sabemos todo. Estamos en todas partes.

Lo experimentamos todo. Nos alegramos cuando vosotros os alegráis. Estamos tristes cuando vosotros lo estáis. Sufrimos cuando vosotros sufrís. Y cuando seguís aferrados a nosotros durante demasiado tiempo, nos duele tanto como a vosotros. Pienso en mi mujer, Francesca, y en nuestro hijo. Sé que les costará tiempo y muchas lágrimas, pero quiero que sigan adelante. Algún día se casará de nuevo y encontrará otra vez la felicidad.

Ahí está Charlie, que acaba de salir del hospital en dirección al aeropuerto Logan. Va a visitar a su madre en Oregón. Le contará lo que ha aprendido viviendo en la penumbra y lo mucho que perdió de sí mismo tras el accidente. Por mucho que se esfuerce, su madre jamás lo entenderá. Ella se mudó al otro lado del país, empezó una nueva vida y trató de enterrar el accidente en el pasado. Pero en los momentos tranquilos de sus días y sus noches, no puede dejar de pensar que su hijo pequeño le fue arrebatado demasiado pronto, siempre es demasiado pronto. Nunca se recuperará.

Esa es la ineludible matemática de la tragedia y la multiplicación del dolor. Demasiada gente buena muere un poco cuando pierde a un ser querido. Una muerte engendra otras dos, o veinte, o cien. En todo el mundo sucede lo mismo.

Charlie entenderá que es decisión de su madre seguir aferrada o soltarse. Sabes que Charlie ha elegido vivir. Después de pasar unos días con su madre regresará a Marblehead y seguirá trabajando en el parque de bomberos número dos, en Franklin Street. Viajará por todo el mundo. Y, sobre todo, recuperará los trece años perdidos y se zambullirá detrás de sus sueños.

Recuerdo ahora el Eclesiastés y algo que dije una vez a Charlie: «La Biblia se equivoca. En la vida de un hombre, no hay un momento para todo».

Así es. Charlie no tiene tiempo. Nadie lo tiene. Pero ahora sabe lo que es importante. Primero y principal, Tess y él volverán a enamorarse. Se besarán por primera vez. Navegarán por los cayos de coral de Belice en su luna de miel. Se instalarán en Cloutman's Lane, en la casa en que Charlie creció. Tendrán dos hijos. Por primera vez en su vida, cuando el ladrido de un sabueso lo despierte por la mañana, tendrá la sensación de que todo en el mundo está bien y de que sus seres queridos están sanos y salvos. Construirá para sus hijos un parque de juegos con columpios colgados de un pino. Jugará a béisbol todas las noches con ellos y los animará a que echen carreras a la luna y se embarquen en grandes aventuras.

El don de Charlie de ver el mundo de los espíritus desapareció cuando Sam y él se soltaron por última vez. Pero todos los días de su vida tratará de vivir con los ojos puestos en el otro lado, abierto a la posibilidad de los milagros. En ocasiones se olvidará de ello, pero entonces verá una cuerda balanceándose sobre un estanque, escuchará la retransmisión de un partido de los Sox por la radio u oirá el chillido de un perro. Y sabrá que Oscar y Sam están allí.

Así son la vida y la muerte, ¿te das cuenta? Todos seguimos brillando. Solo hay que abrir el corazón, estar alerta y prestar atención. Un hoja, una estrella, una canción, una risa. Fíjate en las cosas pequeñas, porque puede que alguien esté intentando acercarse a ti. *Qualcuno ti ama.* Alguien te quiere.

Y, un día —solo Dios sabe exactamente cuándo—, a Charlie se le agotará el tiempo. Será un hombre viejo, de pelo alborotado y canoso. Volverá la vista atrás para repasar su vida extraordinaria y tranquila y sabrá que hizo bien al mantener su promesa. Y entonces, como los setenta y cinco mil millones de almas que vivieron antes que él, cada una de ellas un tesoro, también él morirá.

Cuando ese día llegue, lo estaremos esperando. Esperando a que Charlie St. Cloud vuelva a casa con nosotros. Hasta entonces, nos despedimos de él con estas palabras...

Que viva en paz.

Comentario sobre las fuentes

El escenario de esta historia es real, y estoy agradecido a la buena gente de Marblehead, Massachusetts, por recibirme con los brazos abiertos en su ciudad. En particular, gracias a F. Emerson Welch del *Reporter* por sortear mis preguntas con ingenio y entusiasmo de la mañana a la noche; a Bump Wilcox de New Wave Yachts, por guiar a un marinero de agua dulce a través de tormentas imaginarias de fuerza diez, y a la pandilla del *Loonatic* por una dolorosa victoria en las carreras del miércoles por la noche; a Kristen Heissenbuttel del taller de velas Doyle Sailmakers por desvelarme el arte y la ciencia que hay detrás del diseño de velas. Vayan también mis agradecimientos a Warner Hazell, capitán del puerto, y sus ayudantes; a Bette Hunt y a la Sociedad Histórica de Marblehead; a Commodore B. B. Crowninshield del CBYC y Lynn Marine Supply; a los bomberos del parque número 2 de Franklin Street; a Ed Cataldo, del parque número 5 en Revere; a Todd Basch y Carol Wales de Doyle Sails; a Marjorie Slattery-Sumner, Sheila Duncan (la auténtica Mujer que Escucha), a Sally y Roger Plauché de Spray Cliff on the Ocean; a Ruth y Skip Sigler del Seagull Inn; a Suzanne y Peter Conway del Harbor Light Inn; y a la clientela del Barnacle, Driftwood, Landing, Maddie's y Rip Tide. Gracias al servicio de guardacostas de Boston y Gloucester; mi profundo agradecimiento a los suboficiales mayores de marina Steven Carriere, Tim Hudson y Paul Wells, y al suboficial Jared Coon por informarme sobre las operaciones de búsqueda y rescate. Gracias al que fue subcomandante en el cuerpo de bomberos de Beverly Hills, Mike Smollen, por su ayuda con los términos sobre herramientas y desfibriladores.

La mayor parte de este libro tiene como escenario el cementerio Waterside, en la descripción del cual, como la gente de Marblehead habrá notado, me tomé la libertad de modificar el paisaje. Muchas gracias al superintendente Bill James y a quien fue su predecesor durante tantos años, Ben Woodfin. Por la semana más inusual de trabajo e investigación de toda mi vida, estoy en deuda con John Toale Jr., Steven Sloane, Don Williams y Susan Olsen del histórico cementerio Woodlawn del Bronx, Nueva York. Sin dudarlo ni un momento, me hicieron cortar el césped y cargar con ataúdes por sus más de ciento sesenta hectáreas. Gracias a los capataces, representantes de los trabajadores y trabajadores por estar siempre dispuestos a echarme una mano y permitirme descansar cuando tenía la espalda partida. Un toquecito a mi gorra azul de Woodlawn a modo de saludo especial para los enterradores Bob Blackmore, Greg Link y Ray Vicens por compartir conmigo los detalles de su oficio y las propinas diarias. Un reconocimiento también para Ken Taylor, del cementerio Green-Wood de Brooklyn, Nueva York, por sus profundas explicaciones basadas en más de treinta y cinco años de trabajo y convivencia con los muertos.

Por sus esclarecedores comentarios sobre la vida más allá de la muerte, mi gratitud a la incomparable Rosemary Altea, espiritista y amiga. Sus exitosos libros, entre ellos *El águila y la rosa* y *El orgullo del espíritu*, son joyas llenas de significado y profundidad. A lo largo del camino aprendí mucho de otras obras, como *Rescue 471*, de Peter Canning; *Océano hambriento* y *Lobster Chronicles*, de Linda Greenlaw; *El enterrador*, de Thomas Lynch; *Cómo morimos*, de Sherwin B. Nuland; *Sobre la muerte y los moribundos*, de Elisabeth Kübler-Ross; *La regata de la muerte*, de John Rousmaniere y *Will the Circle Be Unbroken?*, de Studs Terkel. En internet, visité con frecuencia las páginas del *Marblehead Reporter*; Griefnet; Beyond Indigo y City of the Silent, una magnífica página web sobre cementerios. Para los juegos de palabras entre Sam y Charlie, en mayo de 1998 propuse un juego a los lectores del *Washington Post* y les pedí que hicieran sus propias definiciones de palabras del diccionario. Para las reflexiones de Florio sobre el Eclesiastés, me inspiré en el poema «El hombre en su vida» de Yehuda Amijai.

Si desea hacer un recorrido fotográfico por los escenarios de esta historia o para más información sobre las fuentes, visite la página: www.bensherwood.com.

Agradecimientos

Este libro trata de segundas oportunidades, y doy las gracias a multitud de amigos y colegas por ayudarme con la mía. En primer lugar, gracias a los amigos que, aunque en la distancia, nunca dejaron de escribirme. A Alan Levy, mi cibercompañero de oficina, que estuvo cada día a mi lado dándome ideas audaces, regalándome su humor y su aliento; Barry Edelstein me proporcionó muestras de una amistad poco corriente y puso a mi disposición su inteligencia y técnica de la composición; Maxine Paetro me aconsejó con su enfoque y su estilo elevados; Akiva Goldsman me enseñó a correr riesgos; Gary Ross me formuló preguntas imposibles; John Bowe me recordó que si no cuesta, no merece la pena; y Bruce Feiler me guió con una estrategia brillante, y su obra y su mente perspicaz me ayudaron a hallar significados más profundos. Gracias también a J. J. Abrams, a Bob Dolman y a Stan Pottinger.

Mi más profundo agradecimiento a los amigos que leyeron fragmentos de la obra en sus distintos estadios: Rebecca Ascher-Walsh, David Doss, Lynn Harris, Joannie Kaplan, Steve Kehela, Christy Prunier, Kim Roth, Jennifer Sherwood y Jamie Tarses.

De nuevo, he tenido el privilegio de que el grupo Bantam publicara mi obra. El editor Irwyn Applebaum y la redactora sénior Danielle Perez merecen sendas medallas al valor por seguir a Charlie St. Cloud a lo largo de su infancia rebelde e indómita adolescencia y por su atención inquebrantable para ayudarme a encontrar la historia que pretendía escribir desde un principio. Un agradecimiento repleto de elogios para Barb Burg y Susan Corcoran, amigas, psicólogas y grandes apoyos.

A Gran Bretaña, envío puñados de flores para Ursula Doyle, Stephanie Sweeney y Candice Voysey, de Picador. A Los Ángeles, vaya una ovación para Marc Platt y Abby Wolf-Weiss por imaginar a Charlie St. Cloud en la gran pantalla, y a Donna Langley, de Universal Pictures, por ser la gran defensora de este libro.

Páginas y más páginas de gratitud para Joni Evans, grandísima amiga, co-conspiradora y agente literaria que enriqueció cada uno de los borradores de esta obra, esquivó las balas y hace que sea posible zambullirse detrás de los sueños. Un agradecimiento mayúsculo también para Alicia Gordon, Tracy Fisher, Andy McNiccol, Michelle Bohan y Mike Sheresky.

Muchas gracias a los amigos que me ayudaron y asistieron a lo largo del camino: Jonathan Barzilay; Jane y Marcus Buckingham; Chrissy, Priscilla y Norm Colvin; Beth de Guzman; Sara Demenkoff; Debby Goldberg; Meg Greengold; Cindy Guidry; Suzy Landa; Ruth Jaffe; Mary Jordan; Barry Rosenfeld; Julie y Mark Rowen; Melissa Thomas y Joe Torsella. Una reverencia ante David Segal por sus expertos consejos musicales. Dov Seidman, empresario y adversario en ajedrez, merece un reconocimiento especial por exigirme una implicación más profunda. Mucho cariño para Kristin Mannion y H. P. Goldfield por Whimsea. Y un beso para la difunta Phyllis Levy, que contribuyó a inspirar este libro y nos observa desde arriba.

A continuación unas palabras para mi familia. De nuevo, mi madre, Dorothy Sherwood, se abalanzó sobre el manuscrito con su lápiz implacable y su riguroso nivel de exigencia y caviló sobre cada una de las palabras. Su habilidad como correctora solo es superada por su talento como madre. Jeffrey Randall, mi cuñado neurocirujano, un hombre generoso e infatigable, estuvo de guardia las veinticuatro horas por si tenía alguna urgencia personal o profesional. Algún día, mis jóvenes sobrinos Richard y William Randall leerán esta historia, y les deseo que tengan un vínculo fraternal tan fuerte, rico y gratificante como el que yo comparto con su talentosa y excepcional madre —mi luminosa hermana—, Elizabeth Sherwood Randall. Nuestra conexión, forjada en innumerables aventuras de la infancia, está presente en gran parte de este libro, así como el recuerdo de nuestro padre, Richard Sherwood, que se marchó demasiado pronto pero cuya presencia sentimos cada día.

Mi hijo, William Richard Sherwood, vino al mundo tiempo después de que escribiera este libro, pero se merece multitud de besos y abrazos por demostrar que los milagros suceden y que la vida continúa, infinita e incontenible.

Por último, dedico esta novela a mi mujer, Karen Kehela Sherwood, cuyo corazón, mente y don para contar historias honran cada una de sus páginas. Ella es mi *Querencia*: mi lugar soleado, mi puerto seguro y mi amor verdadero.